REGINA ESCH

Monas Engel

Ein himmlischer Roman

Der Mensch strebt nach Freiheit,
der Engel auch,
letztendlich,
doch zunächst wäre er auch mit
einem eigenen Namen zufrieden,
„Schutzengel"
vielleicht.

Regina Esch

Monas Engel

Ein himmlischer Roman

Bibliografische Information der Deutschen Nationalbibliothek: Die Deutsche Nationalbibliothek verzeichnet
diese Publikation in der deutschen Nationalbiografie,
detaillierte bibliografische Daten sind im Internet über
dnb.dnb.de abrufbar

TWENTYSIX – Der Self-Publishing-Verlag
Eine Kooperation zwischen der Verlagsgruppe Random
House und BoD – Books on Demand

© 2016 Regina Esch

Herstellung und Verlag:
BoD – Books on Demand, Norderstedt

ISBN: 9783740707996

1 Wie fühlt man sich in den letzten Sekunden davor, dachte Mona und ließ ihren Blick über die schmalen, bunten Blumenbeete schweifen. Spürst du die Bedrohung, ergreift dich unerklärliche Panik oder schwebst du schon die letzten Schritte, sanft und leicht?
Unschlüssig zuckte sie mit den Schultern und ging langsam weiter. Der feuchte Kies knirschte unter ihren Stiefeln und bildete die Form ihres Absatzes nach. Mona hinterließ auf dem ebenen Weg eine vollendete Fußspur und es war, als folgte sie ihren eigenen Schritten. Dann blieb sie stehen und sah sich suchend um.
Wo war Tim nur?
Zwischen den hohen Laubbäumen, die den Weg säumten, drangen einige Sonnenstrahlen auf das leuchtende Feld. In allen Farben strahlten die Herbstblumen, liebevoll eingepflanzt zwischen braunen Haselnusssträuchern und blaugrünen Koniferen, die ihre Zweige über die steinernen Einfassungen hinaus streckten und mehr Platz beanspruchten, als ihnen eigentlich zukam.
Mona kniff die Augen zusammen und versuchte die Namen zu lesen. Dann schüttelte sie den Kopf und überlegte.
Typisch, dachte sie, Tim ist nie dort, wo man ihn vermutet.
Aus der Innentasche ihrer dunklen Lederjacke zog sie eine Schachtel Zigaretten und ein Feuerzeug heraus. Während sie sich eine Zigarette anzündete, registrierte sie den vorwurfsvollen Blick einer älteren Dame, die mit einer Gießkanne in der Hand gerade an ihr vorüberging.
„Was ist los?", rief Mona ihr nach. „Darf man nicht einmal mehr hier rauchen?"

Die alte Frau drehte sich um und legte den Finger auf den Mund. Ihre Augen blickten streng und gnadenlos.
Mona wandte sich um und ging weiter.
Armer Tim, dachte sie mitleidig, er wird sich nicht wohlfühlen an einem Ort, an dem man weder sprechen noch rauchen darf, und wer weiß, was hier noch alles verboten ist.
Sie verließ den Kiesweg und betrat einen lehmigen Pfad, der die einzelnen Reihen voneinander trennte. Am Ende des Weges direkt unter den Ästen einer mächtigen Kastanie fand sie ihn schließlich. Die Kränze waren bereits weggeräumt worden und an Stelle von Blumen schmückten bunte Blätter und braune Kastanien in grünen, stacheligen Hüllen das Grab. Auf dem schlichten Holzkreuz stand in schwarzer Schrift sein Name: Tim Linde.
Mona warf die Zigarette auf den Boden und trat sie aus. Schweigend starrte sie auf das Grab.
Was fühlt man in den letzten Sekunden, dachte sie. Hast du geahnt, was dich erwartet? Hast du dir überhaupt Gedanken darüber gemacht?
Mona atmete tief ein.
Mein Gott, woran denkt man schon, wenn man aus dem Kino kommt? Eß ich noch eine Pizza, geh ich nach Hause oder schau ich vorher bei Mona vorbei?
Hast du zuletzt an mich gedacht?
Ihr Blick verwässerte sich leicht, vermutlich weil die Sonne sie blendete. Sie fuhr sich mit der Hand über die Augen und steckte sich dann eine weitere Zigarette zwischen die Lippen.
Er muss es mir später einmal erzählen, dachte sie, während sie die Zigarette anzündete. Seine letzten Gedanken interessieren mich.

Unschlüssig blickte sie auf das Holzkreuz. Dann bückte sie sich und hob eine Kastanienhülle auf. Vorsichtig fuhr sie mit dem Finger über die Stacheln.
„Das passt zu dir!", sagte sie leise. „Du bist auch immer so widerspenstig und eigensinnig. Immer machst du, was du willst, ohne Rücksicht auf mich. Wer schreibt jetzt die Texte zu meinen Bildern? Wie soll ich unseren Comic fertig stellen, ohne deine Ideen?"
Sie schluckte und inhalierte tief.
„Warum, zum Teufel, hast du nicht aufgepasst, als du über die Straße gegangen bist?"
Die Kastanienhülle stach ihr in den Finger und sie ließ sie fallen. Ihre Augen folgten der grünen Hülle, die sich leicht in die feuchte Erde eingrub. Der Wind wehte sacht durch die Äste des Baumes und warf ein paar große, dunkelrote Blätter darüber.
Mona schnippte die Zigarette weg und zog einen schwarzen Filzstift aus ihrer Hosentasche. Sie ging die zwei Schritte bis zum Kreuz und hockte sich daneben. Geübt und schnell zeichnete sie unter den Namen ihres Freundes eine kleine, schrille Gestalt. Dann schrieb sie einen Satz darunter und richtete sich wieder auf. Zufrieden betrachtete sie ihr Werk.
„Damit du mich nicht vergisst!", sagte sie leise, vergrub die Hände in den Taschen und wandte sich um.
Während sie eilig über den Friedhof lief, dachte sie nur an Tim, an seine hellblond gefärbten Haare, die ungebändigt und chaotisch von seinem Kopf abstanden, an seine warmen, blauen Augen, die fast immer lächelten, auch wenn er wütend war, und an seine hellen, roten Lippen mit den scharfen Konturen, die sie so gerne geküsst hatte.

Ein Gefühl von Liebe und Sehnsucht erfasste ihren Körper, und die Wehmut trieb ihr die Tränen in die Augen. In ihrem Blick verschwammen die grauen Kieswege und die bunten Gräber miteinander und bildeten ein ornamentales Muster. Ohne auf eine Richtung zu achten, bog Mona mal rechts und mal links ab und fand den Ausgang des Friedhofs nicht wieder. Neben einem steinernen Sockel, der sich majestätisch zwischen großen Eichen erhob, blieb sie schließlich stehen und wischte sich energisch die Tränen aus dem Gesicht. Dann hob sie den Blick und versuchte sich zu orientieren.
Die mit üppigen Grabsteinen und Engelsfiguren ausgestatteten Gräber wirkten verwahrlost. Moos zog sich über die Steine und Unkraut wucherte auf den Erdhügeln. Hier und da blühten wilde Astern und Kornblumen. Wie eine Wächterfigur erhob sich auf dem Steinsockel neben ihr ein lebensgroßer Engel aus Bronze mit grüner Patina. Staub breitete sich über seine nackten Füße und sein schlichtes, knielanges Gewand aus. Seinen Rücken zierten mächtige Flügel, die über den Sockel hinabreichten. Sie schienen aus unzähligen, filigranen Federn zu bestehen, die der Künstler in das Metall eingraviert hatte. Seiner eigenen, willkürlichen Ordnung folgend, hatte er große Federn neben kleine und schmale neben breite Federn gesetzt. Einheitlich war nur ihre schmutzig-dunkle Farbe, hervorgerufen durch den Staub der Erde und durch faulende Blätter, die die gesamte Rückenpartie der Figur bedeckten. Aus diesem Grund erschienen die Flügel merkwürdig beunruhigend und wenig engelhaft. Ehrfurchtsvoll blickte die junge Frau nach oben in ein schmales, von langen Locken umrahmtes Gesicht.
Und sie lächelte dem Bronzeengel zu.

Hier, dachte sie, würde es Tim wohl besser gefallen. Vergessene Gräber und zerfallene Grabsteine, ohne die ordnende Hand eines pflichtbewussten Angehörigen. Das ist eher seine Welt, als die der sorgfältig geharkten Kieswege und liebevoll gepflanzten Blümchen, und auch die Engelsfigur wäre ganz nach seinem Geschmack.
Seufzend wandte Mona sich um und ging langsam den Weg zurück. Als der Regen einsetzte, beschleunigte sie ihre Schritte und entfernte sich schneller von dem Ort ihrer stillen Begegnung.
Dicke Wassertropfen fielen auf die Blätter der alten Eichen, bildeten kleine Pfützen darauf und drängten dann, der Schwerkraft folgend, weiter nach unten. Leise plätschernd ergossen sie sich auf Kopf und Schultern der Engelsfigur, rannen an ihrem Körper herab und hinterließen eine reinigende Spur, die für einen Moment die wahre Farbe ihrer Federn enthüllte, bevor der herbeigewehte Staub sie erneut bedeckte.
Auf dem Parkplatz vor dem Friedhof stieg Mona in ihr Auto. Der Regen hatte sie bis auf die Haut durchnässt. Während sie den Wagen startete, schob sie gleichzeitig eine CD in den CD-Player und drehte an dem Lautstärkeknopf. Begleitet von ohrenbetäubenden Klängen fuhr sie durch die nassen Straßen der Stadt, in denen sich langsam die Dämmerung ausbreitete. Vor einem zweigeschossigen Haus im Stadtzentrum parkte sie ihr Auto und stieg aus.
In dem Altbau wohnte Mona seit vier Jahren. Damals hatte sie das erste Mal ihr Leben in ihre eigenen Hände genommen und beschlossen, nur noch das zu tun, was sie tun wollte. Kurzentschlossen hatte sie ihr Kunststudium abgebrochen und sich von Michael, ihrem Freund,

getrennt und so eine mehrjährige, frustrierende Partnerschaft beendet. Dann war sie zu ihrer Freundin Susanne in den ersten Stock dieses Hauses gezogen und hatte schließlich nach einiger Zeit die kleine Dachwohnung im zweiten Stock ergattern können.
Sie liebte ihr neues Zuhause: die beiden geräumigen Zimmer mit den großen Dachfenstern, die kleine Küche und das weißgekachelte Bad. Das Schönste aber daran war, dass es ihre eigene Wohnung war, die sie ganz nach ihrem Geschmack eingerichtet hatte und die nur von den Menschen betreten werden durfte, die sie mochte.
Susanne war natürlich häufig da. Schließlich lebte sie auch alleine, obwohl sie nicht der typische Single war. Sie suchte immer nach dem perfekten Mann, und trotz klarer Vorstellungen von ihrem Zukünftigen, schleppte sie stets die falschen Männer ab. Entweder waren sie verheiratet oder krankhaft eifersüchtig oder beides, und daher völlig indiskutabel. Denn Susanne war eine emanzipierte Frau, die sich von keinem Kerl einengen ließ. Als Kinderärztin mit eigener Praxis verdiente sie genügend Geld, um sich ihren Lebensunterhalt zu finanzieren, wesentlich mehr als Mona, die in einer nahegelegenen Kneipe als Kellnerin jobbte.
Manchmal kam auch Anke zu Besuch. Sie wohnte zusammen mit ihrem Ehemann im Parterre des Hauses und Mona hatte sie erst hier kennen gelernt. Anke wirkte ein bisschen bieder, was aber hauptsächlich an Jens, ihrem Mann, lag. Denn der war ein echter Spießer, konservativ in seinen Ansichten und sah zudem noch langweilig aus. Weil er nur banales Zeug zu erzählen wusste, nannten Susanne und Mona ihn nur den „Blödmann", wenn sie über ihn sprachen. Natürlich ließen sie dann kein gutes

Haar an ihm. Kein Mensch verstand, dass es Anke mit dem Blödmann aushalten konnte. Denn sie selbst war ein liebenswürdiger Mensch, mit dem sich Mona stundenlang unterhalten konnte.

Neben Anke und Blödmann wohnten die Lehmanns, eine Familie mit zwei halbwüchsigen Kindern und einem ausgewachsenen Schäferhund, die häufig für Stimmung im Haus sorgten. Sehr zum Ärger der alten Frau Schulz, die auf Ordnung, Sauberkeit und vor allem Ruhe bedacht war. Die Schulzens wohnten im ersten Stock, gegenüber von Susanne, und Mona traf stets einen der beiden rüstigen Rentner im Treppenflur, egal zu welcher Uhrzeit sie das Haus betrat oder verließ. Meist war dies Frau Schulz, die gerade wieder Susanne ermahnte die Treppe häufiger oder sorgfältiger zu putzen. Um die Dachbodentreppe scherte sich, Gott sei Dank, niemand. Denn Monas Nachbar putzte genau so wenig die Treppe, wie Mona selbst.

Als sie an ihn dachte, seufzte sie leise und betrat ihre Wohnung. In allen Zimmern über den Boden verstreut und auf den Möbeln lag Papier, große und kleinere Blätter übersät mit ihren Zeichnungen, die verrückte Figuren aus der Welt der Comics zeigten. Denn Mona zeichnete an jedem Ort, ganz gleich, ob sie beim Frühstück oder auf der Toilette saß, kurz vor dem Einschlafen oder direkt nach dem Aufwachen. Sie hatte immer einen Bleistift dabei, jederzeit bereit einer skurrilen Phantasiegestalt ein Gesicht zu geben – auf einem Einkaufszettel, einem Busfahrschein oder einem Bierdeckel, egal.

Mit beiden Händen fegte sie schwungvoll die Blätter vom Sofa und ließ sich in die Polster fallen. Sie streckte sich aus und starrte an die Decke. Dann griff sie nach dem

Block, der vor ihr auf dem Tisch lag und begann zu blättern. Lustlos las sie ein paar Zeilen und schüttelte den Kopf.

„Scheißgeschichte!", sagte sie und warf den Block wieder auf den Tisch.

Nein, sie hatte kein Talent zu schreiben. Sie konnte nur zeichnen. Tim musste schreiben. Er konnte Geschichten erzählen, so phantastisch und schön, dass man ihm endlos zuhören wollte. Denn Worte waren seine Leidenschaft. Er spielte mit ihnen, er scherzte und verführte mit ihnen. Und Mona hatte ihn verstanden, seinen Beschreibungen gelauscht und seinen Ideen ein Abbild gegeben. So war ihr erster gemeinsamer Comic entstanden, eine haarsträubende Geschichte über eine außerirdische Superheldin, die aus dem All gekommen war, um die Welt zu retten.

Mona dachte daran, wie sie hier auf dem Sofa gesessen hatten, um an Namen und Aussehen ihrer Heldin zu feilen. Sie waren sich damals nicht einig gewesen. Während Mona eher eine muskulöse Amazone mit gnadenlosem Blick vorschwebte, beschrieb Tim ein erotisches Superweib mit Kussmund und Silberblick. Außerdem wollte er ihr gigantische Flügel geben, obgleich Mona ihr längst ein geflügeltes Pferd zur Seite gestellt hatte. Im Grunde hatte er ein engelähnliches Wesen im Sinn, das auch noch ein langes Kleid tragen sollte, obwohl es sie doch beim Reiten behindert hätte, wie Mona ihm immer wieder vergeblich erklärt hatte.

Tagelang hatten sie gestritten und versucht gegen den anderen ihre Vorstellung durch zu kämpfen, bis sie sich endlich einigten. Das Ergebnis war eine sehr weibliche Amazone mit großen Augen, langen Wimpern, schmalen,

energischen Lippen und leicht herabgezogenen Mundwinkeln. Um sich fortzubewegen, benötigte sie weder Flügel noch Pferd, sondern flog einfach mit der Kraft ihrer Gedanken. Sie trug ein rückenfreies Top, dazu lange Hosen, manchmal mit einem kurzen Rock darüber und um den Kopf einen Strahlenkranz, ähnlich dem der amerikanischen Freiheitsstatue.
Astrowoman war geboren worden und Tim und Mona waren ihre Eltern.
So hatte alles angefangen. Ein ganzes Jahr hatten sie geschrieben und gezeichnet, gestritten und gelacht und sich irgendwann geliebt – ohne große Worte und Erklärungen. Die Liebe war einfach durch ein offenes Fenster hereingeweht und hatte die beiden in ihren Bann gezogen. Je heftiger ihre Gefühle wurden, umso abenteuerlicher gebärdete sich Astrowoman in ihrer irrealen Welt. Tim schrieb ihr immer größere, absurdere Aufgaben vor, die sie nur unter hohem Risiko bewältigen konnte.
Ihr erster Comic war inzwischen von einem kleinen Verlag gedruckt worden und verkaufte sich ganz ordentlich, so dass eine Fortsetzung folgen sollte. Natürlich hatte Tim schon verschiedene Ideen gehabt, wie es weiter gehen konnte. Astrowoman sollte sich in einen Menschen verlieben und damit ihre Fähigkeit zu fliegen verlieren, weil ihre Gedanken dauernd abgelenkt gewesen wären und so weiter. Seine verrückten Vorstellungen hätten ihr das Leben wieder sehr schwer gemacht, bis sie endlich mit ihrem Schlachtruf „Astrowoman rettet euch" die aus den Fugen geratene Welt erneut ins Lot gebracht hätte.
Ja, dachte Mona, wenn – wäre – hätte, Astrowoman bleibt im Konjunktiv. Sie fliegt nicht mehr, nicht weil sie sich verliebt hätte, sondern weil sie keine Gedanken mehr hat.

Denn Tim ist tot, überfahren von einem profanen Auto, und keine Superheldin aus dem Weltall hat ihn gerettet und seine Hand ergriffen, als er seine letzten Schritte tat. Mona stand auf und trat ans Dachfenster. Die Dunkelheit hatte sich wie ein schwerer Vorhang über das Glas gelegt und ließ nur das leise Plätschern der Regentropfen durch. Für einen Moment stellte sie sich vor, wie er dort unten in der Erde lag und das Wasser und die Kälte langsam zu ihm durchdrangen. Dann ging sie zurück zu ihrem Sofa, setzte sich und weinte. Sie ließ ihrem Schmerz, ihrer sinnlosen, von Trauer erfüllten Wut freien Lauf, und als sie sich schluchzend die Tränen trocknete, beschloss sie, dass sie nun das letzte Mal um Tim geweint hatte. Er musste nun selbst sehen, wie er zurechtkam in dieser anderen, unbekannten Welt. Und sie wollte sich um ihre Angelegenheiten kümmern, das Leben war schließlich schwierig genug, besonders ohne Tim.

Nachdem sie diesen Entschluss gefasst hatte, fühlte sie sich besser und schlich in die Küche, um etwas zu essen. Doch weil sich der Hunger auch beim Betrachten des Kühlschranks nicht einstellen wollte, kehrte sie mit einer Zigarette in der Hand zurück ins Wohnzimmer. Sie nahm ihren Block erneut in die Hand, schlug eine freie Seite auf und ergriff einen Bleistift. Nun würde sie eine interessante, phantasievolle Geschichte schreiben.

Angestrengt dachte sie nach. Während die Worte zusammenhanglos in ihrem Kopf kreisten, malte sie gedankenlos ein paar Gestalten auf das Papier, hässliche Gesellen mit langen, spitzen Nasen und kleinen, stechenden Augen, die böse und verschlagen hinauf in den Himmel sahen, wo Astrowoman bald erscheinen würde. Sie käme

wie ein Blitz aus den Wolken, um die Kreaturen in ihre Löcher zurück zu jagen.
Aber was dann?
Astrowoman konnte sich doch nicht in einen dieser Typen verlieben. Was hatte sich Tim dabei gedacht? So ein überirdisches Wesen interessierte sich einfach nicht für einen schwachen Menschen. Das war doch klar!
Mona atmete tief durch. Dann legte sie den Block beiseite und schaltete den Fernseher ein. Die Wettervorhersage erschien Mona wie eine Prognose für ihr zukünftiges Leben: grau und verregnet. „Der Sommer ist vorbei!", sagte der Sprecher erbarmungslos und Mona hasste ihn dafür.

Als sie spät am Abend zu Bett ging, hörte sie Hagelkörner auf das Dach trommeln. Ein stürmischer Wind heulte um das Haus und die Wolken hatten im fahlen Mondlicht eine gelbliche Farbe angenommen, so als wären sie aus Schwefel. Gewitter lag in der Luft. Mona konnte es riechen und schmecken, als sie das Fenster einen Spalt öffnete. Dann kroch sie unter ihre Bettdecke und starrte noch eine Weile in die Dunkelheit.
Sie spürte nicht, wie sie einschlief, und sie fühlte nicht die Unruhe, die durch das geöffnete Fenster in ihr Zimmer drang.
Es waren weder Blitz noch Donner, die die stille Atmosphäre des Raumes erschütterten, nicht Sturm noch Regen, sondern eine namenlose Gestalt, über die sich die Luft empörte, weil sie nicht geatmet wurde, und unter deren Füßen sich der Boden wand, weil er nicht betreten wurde. Reglos harrte sie aus, neben ihrem Bett stehend, beobachtend, zeitlos betrachtend, ohne die Lider zu

bewegen und ohne das geringste Zucken in den Mundwinkeln. Noch bevor der Morgen dämmerte, verschwand sie lautlos durch das offene Fenster.
Viele Stunden später erwachte Mona mit dem Geschmack von Laub und Regen auf den Lippen. Träge richtete sie sich auf und sah eine Weile auf die Uhr. „Aufstehen!", sagte eine giftige Stimme in ihrem Kopf, die sogleich von einer anderen, lieblichen Stimme übertönt wurde, die ihr leise ins Ohr flüsterte: „Schlafe, mein Kindlein, schlaf ein!" Gerade wollte sich Mona in die Kissen zurück fallen lassen, als es rücksichtslos an ihrer Türe klingelte. Sie verzog den Mund, als hätte sie in eine Zitrone gebissen, stand missmutig auf und trat in eine Wasserpfütze.
„Was ist das denn?"
Empört starrte Mona auf ihre nassen Füße und warf dann einen anklagenden Blick auf die schräge Zimmerdecke. Wieder läutete es an der Tür – laut und herzlos.
„Ja, ich komme doch!"
Mona riss die Tür auf und versuchte schlaftrunken ihr Gegenüber zu identifizieren.
„Meine Güte, Mona! Hast du etwa noch geschlafen?" Susanne blickte sie verständnislos an, dann ging sie einfach an ihr vorbei ins Wohnzimmer. Mona schloss die Tür und folgte ihr langsam - jeder Schritt, ein feuchter, lehmiger Fußabdruck.
„Wie siehst du denn aus?", fragte Susanne kopfschüttelnd und wies auf ihre schmutzig-nassen Füße. „Hast du etwa so im Bett gelegen?"
„Nein!", Mona rieb sich die Augen. „Das Dach ist undicht. Es hat in mein Schlafzimmer geregnet und ich bin prompt in die Pfütze getreten." Stirnrunzelnd betrachtete

sie ihre Füße. „Man möchte nicht glauben, wie schmutzig Regenwasser ist."
„Das Dach ist undicht?", regte sich Susanne auf. „Das musst du sofort dem Vermieter melden!"
„Ja, das werde ich auch, aber bestimmt nicht so früh am Morgen." Mona gähnte. „Das ist nämlich rücksichtslos!" Grimmig betrachtete sie Susanne. „Wieso bist du nicht in der Praxis? Gibt es keine kranken Kinder mehr."
„Doch", Susanne lachte, „reichlich sogar! Alle haben sie Husten, Schnupfen und Fieber."
„Und warum behandelst du sie dann nicht?"
„Das habe ich, liebe Mona. Aber mittwochnachmittags ist die Praxis geschlossen."
„Ja, nachmittags.", erwiderte Mona lahm und sah wieder auf die Uhr.
War der Morgen tatsächlich schon vorbei?
„Hör mal", Susanne schob einen Stoß Papiere auf Seite und setzte sich auf das Sofa, „so geht das nicht weiter mit dir. Seit einer Woche verkriechst du dich in deiner Wohnung und lässt nichts von dir hören. Ich verstehe ja, dass du trauerst, aber du kannst dich nicht vollständig isolieren."
„Ich weiß!"
Mona ließ sich in den Sessel fallen und schloss die Augen. Hinter ihrer Stirn hämmerten Kopfschmerzen.
„Das Leben geht schließlich weiter!"
„Hm!"
„Warum warst du eigentlich nicht auf der Beerdigung?", fragte Susanne leicht vorwurfsvoll und hob mit spitzen Fingern eine Bananenschale vom Boden auf. „Findest du das in Ordnung dich aus allem herauszuhalten?"

„Meine Güte, Susanne, warum war ich nicht auf der Beerdigung", wiederholte Mona gereizt und rieb sich die Augen, „vielleicht weil Tim höchst erstaunt gewesen wäre mich dort zu sehen?"
„Ich jedenfalls war erstaunt gewesen dich nicht zu sehen!"
Mona zuckte mit den Schultern. Sie wusste nicht, was sie sagen sollte. Niemand konnte ernsthaft von ihr erwarten auf eine verdammte Beerdigung zu gehen und zuzusehen, wie man Tim im Boden verscharrte. Nie hätte sie das über sich bringen können, nie! Es war gestern schon schwierig genug gewesen alleine sein Grab aufzusuchen und so schnell wollte sie nicht noch einmal den Friedhof betreten.
„Und Anke hat auch vergebens Ausschau nach dir gehalten!", setzte Susanne nach, der das Schweigen zu lang wurde. „Wir haben uns alle sehr gewundert."
„Tatsächlich?" Mona sah geistesabwesend aus dem Fenster. „Anke war also auch da gewesen?"
„Selbstverständlich, sie weiß schließlich, was sich gehört! Leider…", Susanne setzte eine angewiderte Miene auf, „hatte sie auch ihren Blödmann dabei. Mein Gott, er sah grauenhaft aus in seinem schwarzen Kommunionsanzug, vorne zu eng und unten zu kurz." Sie beugte sich vor und sah Mona in die Augen. „Du hättest ihn sehen müssen, wie er Trauer heuchelte, dabei hatte er ihn nie leiden können."
Sie lehnte sich zurück und schlug die Beine übereinander. „Später im Cafe", fuhr sie fort, „hat er sich natürlich gleich ein Bier bestellt, der Prolet. Du glaubst nicht, wie peinlich es für Anke war. Alle haben ihn angestarrt und den Kopf geschüttelt. Aber das war ihm gleich. Er hat

sofort angefangen über das Regenwetter zu schimpfen und sich beschwert, dass er auf dem Friedhof so nass geworden war." Susanne verdrehte die Augen und wand sich vor Abscheu. „Später hat er auch noch haarklein von der Beerdigung seines Vaters berichtet. Irgendwann konnte ich es nicht mehr aushalten und bin gegangen."
Mona sah sie an.
„Und du", sagte sie eindringlich, „fragst mich ernsthaft, warum ich nicht auf dieser Beerdigung war?"
Susanne senkte den Blick.
„Na ja, so gesehen", gab sie kleinlaut zu, „war es wohl gut, dass du dir das erspart hast. Du hättest dich nur über diesen Idioten geärgert."
Sie setzte sich wieder aufrecht und strich ihren kurzen Rock glatt. Dann fixierte sie Mona, die gerade gedankenverloren nach ihren Zigaretten griff.
„He, du hast doch noch gar nicht gefrühstückt!"
„Bin gerade dabei!"
„Du rauchst zu viel!"
„Weiß ich!"
„Gib mir auch eine!"
Mona warf ihr die Schachtel zu und zündete sich eine Zigarette an. Während sie tief inhalierte, spürte sie den prüfenden Blick ihrer Freundin auf sich gerichtet.
„Was hast du denn die ganze Woche über gemacht?", wollte Susanne wissen.
„Ich habe an unserem Comic gearbeitet, besser gesagt: ich habe es versucht. Das Problem ist aber, dass ich keine Geschichten schreiben kann. Mir fehlen die Ideen."
„Du denkst zu viel an...", Susanne zögerte einen Moment seinen Namen auszusprechen, so als gehöre es sich nicht den Namen eines Toten zu nennen, „na ja, an ihn eben!"

Mona starrte sie an. Dann schüttelte sie den Kopf. „Nein, es ist nicht wegen Tim. Ich habe einfach keine Phantasie."
„Keine Phantasie?", regte sich Susanne auf. „Das ist doch Unsinn! Ich habe selten so phantasievolle Ausreden gehört wie von dir, wenn du zu spät kommst oder meinen Geburtstag vergessen hast. Du bist im Moment nur blockiert. Das ist...", sie senkte den Blick und drehte die Zigarette in ihren Händen, „unter diesen Umständen ganz normal."
Unter diesen Umständen, dachte Mona. Wenn sie nicht so furchtbar traurig gewesen wäre, hätte sie gelacht. Tims Tod ist für sie ein Umstand, ein besonderer zwar, aber immerhin doch nur ein Umstand, einer, der sie blockiert.
„Du hast also", begann Susanne erneut, „die ganze Woche hier in dieser Wohnung verbracht und getrauert." Man konnte direkt sehen, dass ihr bei dem Gedanken ein Schauer über den Rücken lief. In dieser Wohnung!
Mona schwieg. Gedankenverloren zog sie an ihrer Zigarette und blickte in das mitleidige Gesicht ihrer Freundin. Sie meinte es gut mit ihr, aber sie hatte keine Ahnung von ihren Gefühlen. Ihre hilflosen Versuche Trost zu spenden, machten alles nur noch schlimmer. Es wurde Zeit, das Thema zu wechseln.
„Hast du dich eigentlich am Samstag mit Frank getroffen?", fragte sie daher.
„Nenn bloß nicht diesen Namen! Das regt mich auf!"
„Warum? Du findest ihn doch ganz reizend."
„Wen? Frank?", Susanne spuckte den Namen förmlich aus. „Diesen Mistkerl? Ich kann ihn nicht ausstehen!"
„Du hast mir doch kürzlich noch gesagt, wie bezaubernd er ist."

„Das war, bevor ich erkannt hatte, mit welch einem grauenhaften Macho ich es zu tun habe. Er hat doch tatsächlich von mir verlangt, dass ich meine Termine auf seine abstimme. Ich soll mich nach ihm richten. Hat man so etwas schon gehört?" Susanne schnaubte verächtlich. „Als ich ihm gesagt habe, dass wir uns gerne treffen können, er aber keine Ansprüche stellen darf, hat er gemeint, dass er dann auch bei seiner Frau hätte bleiben können. Unverschämtheit!"
Sie fuhr sich hektisch durch ihre kurzen, blonden Haare. Die Männer regten sie an und auf. Immer geriet sie an die Falschen, weil es vermutlich keinen Richtigen für sie gab. Wenn jemand ihren hohen Ansprüchen an Aussehen und gesellschaftlichem Ansehen entsprach, war er ein Charakterschwein oder verheiratet, und wenn jemand freundlich, ledig und zuverlässig war, hatte er entweder keine Arbeit oder sah aus wie der Glöckner von Notre Dame. Susanne konnte einem schon leidtun, wenn man keine anderen Sorgen hatte.
„Ich lasse mich einfach nicht kontrollieren!", fügte sie wütend hinzu.
„Nein, natürlich nicht!", stimmte Mona ihr zu. Sie stand auf und schaltete das Radio ein. Eine Weile lauschte sie dem Sender, entschloss sich dann aber eine CD aufzulegen. Dann wandte sie sich wieder ihrer Freundin zu.
„Möchtest du etwas trinken?"
Susanne starrte noch immer unzufrieden auf den Tisch. Sie schüttelte den Kopf. Dann erhob sie sich.
„Ich geh jetzt nach Hause.", meinte sie. „Meine Wohnung muss noch aufgeräumt werden."
Provozierend ließ sie ihren Blick durch das Zimmer schweifen und sah dann Mona an, die ihrem Blick aber

locker standhielt. „Du hast ja sicher auch noch etwas zu tun.", fügte sie völlig überflüssig hinzu. „Und wenn du Hilfe brauchst, du weißt ja, wo du mich findest!" Susanne wandte sich endlich zur Tür. „Und ruf den Vermieter an, wegen der undichten Stelle im Dach."
„Mach ich! Tschüss Susanne!"
Erleichtert schloss Mona die Tür hinter ihrer Freundin. Hoffentlich kam sie nicht noch einmal auf die Idee sie zu trösten. Sie hatte einfach kein Geschick dafür.
Kurze Zeit später verließ auch Mona die Wohnung. In einer nahegelegenen Imbissstube nahm sie ein fettiges Frühstück zu sich und schlenderte dann durch die Einkaufsstraßen.
Sie hatte beschlossen sich abzulenken.
Nachdem sie in unterschiedlichen Boutiquen Röcke, Hosen und Mäntel anprobiert hatte – ohne etwas zu kaufen, stand sie nun in einer Buchhandlung und blätterte in einem Roman. Der Autor hatte versucht seine Geschichte mit lustigen Bildern zu illustrieren, was ihm, nach Monas Meinung, gänzlich misslungen war. Wie aus dem Nichts befand sich plötzlich ein Bleistift in ihrer Hand und sie besserte ein wenig nach. Hier ein Strich, dort eine Rundung und da ein paar Punkte und schon sahen die Figuren wirklich lustig aus. Zufrieden legte Mona das Buch zurück auf den Tisch und verließ den Laden. Draußen vor der Tür traf sie Uli, einen Stammgast der Gaststätte, in der sie arbeitete.
„Hallo Mona, hab dich ja die ganze Woche nicht gesehen!", rief er so laut, dass sich die Leute nach ihm umdrehten. „Wie geht's dir, Mädchen?"
Gut gelaunt klopfte er ihr auf die Schulter.

„Alles okay!", erwiderte Mona und entwand sich seinen Händen. „Hast du etwa schon Feierabend?"
„Nein, wo denkst du hin", entrüstete sich Uli, „hab heute noch ein Rendezvous mit ein paar verstopften Klos und überschwemmten Badezimmern. Das gibt noch einen richtig netten Abend, wenn du verstehst, was ich meine! Hohoho!"
Uli war Installateur, der Beste, wie er sagte, und er hatte immer zu tun. Wenn man ihn traf, kam er gerade aus einem fremden Badezimmer oder war auf dem Weg dahin. Er war von früh morgens bis spät abends unterwegs, was aber hauptsächlich an seiner fehlenden Arbeitsorganisation lag. Er war nicht in der Lage seine Termine so zu gliedern, dass er nur kurze Wege zu seinen Kunden hatte. Er pendelte mehrmals am Tag zwischen Stadtzentrum und Stadtrand, fuhr kreuz und quer durch die Stadt, war überall und nirgends. Es kam vor, dass Mona seinen grauen Handwerkerbus dreimal am selben Tag an ihrem Haus vorbeifahren sah, allerdings zu drei verschiedenen Tageszeiten.
Hinzu kam, dass sich Uli über die Maßen lange bei seinen Kunden aufhielt. Gerne saß er eine geschlagene Stunde auf einem fremden Toilettendeckel, trank vier Tassen Kaffee und hielt ein Schwätzchen. Dabei vergaß er die Zeit, und all die Termine, die er noch hatte, verschoben sich weit in den Abend hinein. Aufgrund dieser liebenswerten Angewohnheiten, hatte Uli schon zwei Scheidungen hinter sich und lebte zurzeit mal wieder alleine. Seine wenige Freizeit verbrachte er in der „Blauen Wolke", einer gemütlichen Altstadtkneipe, in der Mona am Wochenende jobbte.

„Na Mädel", fuhr Uli fröhlich fort, „hast du noch Zeit für einen Kaffee?"
„Leider nein", bedauerte Mona scheinheilig, „ich bekomme heute Abend noch Besuch."
„Ach so, schade!" Uli zuckte mit den Schultern.
„Eigentlich habe ich ja auch keine Zeit. Muss jetzt noch in die Wohnsiedlung am Bahnhof und danach hierher zurück in die Bäckerei nebenan", er wies mit dem Kopf auf die andere Straßenseite, „ein undichtes Rohr flicken. Na ja und später noch in die Bahnhofskneipe. Klo verstopft! Ha! Dann sehen wir uns am Freitag in der „Wolke". Mach's gut, Mona!"
„Tschüss Uli!"
Mona sah ihm zu, wie er die Straße überquerte und gemächlich zu seinem Parkplatz ging. Doch noch bevor er in seinen Bus stieg, schlug er einem vorbei eilenden Passanten freundschaftlich auf die Schulter. „Mensch Manni", hörte Mona ihn laut rufen, „was machst du denn hier?"
Der Regen setzte wieder ein. Fein wie ein endloser Nebelschleier fiel er vom Himmel herab und benetzte sanft alles Irdische. Wer keinen Schirm zur Hand hatte, zog sich seine Kapuze über und eilte schnell nach Hause. Doch Mona hatte weder Schirm noch Kapuze. Der Regen traf sie wie immer unerwartet, und als sie nach Hause laufen wollte, trat sie in eine tiefe Pfütze, in der sich malerisch das Licht der Straßenlaternen spiegelte.
„Verdammt!"
Missmutig betrat sie den Hausflur und stampfte die Treppe hinauf. Im ersten Stock stieß sie auf Frau Schulz, die zunächst empört auf ihre schmutzigen Stiefel starrte,

sich dann aber sichtbar zusammennahm, eine zornige Bemerkung unterdrückte und ihr nur mitleidig zunickte. Mona grüßte kurz und ging ungerührt weiter. In ihrer Wohnung nahm sie erst einmal ein heißes Bad und legte sich dann in ihr Bett. Sie fühlte sich schwach und krank, irgendwie zurückgelassen, irgendwie vergessen. Die Einsamkeit lag neben ihr und Mona wandte sich ihr zu. Für einen Moment ließ sie sich umarmen, ließ sich fallen in die Abgründe der Traurigkeit. Dann schloss sie die Augen so fest, als wollte sie sie nie wieder öffnen.

„Mona macht mir langsam Sorgen!"
Susanne schlug die Beine übereinander und blickte Anke eindringlich an. „Vor ein paar Tagen habe ich sie besucht und sie hat kaum gesprochen. Ihre Wohnung ist total verwahrlost, schlecht gelüftet und überall liegen ihre merkwürdigen Zeichnungen herum. Einfach katastrophal!"
Sie rückte die kleine Decke auf dem Bistrotisch zurecht, zündete die Kerze an und hielt Ausschau nach dem Kellner. Dann wandte sie sich wieder an Anke, die ihr schweigend zugesehen hatte.
„Du hättest sie sehen müssen!", sie schüttelte theatralisch den Kopf, um sofort wieder ihre Frisur zu ordnen, „Ich habe sie praktisch aus dem Bett geklingelt, nachmittags um drei! Stell dir das mal vor! Und sie sah immer noch übernächtigt aus. Außerdem raucht sie viel zuviel."
Susanne griff nach ihren Zigaretten und schob den Aschenbecher näher heran. Sie schüttelte wieder den Kopf und versuchte sich gleichzeitig eine Zigarette anzuzünden. Das sah lustig aus und Anke musste grinsen.

Susanne hob verärgert den Kopf. „Findest du das vielleicht lustig?", fuhr sie ihre Freundin an.
„Nein, natürlich nicht!", erwiderte Anke beschwichtigend.
Sie rutschte auf dem Stuhl hin und her, um eine halbwegs bequeme Sitzposition zu finden. Diese schmalen Bistrostühle waren einfach nicht für ihren molligen Körper gemacht. Die Sitzfläche war klein und ungepolstert, die niedrigen Armlehnen standen zu eng beieinander und die Rückenlehne war so zierlich, dass man sich besser nicht anlehnte.
Natürlich hatte Susanne vorgeschlagen in dieses Eiscafe zu gehen. Es hatte gerade erst eröffnet und angeblich galt es als schick sich dort sehen zu lassen. Dabei war es hier richtig ungemütlich: nur kahle, weiße Wände, eine riesige offene Front und Stühle aus Chrom ohne Sitzkissen.
Nun, dachte Anke und blickte unzufrieden in die Fußgängerzone, gesehen wird man hier auf jeden Fall.
Sie rückte ganz nach vorne auf die Sitzkante und stützte sich mit beiden Armen auf dem Tisch ab.
„Stimmt etwas nicht mit dem Stuhl?", fragte Susanne perfide.
Doch ihre Freundin überhörte die Bemerkung. Sie dachte nach.
Seit zwei Wochen hatte sie Mona nicht mehr gesehen. Sonst kam sie gerne nachmittags auf einen Kaffee zu ihr, aber seit Tim diesen schrecklichen Unfall gehabt hatte, meldete sie sich nicht mehr. Vielleicht hätte sie nach ihr sehen müssen, aber sie wollte ihr Zeit geben, Zeit zum Trauern. Außerdem wusste sie nicht so recht, wie sie sich verhalten sollte. Sie hatte keine Erfahrung mit Menschen, die den Tod eines engen Freundes betrauerten. Erst vor

ein paar Tagen hatte sie mit Jens über Mona gesprochen und ihr Mann hatte ihr geraten sich aus fremden Angelegenheiten herauszuhalten. Das gäbe nur Ärger.
„Was sagst du nun dazu?", drängelte Susanne.
„Mona hat von einem auf den anderen Tag einen geliebten Menschen verloren", sagte Anke leise, „das ist doch klar, dass sie sich zur Zeit etwas sonderbar verhält. Und die unordentliche Wohnung finde ich nicht besorgniserregend. Mona hat nie viel Wert auf Sauberkeit gelegt."
Sie lächelte. „In dieser Hinsicht ist sie ganz anders als du!"
„Gut", erwiderte Susanne, „aber selbst dir...", Anke zog die Augenbrauen hoch, „...wären die Räume zu schmutzig gewesen."
Anke blickte ihre Freundin angriffslustig an.
War sie gerade beleidigt worden?
„Was ich damit sagen will, ist", fuhr Susanne ungerührt fort, „dass wir, ihre Freundinnen, jetzt gefragt sind zu helfen. Mona kommt alleine nicht mehr zurecht. Das kannst du mir glauben!"
„Sie ist aber sehr selbstständig und kann es nicht leiden, wenn man sie bevormundet. Was sollen wir denn tun? Willst du ihr die Wohnung putzen?"
„Ich?", fuhr Susanne auf, „Um Gottes Willen! Ich habe doch keine Zeit dafür! Ich hatte da eher an dich gedacht!"
„Vergiss es!"
Anke nahm die Karte in die Hand und studierte das Angebot. Als sie sich entschieden hatte, sah sie Susanne wieder an.
„Ich werde mich Mona bestimmt nicht aufdrängen.", fügte sie hinzu, „Sie braucht Zeit, um mit dem Gedanken

zu leben, dass Tim tot ist. Es wird vielleicht noch eine Weile dauern, aber dann schaut sie wieder nach vorne."
„Dein Wort in Gottes Ohr!"
Susanne drückte die Zigarette aus und sah sich erneut nach dem Kellner um, der es vorzüglich verstand sich unsichtbar zu machen.
„Verdammt noch mal, wo ist denn dieser blöde Kellner?"
Susanne stand auf, strich sich den Rock glatt und stolzierte wütend durch das Cafe. Laut knallten ihre Absätze auf den schwarzweißen Fliesen und die kahlen, weiß gestrichenen Wände warfen ihren Hall zurück.
Anke hörte ihre aufgebrachte Stimme. Scheinbar hatte sie den Kellner gefunden und machte ihn nun zur Schnecke. Kurz darauf kam sie zurück, im Schlepptau einen blassen, verängstigten Kellner.
„Also", begann Susanne, mit einer Stimme, die keinen Widerspruch duldete, „wären sie wohl so freundlich mir eine Tasse Kaffee und ein Glas Mineralwasser zu bringen?"
„Selbstverständlich!", flüsterte der Kellner.
„Und du?", fragte Susanne ihre Freundin, „Für dich das Gleiche?"
„Gott bewahre, nein", entrüstete sich Anke, „ich hätte gerne einen großen Walnusseisbecher mit Sahne."
Sie schenkte dem Kellner ein freundliches Lächeln, das er zaghaft erwiderte. Er schielte noch einmal zu Susanne hinüber und machte sich dann aus dem Staub.
Susanne blickte Anke strafend an.
„Einen großen Walnusseisbecher? Mit Sahne?", wiederholte sie streng.
„Ja, genau", Anke nickte zufrieden, „und danach bestelle ich mir noch eine heiße Schokolade mit Sahne!"

„Ich dachte, du wolltest abnehmen!"
„Das habe ich nie behauptet!"
„Aber wir haben doch schon häufig darüber gesprochen."
„Du sprichst ständig darüber, ich nicht und Mona übrigens auch nicht!"
„Ach Mona! Was machen wir jetzt mit Mona?"
Anke zuckte mit den Schultern. Sie wusste es auch nicht. Sie mochte Mona, weil sie viel freundlicher war als Susanne. Nie machte sie sich über ihre mollige Figur lustig und es störte sie auch nicht, wenn sie bei ihr in ein unordentliches Wohnzimmer trat. Sie warf nicht ständig prüfende Blicke durch die Räume und zog lautstark die Luft durch die Nase hoch, wenn der Frühstückstisch mittags noch nicht abgeräumt war, so wie es Susanne immer tat. Sie akzeptierten sich einfach gegenseitig. Aber einschätzen konnte sie sie nicht.
Mona kam und ging, wann sie wollte. Sie interessierte sich nicht für Regeln, hatte keine Gewohnheiten und lebte nur in den Tag hinein. Es kam vor, dass Mona drei Tage hintereinander bei Anke vor der Türe stand, um sich dann zwei Wochen lang nicht mehr blicken zu lassen. Sie war undiszipliniert, unordentlich und unzuverlässig, aber sie war nett.
Anke blickte ihr Gegenüber an. Viel netter als Susanne.
„Vielleicht sollten wir abends mal zusammen essen gehen, dann könnten wir in Ruhe mit ihr sprechen.", schlug sie schließlich vor.
Susanne zog die Mundwinkel herunter.
„Essen gehen!", presste sie abfällig hervor.
„Oder ins Kino?"
„Mit Cola und Popcorn?"
„Warum nicht?"

Susanne seufzte. „Anke", sagte sie eindringlich, „ich fürchte, dass du meine Sorge um Mona nicht ernst nimmst. Aber glaube mir, Mona ist auf dem besten Wege in eine Depression. Wir müssen unbedingt mit ihr reden. Vielleicht schaust du morgen mal bei ihr vorbei, räumst ein wenig auf, kochst Kaffee und ich komme dann am Abend dazu."

Anke sah Susanne unschlüssig an. Irgendwie schaffte diese Frau es immer wieder sie zu überreden. Dann kam ihr noch eine Idee. Sie beugte sich vor und fasste Susannes Arm. „Ich könnte einen Kuchen backen."

Lautlos trat der Kellner an den Tisch und stellte das Eis und die Getränke ab. Noch bevor sich die beiden Frauen bedanken konnten, war er wieder verschwunden. Mit Vergnügen ergriff Anke den Löffel und machte sich über das Eis her, während Susanne schmallippig an ihrem Kaffee nippte.

Verächtlich sah sie ihrer Freundin bei der Eisschlacht zu. Natürlich hätte sie auch gern ein Eis gegessen, nicht so einen läppischen Walnusseisbecher, sondern eine dieser tollen Eiskreationen, die hier angeboten wurden, mit Südfrüchten, Marzipanfigürchen und Glitzerfähnchen, aber sie verbat es sich. Nein, niemals würde sie eine solche Kalorienbombe zu sich nehmen. Denn Susanne machte Dauerdiät. Sie lebte regelrecht für ihre Diät und war stolz auf ihre schlanke Figur. Gerne zeigte sie ihre Beine in kurzen Röcken oder engen Hosen. Der Preis für ihre Eitelkeit war der Verzicht auf alles, was gut schmeckte. Das vergällte ihr häufig die Laune und dann lästerte sie böse über vermeintlich Dicke, die mit ihren Pfunden angenehm lebten, so wie Anke. Sie schlemmte, obwohl sie es sich doch wirklich nicht leisten konnte. Und

sie wurde von ihrem Blödmann darin noch bestärkt, der immer behauptete, dass er an seiner Frau was zum Anfassen haben wollte. Dieser Sexist! Dieser erbärmliche Provinzaffe!
Susanne biss sich auf die Lippen, dann ergriff sie ihre Zigaretten.
„Stört es dich, wenn ich rauche?", fragte sie mit leicht gehässigem Unterton.
Anke schüttelte den Kopf und schob sich genüsslich einen Löffel Eis in den Mund.
Dann hielt sie kurz inne.
"Glaubst du wirklich", begann sie nachdenklich, „dass Mona depressiv wird? Ich kann mir gar nicht vorstellen, dass..."
„Selbstverständlich glaube ich das!", unterbrach sie Susanne laut. „Und ich kann es mir auch sehr gut vorstellen, schließlich ist sie eine sensible Person!"
„Sie muss Tim sehr geliebt haben."
„Ach Tim!"
Susanne rückte mit dem Stuhl vom Tisch ab und schlug die Beine übereinander. Wenn sie an Tim dachte, verspürte sie wieder diese zwiespältigen Gefühle, die sie immer dann beherrscht hatten, wenn der junge Mann in ihrer Nähe gewesen war.
„Tim", meinte sie dann, „war ein verrückter Kerl. Er hat überhaupt nicht zu Mona gepasst."
„Verrückt, aber süß!", ergänzte Anke und kratzte mit dem Löffel den Eisbecher aus.
„Süß, aber unberechenbar!", fuhr Susanne entschieden fort. „Er taucht plötzlich in unserem Haus auf, nistet sich auf dem Dachboden ein, verführt Mona und bastelt mit ihr diese lächerliche Zeichentrickgeschichte."

„Mir gefällt der Comic gut!", widersprach Anke.
„Ach, das ist doch Kinderkram. Davon kann niemand leben. Mona hat sich in die Abhängigkeit eines Mannes begeben, von dem wir nichts wissen. Wir kennen weder seine Familie, noch seinen Beruf –wenn er überhaupt einen hatte- oder seine Freunde. Wir wissen nicht, wovon er seine Miete bezahlt hat, woher er gekommen ist..."
„...und wohin er gegangen ist!", vollendete Anke den Satz. „Nur, liebe Susanne, weil wir nichts von ihm wissen, heißt das nicht, dass auch Mona nichts von ihm wusste."
„Sie wusste nichts von ihm!", stellte Susanne nachdrücklich fest. Sie beugte sich vor und sah Anke in die Augen. „Ich habe sie doch oft genug ausgefragt!"
„Vielleicht hat sie es dir nicht erzählt."
„Doch", Susanne trommelte heftig mit den Fingernägeln auf den Tisch, „sie erzählt mir alles, weil wir Freundinnen sind! Außerdem ist sie gar nicht geschickt genug ein Geheimnis für sich zu behalten."
Sie lehnte sich wieder zurück und sah auf die vorbei schlendernden Menschen. Ein älterer Mann, der seinen Hund spazieren führte, stand direkt vor ihr und starrte sie an. Empört richtete sich Susanne auf und drehte ihm den Rücken zu.
Anke lachte.
„Du wolltest doch gesehen werden!", rief sie listig.
„Sehr witzig!" Susanne fuhr sich nervös durch die kurzen, blonden Haare. Dann stellte sie den Kragen ihrer Bluse auf und sah prüfend an sich herunter.
„Wo waren wir stehen geblieben?", überlegte sie unkonzentriert. „Ach ja, Tim." Ihre Stimme wurde wieder selbstsicher. „Er ist, hm, er war ein Rumtreiber. Wenn Mona am Wochenende arbeiten musste, war er ver-

schwunden. Und auch sie", Susanne blickte Anke bedeutungsvoll an, „wusste nicht, wo er sich an diesen Tagen aufhielt. Er war einfach nicht zu Hause."
„Vielleicht war er bei seinen Eltern. Tim war doch noch so jung, gerade 24 Jahre alt."
„Bei seinen Eltern?", schnaubte Susanne verächtlich. „Das glaubst du doch wohl selbst nicht! Nein, nein! Vielleicht hatte er noch eine andere Freundin." Sie überlegte einen Moment, dann nickte sie. „Ja", fuhr sie fort, „wahrscheinlich hat er sie hintergangen."
Anke schob den leeren Eisbecher beiseite und stützte sich auf dem Tisch auf. Sie sah ihre Freundin ernst an.
„Warum redest du so schlecht über Tim?", fragte sie. „Bist du etwa sauer, weil er sich für dich nicht interessiert hat?"
„Wie bitte?", Susanne lachte schrill auf. „Ich höre wohl nicht recht! Tim war mir doch vollkommen egal. Was sollte ich wohl mit so einem kleinen Versager anfangen? Außerdem war er fast zehn Jahre jünger als ich."
„Elf!", sagte Anke bestimmt.
„Egal!" Susanne ergriff ihr Glas und leerte es in einem Zug.
Ich finde", begann Anke nachdenklich und blickte auf ihre Hände, „die beiden haben gut zusammengepasst, jeder auf seine Weise chaotisch, aber talentiert. Sie haben sich wunderbar ergänzt und jetzt ist Mona alleine zurückgeblieben. Das ist sehr hart!"
Susanne lehnte sich nach vorne und fixierte Anke ärgerlich.
„Sie ist nicht alleine!", sagte sie scharf und betonte jede einzelne Silbe. „Sie hat uns. Wir waren mit ihr befreundet,

bevor sie Tim kennen lernte und sind es jetzt auch noch. Wir müssen uns um sie kümmern."

„Wie du meinst", gab Anke nach, „nur erspare Mona deine Verdächtigungen in Bezug auf Tims Treue."

„Ich werde ganz reizend zu ihr sein. Wirst du morgen nach ihr sehen?"

„In Ordnung! Was soll ich mitbringen? Schokoladentorte oder Buttercreme?" Anke lachte.

„Untersteh dich!"

Mona setzte sich ratlos auf ihr Bett. Seit zehn Minuten suchte sie vergeblich nach der undichten Stelle in der Holzdecke ihres Schlafzimmers, doch nirgendwo fanden sich Wasserspuren. Keine Tropfen, kein aufgequollenes Holz, nichts! Das war doch nicht möglich! Irgendeinen Weg musste das Wasser doch nehmen, bevor es sich als lehmig-braune Pfütze auf dem Fußboden direkt vor ihrem Bett breit machte. Jeden Morgen war das Wasser erneut da und ärgerlicherweise trat Mona regelmäßig nach dem Aufstehen in die Pfütze. Gestern Abend hatte sie schließlich einen Eimer an den Ort des Geschehens gestellt und heute Morgen eine Pfütze direkt neben dem Eimer gefunden.

Nachdenklich stand sie auf und ging ins Wohnzimmer. Auf dem Tisch standen noch die Reste des Käsekuchens, den Anke heute überraschenderweise gebracht hatte. Es war ein netter Nachmittag gewesen. Sie hatten die ganze Zeit über gegessen, Likör getrunken und über belanglose Dinge geredet. Mona hatte sich dabei entspannt und sogar hin und wieder gelacht, wenn Anke Anekdoten aus ihrem Eheleben zum Besten gab. Später war Susanne dazugekommen, die sich zunächst über den Alkoholkonsum ihrer Freundinnen aufgeregt hatte, um dann binnen kürzester Zeit mit Cognac doch aufzuholen, und sturzbetrunken von Anke nach Hause gebracht werden musste.

Mona setzte sich in einen Sessel und dachte an das, was Anke erzählt hatte. Morgen sollte Tims Wohnung ausgeräumt werden. Bei dem Vermieter hatten sich die Angehörigen gemeldet, die sich um Tims Nachlass kümmern wollten. Seinen Nachlass! Mona lächelte.

Sie war oft in Tims Wohnung gewesen und wusste genau, dass es dort nichts zu erben gab. Tim hatte noch weniger Mobiliar gehabt als sie. Wertvolles gab es bestimmt nicht in seiner Wohnung, höchstens die Stereoanlage und den Computer.

Hm, überlegte Mona, vielleicht hatte Tim noch einige Notizen gemacht für unseren Comic, Ideen gesammelt, Gedanken festgehalten. Er schrieb seine Geschichten nicht auf dem Computer, sondern immer von Hand auf. Ob ich in seiner Wohnung noch etwas finde, dass ich verwenden könnte?

Sie stand auf und kramte in ihrer Handtasche nach seinem Schlüssel, den er ihr vor kurzem erst gegeben hatte. Sie musste ihn ja sowieso zurückbringen. Sie öffnete die Tür und trat ins Treppenhaus. Drei, vier Schritte, dann stand sie vor seiner Wohnungstür. Zögerlich steckte sie den Schlüssel ins Schloss und drehte ihn um. Als die Tür sich langsam öffnete, stand sie noch immer da und konnte sich nicht entschließen hinein zu gehen. War sie ein Eindringling? Was hatte sie hier noch zu suchen?

Mona lehnte sich gegen den Türrahmen und sah durch den Türspalt hinein in seine Wohnung. Ein vertrauter

Geruch stieg ihr in die Nase und gegen ihren Willen kamen Erinnerungen hoch. Sie schluckte heftig, dann atmete sie tief durch und betrat die kleine Dachwohnung. Auf Zehenspitzen schlich sie ins Wohnzimmer.
Alles sah aus wie immer. Kissen lagen verstreut auf dem Boden zwischen Aschenbechern, gebrauchtem Geschirr und Colaflaschen. Wäsche, achtlos über die Stühle geworfen, leere Chipstüten auf dem Tisch und vereinzelte Schuhe neben der Tür gaben Mona das Gefühl, als würde Tim gleich wieder zurückkommen, um dann gespielt verschämt die schmutzige Wäsche auf einen Haufen ins Badezimmer zu werfen, den Müll in die übervolle Mülltonne zu pressen und die Schuhe unter den Tisch zu kicken, damit sie es sich auf den Kissen bequem machen konnten, vielleicht um zu kuscheln oder auch mehr.
Mona zog einen Stuhl heran und setzte sich. Ihre Beine zitterten leicht und sie legte die Hände fest auf ihre Knie. Dann blickte sie über das ganze Chaos hinweg zum Fenster, in dem sich das Zimmer spiegelte und so die Unordnung noch zu vergrößern schien.
Sie verharrte noch einen Moment, dann stand sie entschlossen auf. In diesem Zustand sollte die Familie von Tim morgen die Wohnung nicht sehen. Aus der Küche holte sie sich einen Müllbeutel und begann Tüten, Flaschen und Essensreste einzusammeln. Sie leerte die Aschenbecher, trennte die schmutzige von der sauberen Wäsche, räumte die Kissen aufs Sofa und wischte den Tisch ab.
Dann setzte sie sich an seinen Schreibtisch und sah seine Notizen durch. Tim hatte eine sehr eigenwillige Schrift gepflegt. Seine Buchstaben waren klein, aber schön geschwungen, so als hätten sie außer ihrem Lautwert noch

eine andere, symbolische Bedeutung. Die Worte wirkten ästhetisch, doch sie waren kaum lesbar. Mona hatte sich immer über seine Schrift aufgeregt, weil sie bei jedem Satz dreimal nachfragen musste, und Tim hatte nur gelacht.
Mona lehnte sich zurück und betrachtete das kleine Bild, das Tim an seinen Monitor geklebt hatte und auf dem sie zu sehen war.
Warum zum Teufel musste er sterben?
Warum nicht einer von diesen Idioten, die ihr Tag für Tag über den Weg liefen? Warum Tim, der einzige Mann, den sie mehr als sich selbst geliebt hatte?
Sie zog die Augenbrauen hoch und bewegte die Augenlider – ein guter Trick, um die Tränen zurückzuhalten. Dann beugte sie sich vor und versuchte etwas von dem zu lesen, was Tim irgendwann einmal aufgeschrieben hatte. Sie brauchte fast zehn Minuten, um zu erkennen, dass diese Zeilen nichts mit Astrowoman zu tun hatten. Scheinbar ging es um ein Computerprogramm oder etwas Ähnliches. Sie warf das Blatt in den Papierkorb. Ein paar Rechnungen glitten durch ihre Finger: Telefon, Strom, Wasser – weg damit, eine Bedienungsanleitung, ein Terminzettel aus einer Arztpraxis, eine Visitenkarte mit dem Namen einer Frau – weg, weg, weg! Ein Blatt nach dem anderen segelte vom Tisch in den Papierkorb. Mona machte reinen Tisch, wie sie es schon lange nicht mehr in ihrem Leben getan hatte. Als sie fertig war, hatte sie nicht einen Hinweis auf ihren Comic gefunden. Tim hatte ihr nichts hinterlassen, nicht eine Idee!
Sie stand auf, trat an das Dachfenster heran und öffnete es. Erst jetzt, als die kühle Abendluft ins Zimmer drang, nahm sie den muffigen, verdorbenen Geruch des Raumes

war. Irgendwie fühlte sie sich unwohl. Sie lief in die Küche und holte sich Tims Zigaretten, die sie dort hatte liegen gesehen. Zurück am Fenster zündete sie eine an und rauchte schweigend.

Es nieselte wieder leicht. Der nachtschwarze Himmel war genau über ihr, ganz nah an der Erde, als wollte er sie umarmen. Nicht ein Stern war zu sehen, nicht einmal die schweren Wolken, die der Wind vorantrieb, konnte Mona erkennen. Aber sie wusste, dass sie da waren, genau wie die Sterne, nur sehen konnte man sie nicht. So war das! Mona presste die Lippen zusammen. Der Nieselregen benetzte ihr Gesicht und der Wind trocknete es. Wieder und wieder!

Mona warf die Zigarette aus dem Fenster und schloss es. Mit großen Schritten durchquerte sie das Wohnzimmer und betrat den kleinen Flur. Als sie an der Wohnungstür stand, fiel ihr Blick auf die geöffnete Schlafzimmertür. Ohne darüber nachzudenken, ging sie langsam hinein und schaltete das Licht ein. Der Raum wirkte vertraut und doch fremd. Tim fehlte. Hier war er an jenem Morgen erwacht und er hatte nicht einen Gedanken daran verschwendet, dass er in diesem Bett nie wieder schlafen würde. Auf dem Kissen lag noch sein aufgeschlagenes Buch, in dem er am Abend vorher gelesen hatte, sein Wecker tickte leise und zählte die Zeit, die seitdem vergangen war. Mona setzte sich auf sein Bett und strich mit den Fingerspitzen über das kühle Kopfkissen. Ein paar blonde Haare lagen darauf, die letzten Spuren von Tim, die zeigten, dass er hier einmal gewohnt hatte. Mona fuhr sich mit der Hand über die Augen und schniefte. Geräuschvoll zog sie die Nase hoch und suchte unter den Kissen nach einem Tempo. Unter dem Kopf-

kissen fand sie ein zerknülltes, rotes T-Shirt und unzählige, mit Tims Schrift übersäte Blätter. Er hatte kleine Strichfiguren darauf gezeichnet und riesige Sprechblasen dazu, an den Rändern standen Regieanweisungen, wie Astrowoman ist wütend, sie lacht, sie schaut listig, und ähnliches.
Tim hatte also doch an ihrem Comic weitergearbeitet und seine Ideen aufgezeichnet. Aber warum hatte er seine Notizen versteckt und vor wem? Hatte er etwa ernsthaft geglaubt, dass Mona in seiner Abwesenheit in die Wohnung eindringen würde, um seine Texte zu lesen, bevor er sie ihr zeigte? Nun sie war zwar jetzt hier, aber zu seinen Lebzeiten hätte sie das doch nie getan.
O mein Gott, dachte Mona, zu seinen Lebzeiten. Ich hasse mich für diese Gedanken.
Noch bevor der Schmerz sie wieder erobern konnte, raffte sie die Papiere zusammen, wickelte sie in das T-Shirt und verließ den Raum. Sekunden später stand sie wieder in ihrer eigenen Wohnung. Doch zum Lesen der Notizen hatte sie keine Kraft mehr. Sie war müde, der Likör rumorte in ihrem Magen und benebelte langsam ihre Sinne. Sorgsam legte sie das Bündel auf den Nachtschrank neben ihrem Bett, warf sich in die Kissen und schloss die Augen.

Die Tage vergingen, langsam und träge.
Der Herbst ergriff das Land mit seinen grauen, nassen Händen und schüttelte es in heftigen Stürmen durch. Der Regen hatte in Monas Stadt ein Heim gefunden und wollte es nicht mehr verlassen. Allerheiligen kam und trieb die Menschen auf die Friedhöfe. Gestecke wurden niedergelegt, Kerzen angezündet und Hände gefaltet.

Hier traf man seine Freunde oder entfernte Bekannte, die man lange nicht mehr gesehen hatte. Kleine Grüppchen standen plaudernd am Wegesrand, den aufgespannten Schirm in der einen, die Streichhölzer in der anderen Hand.
Verwunderte Blicke gab es hier und da, wenn eine alte Dame, die man längst tot geglaubt hatte, vorüberging. Auf dem Weg zurück schlenderte man bevorzugt an den Gräbern der Nachbarn vorbei, um mit einem schnellen Blick am Pflegezustand des Grabes abzulesen, wie sehr der teure Verblichene von seinen Angehörigen geliebt worden war, oder auch nicht. Kopfschütteln und anklagendes Stirnrunzeln bis zum Ausgang des Friedhofs. Dann endlich konnte man wieder befreit atmen. Die Gesichtszüge entspannten sich. Der Blick glich jenen, die sonntags als erste nach der Messe aus der Kirche treten. Puh, das hätten wir geschafft! Noch mal davongekommen, Gott sei Dank!
Aber abends, wenn alle davongekommen waren, bis auf jene, die bleiben mussten, dann schimmerte der Friedhof im unwirklichen Schein der Grableuchten rötlich und es schien, als zöge eine Melodie summend durch die Wege und Reihen. Oder war es ein Pfeifen? Nein, es war wohl nur der Wind, der völlig unmusikalisch mit den Blättern der Eichen und Kastanien sein geräuschvolles Spiel trieb. Hier und da knackte ein Ast, knickte eine Blume oder kippte eine Gießkanne um. Blätter segelten durch die Luft, Staub wurde aufgewirbelt und Flügel entfaltet. Leise, vertraute Geräusche eben – typisch für einen Friedhof bei Nacht.
Mona hatte es sich in ihrem Leben wieder eingerichtet. Tim war noch da, aber nicht mehr so richtig. Sein Lachen

war in ihren Ohren endgültig verklungen. Manchmal erschrak sie, wenn sie sich seine Augen nicht mehr genau vorstellen konnte. Hin und wieder wurde sie nachts noch wach, weil sie glaubte, dass er ihren Namen gerufen hatte. Aber die Erinnerung an seine Stimme verblasste langsam. Er war noch immer mehr als sein Foto auf ihrem Bücherregal und auch sein rotes T-Shirt hatte seinen festen Platz unter ihrem Kopfkissen behalten. Doch es roch längst nicht mehr nach ihm, sondern nur noch nach ihr, so oft hatte sie es gegen ihr Gesicht gedrückt.
Eine Zeit lang hatte sich Mona wieder ihrem Comic zugewandt und versucht Tims Aufzeichnungen zu entziffern. Aber die Geschichte, die er sich ausgedacht hatte, schien konfus zu sein, so als wäre sie erst im Entstehen gewesen und als fehlten entscheidende Dinge, die die einzelnen Handlungen miteinander verbinden.
Die Geschichte begann offensichtlich damit, dass Astrowoman sich entschlossen hat die Menschen näher kennen zu lernen. Sie mischt sich unter sie und geht in langen U-Bahnschächten spazieren. Verwundert stellt sie fest, dass die Menschen stets in Eile sind, immer auf ihre Uhren schauen und befürchten, dass sie zu spät kommen. Sie lernt, dass die Zeit das Leben auf Erden bestimmt. Auf ihren ziellosen Wanderungen bewegt sie sich daher immer schneller. Sie läuft, sie fliegt, um Zeit zu sparen, und sie fragt sich, ob sie diese Zeit aufheben kann, um sie später zu verwenden. Sehr bald erkennt sie, wie vergeblich es ist, die Zeit beeinflussen zu wollen, weil sie eine Kraft ist, die scheinbar nicht aufgehalten werden kann und Astrowoman wird wütend. Die Zeit ist ihr neuer Gegner. Sie will sie anhalten, umkehren, aus der Welt schaffen.

Gut, dachte Mona, das ist ein Anfang. Aber wie soll diese Geschichte weitergehen? Gegen die Zeit kann Astrowoman nur verlieren und sie muss doch am Ende der Geschichte als strahlende Siegerin erscheinen. Mal sehen, was sich Tim dabei gedacht hat!
Neugierig blätterte sie um. Doch auf der nächsten Seite stand nur ein einziger Satz: „Astrowoman beherrscht die Zeit!"
Das sollte wohl der Titel des neuen Comics werden, dachte Mona.
Unwillkürlich sah sie auf die Uhr.
Verdammt, schon sechs Uhr!
In einer halben Stunde musste sie in der „Blauen Wolke" sein. Hektisch blätterte sie die folgenden Seiten durch, die Tim mit kleinen, kaum lesbaren Buchstaben von oben bis unten vollgeschrieben hatte. Nur anhand der Strichzeichnungen erkannte Mona, dass es nun plötzlich um eine Schule ging, in der die Pausen länger dauerten als der Unterricht und die Eltern der Schüler auf der Straße demonstrierten. Dann wiederum war von einer Firma die Rede, die von den Angestellten pausenlos betreten und verlassen wurde, weil deren Arbeitszeit –kaum angefangen- schon beendet war und wieder von neuem begann, um sofort wieder zu enden.
Mona war verwirrt. Sie raffte die Seiten zusammen und legte sie auf den Tisch. Dann eilte sie ins Badezimmer, um sich zu duschen und umzuziehen.
Eine dreiviertel Stunde später verließ Mona ihre Wohnung, nahm bei jedem Schritt drei Stufen auf einmal und war zwei Sekunden später im ersten Stock. Dann aber nahm ihr schnelles Tempo ein jähes Ende. Der alte Herr Schulz kam, bewaffnet mit Hut und Stock, behände aus

seiner Wohnung und sprang noch schnell vor Mona. Kaum hatte er sich vor sie gepflanzt, verfiel er in Zeitlupentempo. Langsam und bedächtig setzte er einen Fuß vor den anderen, wobei er in der Mitte der Treppe ging, mit der einen Hand das Treppengeländer umfasste und mit der anderen den Stock an die gegenüberliegende Wand presste, als stiege er einen gefährlichen Gebirgspfad herab.

Mona hastete von rechts nach links, doch der Alte ließ sich nicht überholen. Sie hätte versuchen können, über seinen Stock zu bringen, doch so, wie sie den alten Herrn Schulz kannte, hätte der den Stock im rechten Moment hochgehoben und sie wäre den Rest der Treppe herunter gesegelt - im Sturzflug natürlich. Also blieb sie hinter ihm.

Sie hasste sein Gehabe. Stets versuchte er im Treppenflur die jungen Leute – also, alle, die jünger waren als er und das waren alle – zur Ruhe zu erziehen. Alle sollten langsam die Treppe herunter schleichen, weil man ja Zeit hatte.

Zeit, dachte Mona, anstatt die Zeit anzuhalten, sollte Astrowoman sie beschleunigen, damit die Lahmen mal auf Trab kommen.

Rachsüchtige Ideen entsprangen in ihrem Kopf und sie stellte sich vor, wie ihre Superheldin Schulz mit seinem eigenen Stock die Treppe hinunter jagte.

Der Alte hatte inzwischen die Haustüre erreicht und hielt sich an der Türklinke fest, um einen Moment auszuruhen. Noch bevor sich Mona an ihm vorbeidrängen konnte, setzte er sich langsam in Bewegung und öffnete die Türe einen Spalt. Dann schnaufte er laut, klemmte den Stock unter den Arm und zog ein riesiges, blaukariertes

Taschentuch aus seiner Hosentasche. Geräuschvoll putzte er sich die Nase.

Mona reichte es.

„Herr Schulz", rief sie laut, „würden Sie mich bitte vorbeilassen!"

Der Alte wandte sich um und sah sie mit seinen trüben Augen an.

„Was?", fragte er.

„Vorbei! Ich will vorbei!"

„Was?"

Mona verdrehte die Augen und trat von einem Fuß auf den anderen. Am liebsten hätte sie ihn einfach weggestoßen, aber sie hielt sich zurück. Der Alte blockierte noch immer die Tür.

In aller Ruhe verstaute er das Taschentuch wieder, zog umständlich den Stock unter seinem Arm hervor und öffnete die Haustüre so weit, dass nur er hindurch passte. Kaum war er hinausgetreten, ließ er die Tür sofort los, um sie hinter sich ins Schloss fallen zu lassen. Wütend griff Mona nach der Klinke und schleuderte die Tür auf. Dann sprang sie auf die Straße und überholte den Alten, der nun, da er niemanden mehr behindern konnte, zügig voranschritt.

„Rücksichtsloser Greis!", zischte sie ihm im Vorbeieilen zu, doch Herr Schulz nahm sie überhaupt nicht wahr. Er hatte gerade ein Fahrzeug entdeckt, das im Halteverbot parkte und seine ganze Aufmerksamkeit in Anspruch nahm. Wie ein Jäger, der ein unvorsichtiges Reh erspäht hatte, trat er auf leisen Sohlen an das Auto heran.

Triumph spiegelte sich in seinen Augen, als er sich das Kennzeichen notierte.

Gegen sieben Uhr betrat Mona die „Blaue Wolke".
Harald, der Wirt, stand wie üblich an der Theke und
zapfte Bier. Das gestreifte Küchenhandtuch, das er stets
wie eine Schürze um die breiten Hüften trug, wurde fast
vollständig von seinem ausladenden Bauch verdeckt. Sein
weißes T-Shirt spannte sich gefährlich stramm über
Bauch, Brust und Oberarme. Bei einer Größe von 1,90 m
war Harald eine unübersehbare Erscheinung und jagte
jedem, der in seiner Kneipe Unruhe stiften wollte,
Respekt ein. Doch im Grunde war er ein gutmütiger Kerl.
Wie ein dicker, weißer Bär tapste er hinter seiner Theke
hin und her und bediente in aller Ruhe seine Gäste. Als er
Mona sah, nickte er ihr freundlich zu. Mona winkte ihm
lächelnd zurück und warf einen kurzen, prüfenden Blick
in den Raum.
Die Theke wies die übliche Besetzung auf.
Ganz hinten in der Ecke saß der alte Rudi, ein kleines,
schmales Männlein mit schlohweißem Haar, das hier
jeden Abend mit Genuss seinen Korn trank. Rudi sagte
wenig. Er war zufrieden, wenn er ein gefülltes Glas und
eine filterlose Zigarette in den Händen hielt. Manchmal
wechselte er ein paar Worte mit Harald, aber zu den
anderen Stammgästen hatte er kaum Kontakt. Die meisten übersahen ihn einfach, wenn er so klein und still über
die Theke gebeugt dasaß. So auch Jürgen und Ralf, die
mit weit ausholenden Gesten über ihre Arbeit diskutierten und mit ihrem Gehabe Rudi schon mehrfach angerempelt hatten – natürlich, ohne es zu bemerken.
Die beiden arbeiteten im Straßenbau und erschienen stets
in ihrer orangefarbenen Arbeitskluft. Sie hatten nur ein
Thema: das Aufreißen und Wiederherstellen von Straßen,
die unterschiedliche Qualität von Straßenbelägen, das

Pflastern von Bürgersteigen und andere interessante Aspekte ihrer Arbeit. Mit unendlicher Geduld hörte sich Harald ihre Belehrungen an und erfuhr auf diese Weise immerhin, welche Straßen in der Stadt er wegen einer Baustelle meiden sollte.

Neben Ralf stand Herbert, der Major, wie ihn alle nannten, obwohl er es in seiner militärischen Laufbahn nie so weit gebracht hatte. Dieser Titel war ihm von den anderen ironischerweise verliehen worden und er trug ihn mit Stolz und Dankbarkeit. Herbert war zeit seines Lebens Berufssoldat gewesen, doch auf Grund eines Rückenleidens hatte man ihn in den vorzeitigen Ruhestand geschickt.

Fünf lange Jahre war er seitdem auf der Suche nach einer anderen Beschäftigung gewesen, um noch irgendwie nützlich zu sein für seine Mitmenschen, doch nichts wollte ihm gelingen. Bei der kirchlichen Jugendbetreuung hatte man ihn wieder hinausgeworfen, weil sich die anderen ehrenamtlichen Mitarbeiter seinem straff durchorganisierten Tagesplan nicht unterwerfen wollten. Außerdem mokierte man sich über seine rüden Umgangsformen und seine laute Stimme. Auch in der Altenbetreuung konnte er nicht sesshaft werden, obwohl die doch sonst wirklich für jede helfende Hand dankbar war. Schon nach kurzer Zeit verzichtete das städtische Altenheim auf Herberts Mitarbeit. In dem Brief, so hatte Herbert berichtet, hätte etwas von fehlender Wärme und Zuneigung zu den Heimbewohnern gestanden.

„Diese alten Pisser", hatte er sich damals aufgeregt, „wenn du die mal scharf ansiehst, weil du das dumme Gequatsche nicht mehr ertragen kannst, fangen sie gleich

an zu heulen! Und dann verpfeifen sie dich auch noch bei der Heimleitung!"
Und weil die Nachfrage nach harten Männern in einer Welt von Weicheiern gering war, stand Herbert jeden Abend neben richtigen Kerlen wie Jürgen und Ralf und wartete ungeduldig auf ein geeignetes Stichwort, um das Gespräch an sich zu reißen.
Als er Mona erblickte, hob er den Arm und wies auf seine Armbanduhr.
„Eine halbe Stunde zu spät, junge Frau!", trompetete er vorwurfsvoll durch den Raum.
„Ich wünsche dir auch einen guten Abend, Herbert.", erwiderte Mona spitz. „Du bist natürlich wie immer pünktlich gewesen!"
„Ja klar", rief Jürgen, „der Major schließt doch mit Harry zusammen die Tür auf. Ist doch so Harry, oder? Hahaha!"
Harald verzog das Gesicht, während er sorgfältig die Biergläser spülte. Er konnte es nicht leiden, wenn man ihn Harry nannte.
„Die Kleine kommt doch immer zu spät.", giftete der Major weiter. „Die jungen Leute wissen heutzutage gar nicht mehr was Pünktlichkeit ist. Die machen, was sie wollen, weil es eben keine Konsequenzen für sie hat." Er warf Harald, der die Gläser blitzblank abtrocknete und ihnen seine ganze Aufmerksamkeit schenkte, einen provozierenden Blick zu. „Du lässt dir von dem Mädel auf der Nase herumtanzen!"
Harald stellte das Glas auf die Theke und öffnete den Mund. Doch bevor er etwas erwidern konnte, schaltete sich Jürgen wieder ein.

„Was soll er denn machen, der arme Harry?", rief er fröhlich. „He Harry, bist ja froh, wenn sie sich überhaupt mal blicken lässt, oder? Harry? Hahaha!"
Harald schloss den Mund, ergriff das Glas und hielt es gegen das Licht. Akribisch wienerte er die letzten Wasserflecken weg - eine Arbeit, bei der man sich nicht stören lassen sollte.
„In den letzten Wochen jedenfalls hat sie nur durch Abwesenheit geglänzt.", meldete sich nun Ralf zu Wort, der auch mal etwas sagen wollte.
„Sie wird viel zu tun haben!", prustete Jürgen dazwischen, „Was Herbi? Du hast doch auch immer so viel zu tun! Hahaha", und Jürgen wollte sich ausschütten vor Lachen.
Er war der Überzeugung, dass nur er und sein Kumpel Ralf wirklich arbeiteten, weil sie mit Bagger und Schaufel umgehen konnten. Alle anderen hier waren Faulenzer, das war doch klar. Wer nicht schweißüberströmt, stinkend und schmutzig abends nach Hause kam, der hatte logischerweise den ganzen Tag über nichts getan.
Mona hatte ihre Jacke inzwischen ausgezogen und weggeräumt. Langsam spazierte sie zur Theke und stellte sich zu den Männern.
„Es ist unhöflich von Leuten in der dritten Person zu sprechen, wenn sie im Raum sind!", sagte sie forsch und sah dem Major direkt ins Gesicht. „Haben die alten Leute heutzutage überhaupt keinen Anstand mehr!"
Der Major schnappte empört nach Luft, sagte aber nichts.
„Wie dritte Person?", fragte Ralf erstaunt. „Mit Harald sind wir doch zu viert. Du bist die fünfte Person!"

„Wenn nicht sogar die sechste!", lachte Mona und winkte Rudi zu. „Und jetzt haltet mich nicht länger auf. Im Gegensatz zu euch, muss ich nämlich arbeiten!"
Sie warf dem Major noch einen kalten Blick zu, klopfte Jürgen auf die breite Schulter, schenkte Ralf und Rudi ein Lächeln und ging dann zu Harald hinter die Theke.
„Gehst du gleich mal in die Küche?", fragte Harald sie leise und wies mit dem Kopf auf die Küchentür hinter ihnen. „Maria hat schon nach dir gefragt."
Mona nickte. Doch noch bevor sie sich umdrehen konnte, steckte Maria den Kopf aus der Küchentür.
„Mona?"
„Ja, komme sofort. Ich gieß mir nur noch ein Glas Cola ein!", erwiderte Mona und beeilte sich. Maria hatte wieder so einen merkwürdigen Unterton in der Stimme. Vielleicht war sie schlecht gelaunt, dann war es besser sich zu beeilen.
Maria war seit dreißig Jahren mit Harald verheiratet und führte mit ihm fast ebenso lange schon die Gaststätte. Ihre Kochkünste hatten auch in schweren Zeiten dafür gesorgt, dass die Gäste nie ausblieben. Sie war eine kleine, dunkelhaarige, leicht mollige Italienerin, die ihren Harald selbstbewusst und sehr temperamentvoll durchs Leben begleitete und oftmals auch leitete. Doch war sie geschickt genug, es ihn nicht merken zu lassen, wenn sie den Ton angab.
Nun hatte sie schon ungeduldig auf Mona gewartet, nicht weil es so viel Arbeit gegeben hätte, sondern weil sie die junge Frau in den Arm nehmen wollte. Sie kannte nämlich, im Gegensatz zu ihren Gästen, den Grund für Monas längere Abwesenheit. Anke, die hier gelegentlich mit ihrem Mann verkehrte, hatte es ihr erzählt.

Während Mona ihr Glas füllte, warf Maria einen missmutigen Blick auf die Thekenmannschaft, dabei hatte sie die Stirn in Falten gelegt und die Mundwinkel heruntergezogen.
Jürgen strahlte sie an.
„Mary, Liebchen, du siehst wieder fabelhaft aus.", rief er übertrieben freundlich. „Komm her und trink ein Bier mit uns!"
„Keine Zeit", schnappte sie zurück, „Mona, wo bleibst du?"
„Richtig so, Maria", der Major schlug mit der Faust auf die Theke, „bring das Mädel auf Trab! So muss man mit dem Personal umgehen!" Und er lachte Harald ins Gesicht.
„Halt dich da raus!", blaffte Maria ihn an, schob die Tür auf und ließ Mona durch. „Das geht dich nichts an!"
Rums – war die Tür zu und Harald lachte dem Major ins Gesicht.
„Wie geht es dir, meine Liebe? Wie fühlst du dich, du Arme?"
Maria reckte sich auf die Zehenspitzen und umarmte Mona so heftig, dass ihr die Cola aus dem Glas schwappte.
„Wie? Was meinst du?", fragte Mona überrascht und versuchte das Glas hochzuhalten, während ihr die braune, klebrige Flüssigkeit den Arm herunterlief.
„Ach, ich weiß doch, was passiert ist. Du hast deinen Liebsten verloren.", entgegnete Maria voller Mitleid. „Du bist wahrscheinlich noch ganz durcheinander."
„Äh ja, nein! Es geht schon wieder!", stammelte Mona, verwirrt über Marias Gefühlsausbruch. Sie befreite sich

vorsichtig aus ihren Armen, stellte das Glas ab und wusch sich die Hände.

„Ich bin in Ordnung, Maria, danke!", sagte sie, während sie sich die Hände abtrocknete.

Dann versuchte sie zu lächeln und ihrer Stimme einen fröhlichen Klang zu geben.

„Was kann ich tun? Zwiebeln schneiden?"

Maria rang wortlos die Hände und schüttelte den Kopf. Dann holte sie ein Netz leuchtend roter und gelber Früchte aus dem Schrank und gab es Mona.

„Paprika!", sagte sie leise und ihre Stimme war voller Trauer.

Während die beiden Frauen in der Küche das Essen zubereiteten, füllte sich langsam die Gaststätte. Herr Fried, ein gut aussehender, älterer Herr, war erschienen mit einer weißhaarigen, stark geschminkten Frau an seiner Seite. Galant half er ihr aus dem Mantel und zog für sie einen Stuhl heran, bevor er sich selbst setzte. Dann nahm er ihre Hände in seine und sprach leise mit ihr.

Harald öffnete die Küchentür und steckte seinen Kopf in das Revier der Frauen.

„Kundschaft!", brummte er.

Maria warf ihm einen ärgerlichen Blick zu, woraufhin er sich sofort zurückzog.

„Kann er die paar Gäste nicht selbst bedienen?", fragte sie Mona aufgebracht.

Die junge Frau atmete tief durch und schob die letzten Paprikastückchen in die Schüssel.

„Es ist sicher Herr Fried!", antwortete sie und wischte sich die Hände an einem Handtuch ab. „Harald kann ihn nicht sonderlich leiden."

„Ich weiß gar nicht, was er gegen diesen netten Herrn hat.", gab Maria kopfschüttelnd zurück und zerteilte mit einem scharfen Messer gekochte Eier. „Er ist immer adrett gekleidet und hat wunderbare Umgangsformen. Von Kopf bis Fuß ein Gentleman!"
„Na ja", Mona zuckte die Achseln, „Harald hält ihn für einen Heiratsschwindler, weil er immer in wechselnder weiblicher Begleitung ist und nach dem Essen zahlt regelmäßig die Dame."
„Na und, dafür verbringt sie ja auch den Abend mit einem unterhaltsamen, gut aussehenden Herrn!"
„Maria, es ist nicht meine Meinung. Es ist die Meinung deines Herrn und Gebieters!"
Mona öffnete die Küchentür und ging hinaus, während sich Maria vor Lachen in den Finger schnitt.
Die Gespräche an der Theke erstarben, als Mona sich dem Tisch der Kundschaft näherte. Vier, nein Verzeihung – fünf Augenpaare folgten ihr neugierig.
„Guten Abend!" Mona reichte Herrn Fried und seiner stark geschminkten Begleitung die Speisekarten. „Schön Sie zu sehen, Herr Fried!"
„Es ist schön, Sie hier wieder zu sehen, Mona!", Herr Fried erhob sich leicht und gab Mona die Hand. Er lächelte. „Sie bringen doch Licht in jede Hütte!"
„Hütte!", murmelte Harald.
„Schleimer!", zischte der Major.
„Wissen sie schon, was sie trinken möchten?", fragte Mona freundlich.
„Schau dir die Alte an!", flüsterte Jürgen, „Bunter ging's wohl nicht!"
„Isdischön!", traute sich Rudi zu nuscheln.
„Ne, bunter ging's wirklich nicht!", erwiderte Ralf.

„Hoffentlich hat sie genug Geld dabei!", brummte Harald. „Gesungen wird bei mir nämlich nicht!"
Ihre Blicke folgten Mona, die nun wieder zurück zur Theke kam und sich im Weinregal zu schaffen machte. Herr Fried hatte wie üblich eine teure Flasche Wein bestellt und es würde nicht bei dieser einen bleiben. Sie nahm die Weingläser in die Hand und prüfte unter den empörten Blicken von Harald, ob die Gläser auch ganz sauber waren.
„Du weißt doch, dass Herr Fried in dieser Hinsicht sehr genau ist!", flüsterte sie entschuldigend.
Harald holte tief Luft.
„Meine Gläser sind immer sauber!", patzte er beleidigt zurück.
„Selbstverständlich!"
Mona stellte Flasche und Gläser auf ein Tablett und ging unter genauer Beobachtung der Theke an den Tisch der anspruchsvollen Kundschaft. Jede Bewegung und jedes Wort am Tisch wurde von der Theke sofort registriert und kommentiert. Als Herr Fried leise gurgelnd den Wein probierte und seine Liebste die Lippen zückte, um förmlich mit zu schmecken, steckten die Männer die Köpfe zusammen.
Da schwang die Türe auf und Uli kam herein.
„Hallo Jungs!"
Uli marschierte um die Theke herum und setzte sich auf einen freien Hocker zwischen Rudi und Frank.
„Rudi, alles klar?", fragte er laut und klopfte dem zierlichen Alten freundschaftlich auf die Schulter.
Rudi nickte, nuschelte ihm „Trinkstenemit?" zu, hob schwerfällig den Kopf und suchte vergeblich Haralds Blick.

„Machsemasweibier!", bestellte er heiser.
„Na Uli, ein Bier!", fragte Harald laut und zapfte schon. Mit Schwung stellte er ihm das Bier vor die Nase und Uli trank es in einem Zug leer.
Er knallte das leere Glas auf die Theke und sah Harald erleichtert an.
„Ich hab einen Brand!", sagte er, „Komm, mach mir direkt noch eins! Das Wetter ist so drückend – nicht kalt, nicht warm – ich denk schon den ganzen Tag, ich krieg keine Luft mehr. Mann, Mann!", Uli zündete sich eine Zigarette an, inhalierte tief und schüttelte den Kopf. „Da denkst du, du kriegst keine Luft mehr!", wiederholte er.
„Jajadatwetter!", nuschelte Rudi und griff nach seinem Glas.
„Das Wetter", ereiferte sich der Major, „das Wetter ist auch nicht mehr das, was es mal war! Früher waren die Sommer warm und die Winter kalt, und heute?"
„Umjekehrt!", stellte Rudi fest und kippte sich den Korn weit in den Rachen hinein.
„Was meinst du", schaltete sich nun auch Jürgen ein, „wie das die Tage geregnet hat, gerade als wir", er drehte sich zu Ralf um und suchte Zustimmung in seinen Augen, die er auch blind bekam, „in der Birkenstraße teeren wollten!" Er schüttelte den Kopf und schlug mit der Hand auf den Tresen. „Da war nichts zu machen!" Er sah eindringlich von einem zum anderen und fixierte schließlich seinen Kumpel. „Weißt du das noch, Ralf?"
„Na klar", Ralf nickte heftig, „das hat geschüttet! Wahnsinn! Das hat überhaupt nicht mehr aufgehört! Nichts als Wasser! Und wir wollten teeren! Wir mussten teeren, aber wir konnten nicht!"

„Oder weißt du noch letzte Woche", ergriff Jürgen wieder das Wort, „neben der Unterführung an der Weißbachstraße..."
„Oh nein, hör mir bloß auf mit der Weißbachstraße!", Ralf machte eine wegwerfende Handbewegung. Die Erinnerung an die Weißbachstraße trieb ihm noch immer das Entsetzen ins Gesicht. „Da konnt' ich doch nicht mit dem Bagger rangieren! Was war das für ein Theater, als wir..."
„Und die Wasserrohre, die waren doch falsch..."
„Da stimmte was nicht mit der Drainage! Harald, machst du uns noch zwei Bier! Da standen wir doch knietief...
„Hallo Mona, hab dich ja hier lang nicht mehr gesehen!" Uli fixierte die junge Frau und setzte ein breites Lächeln auf. „Hab schon befürchtet, du wärst uns untreu geworden!"
„Keine Sorge, Uli", Mona lächelte, „ich brauchte nur mal Urlaub!"
„Urlaub von was denn?", schaltete sich der Major ungefragt ins Gespräch ein und grinste blöd.
„Wahrscheinlich von Typen wie dir!", rief Uli und lachte laut. „So was wie dich kann man nicht das ganze Jahr über aushalten. Da braucht man ab und zu ein bisschen Abstand. Sonst dreht man selbst am Rad!"
Mona lachte auch. Sie stand hinter der Theke und mixte zwei Campari-Orange. Für längere Gespräche fehlte ihr jetzt die Zeit, denn die Gaststätte hatte sich langsam gefüllt. Bis auf einen war mittlerweile jeder Tisch besetzt und in der Küche hatte Maria alle Hände voll zu tun. Mona pendelte eilig zwischen Küche und Kneipe, balancierte die Teller an der vollbesetzten Theke vorbei, servierte, räumte ab, balancierte die Teller wieder an der

volltrunkenen Thekenmannschaft vorbei, kassierte, lächelte und wünschte noch einen schönen Abend.
Die Kundschaft war zufrieden.
Man aß, trank und unterhielt sich vergnügt. Rief man nach Mona, kam sie sofort, rief man nach Harald, dauerte es eine Weile, bis er kam, und rief man nach Uli, so hatte man ihn sogleich auf dem Schoß sitzen.
Jetzt saß er gerade am Tisch von zwei jungen Frauen, die hier gemeinsam gegessen hatten. Eine von ihnen kannte Uli und hatte ihm kurz zuvor unvorsichtigerweise zugewinkt. Das reichte Uli. Sofort war er an den Tisch der beiden gestürmt und hatte sich zu ihnen gesetzt. Nun erzählte er gerade von seiner neuen Sauna, die er sich in seinem Haus eingebaut hatte.
"Eine eigene Heimsauna", sagte eine der jungen Damen, „das ist aber praktisch!"
„O ja", Uli nickte anzüglich, „ist auch viel hygienischer. Vielleicht hast du ja mal Lust mich zu besuchen und sie dir anzusehen. Oder ihr beide? Kommt doch einfach mal vorbei! Ihr könnt meine Sauna auch benutzen – kostenlos natürlich. Wie wäre es mit heute Abend? Habt ihr schon was vor? Ich könnte auch..."
Mona lief zwischen den Tischen hin und her. Gespräche waberten durch den Raum und der eine oder andere Fetzen blieb in ihren Ohren kleben.
„...könntet ihr bei mir auch duschen..."
„...he Harry, zwei große Bier, nicht wieder so kleine, hahaha..."
„...Weißbachstraße? Wo ist die Weißbachstraße..."
„...hassunochenkorn?"

Als Mona gegen Mitternacht die „Wolke" verließ, hörte sie ein dumpfes Grollen am Horizont. Es war für die Jahreszeit überraschend mild und vollkommen windstill. Sie warf einen misstrauischen Blick zum wolkenverhangenen Himmel und beschleunigte dann ihre Schritte. Weder Mond noch Sterne spendeten Licht und doch war es nicht wirklich finster, denn der Himmel hatte eine dunkelviolette Farbe angenommen, immer wieder unterbrochen durch gelbliche Wolkenfetzen, die scheinbar auf die Erde strahlten.
Monas Schritte hallten durch die menschenleere Straße. Je rascher sie lief, umso schneller ging ihr Atem. Das, was sich über ihrem Kopf zusammenbraute, beunruhigte sie. Nicht, dass ihr das herannahende Gewitter Angst eingejagt hätte, es machte sie nur nervös, weil die Luft sich veränderte. Sie schien Schwere anzunehmen, zu knistern und zu bersten, als würde sie zusammengepresst werden zwischen Wolken und Erde.
Mona zog den Kopf ein und verschränkte die Arme vor ihrem Bauch. Gott sei Dank, hatte sie nur einen kurzen Weg.
Als sie die Stufen zur Haustür erreichte, zuckte der erste Blitz am Himmel. Erschrocken drehte Mona sich um. Langsam rollte der Donner heran. Wie ein leises, böses Grollen schob er sich voran, wurde lauter, dröhnender und gipfelte schließlich in einem heftigen Knall. Mona fuhr zusammen und presste sich gegen die Tür. Das Gewitter war nah, sehr nah, doch noch nicht direkt über ihrer Stadt.
Entschlossen umklammerte sie die Türklinke und drückte sie herunter, aber die Tür war abgeschlossen.

Da zuckte der zweite Blitz durch die Nacht. Scharf und gnadenlos trennte er die Wolken, teilte den Himmel in zwei Hälften und eilte zur Erde. Rascher folgte ihm der Donner.

Mona kramte in ihrer Handtasche nach dem Schlüssel. Der dritte Blitz – wie ein Scheinwerfer erhellte er die Nacht, nur für Sekunden. Der Donner war schon da. Er brüllte durch die Straßen.

Und Mona suchte. Hektisch durchwühlte sie ihre Tasche. Der vierte Blitz und zugleich der Donner, das Gewitter war jetzt genau über ihr, der fünfte und sechste Blitz – ohrenbetäubend.

Endlich spürte sie den Schlüssel zwischen ihren Fingern, aber sie musste die Tasche festhalten.

Ein Feuerwerk an Blitzen brach hinter ihrem Rücken los, tauchte die Straße in gleißendes Licht, die unter dem Donner erzitterte und erbebte.

Plötzlich, zwischen den beiden Häusern auf der anderen Straßenseite, direkt gegenüber von Mona, löste sich eine Kontur aus dem Schatten. Kein Blitz vermochte sie zu erhellen, lediglich die Umrisse zeichneten sich ab.

Weich bewegte sie sich über die Straße – irgendwie fließend, nur ihr Tempo schien bedrohlich.

Endlich - Mona hatte den Schlüssel in der Hand.

Sie fühlte nicht, was sich näherte. Nur das Gewitter beunruhigte sie.

Mona steckte den Schlüssel ins Schlüsselloch und drehte ihn um.

Die Luft veränderte sich hinter ihr, sie verlor ihre Schwere und entwich leise zischend. Ein süßlicher Geruch stieg auf, umnebelte ihre Nase, rief für eine Sekunde Vertrautheit hervor.

Beim nächsten Blitz zeichnete sich ein merkwürdiger Schatten hinter ihrem Rücken ab. Er umgab sie, umwallte sie, als wollte er sie in seine Arme schließen.
Mona drückte die Klinke herunter, öffnete die Tür und sprang in den Treppenflur.
Hinter ihr fiel die Tür ins Schloss und trennte Innen und Außen, Oben und Unten – im letzten Moment.

2 Wie im Traum", sagte Susanne und verdrehte verzückt die Augen. Ein seliges Lächeln umspielte ihre Lippen, als sie hinauf zur Zimmerdecke sah.
„Es ist wie in einem Traum!", wiederholte sie leise und sah dann ihre Freundin an. „Lange habe ich ihn gesucht und endlich gefunden. Was sagst du dazu?"
Mona räusperte sich und sah an Susanne vorbei aus dem Fenster.
„Tja", begann sie langsam, „wenn er so ist wie du, dann..."
„Genau, wie ich!", fiel ihr Susanne ins zögerliche Wort, „Er sieht gut aus, verdient genug Geld und ist so charmant. Nicht, dass ich mich selbst loben will..."
„Nein, nein!"
„...aber er passt so gut zu mir. Er ist einfach perfekt."
Mona holte tief Luft, dann nickte sie.
„Und er ist also Arzt?", fragte sie nach, um irgendetwas zu sagen.
„Chirurg!", verbesserte Susanne sie. „Ein stadtbekannter Chirurg!"
„Soso, stadtbekannt!"
Mona versuchte nicht zu grinsen. Stadtbekannt, dachte sie, hört sich an wie berühmt-berüchtigt, wie stadtbekannter Säufer oder Hans-Dampf-in-allen-Gassen.
Sie zog die Schuhe aus und suchte eine bequeme Sitzposition auf dem Sofa. Das war schwierig, denn dieses Sofa war niedrig und hart. Mit blütenweißem Leder bezogen wirkte es wie eine kalte Badewanne und fühlte sich auch so an.
In Susannes Wohnung war fast alles weiß oder schwarz: Weiße Tische mit schwarzlackierten Chromfüßen,

schwarze Gardinenstangen mit weißen Gardinen, weiße Tapeten und schwarze Bilderrahmen.
„Christoph ist einfach entzückend!", schwärmte Susanne weiter, während Monas Blick an einer weißen Rose in einer schwarzen Vase hängen blieb. „Er hat mir gesagt, dass er noch nie eine so kompetente Kinderärztin getroffen hat wie mich. Wir haben uns den ganzen Abend nur über Kinderkrankheiten unterhalten. Er hatte so viele Fragen."
Sie seufzte zufrieden und blickte Mona lächelnd an. „Es ist natürlich schön, wenn man den gleichen Beruf hat."
„Seit wann bist du denn Chirurgin?"
„Ich bin Ärztin, das ist doch das Gleiche!"
„Eben war es noch ein Unterschied!"
„Ach Mona", Susanne richtete sich auf, schlug ein Bein über das andere und stieß dabei mit dem Absatz gegen den Metallfuß ihres unbequemen Sessels – klong, „freust du dich denn gar nicht für mich?"
„Doch, doch", Mona lachte, „ich freue mich über deinen guten Fang. Einen stadtbekannten Chirurgen trifft man ja nicht jeden Tag. Und du hast ihn tatsächlich im Fitness-Studio kennen gelernt?"
„Ja", Susanne nickte eifrig, „er war neben mir auf dem Laufband. Ist das nicht erstaunlich?"
„Allerdings", pflichtete Mona ihr bei, „und um so erstaunlicher sogar, wenn man bedenkt, dass du letzte Woche noch gesagt hast...", sie zog die Worte absichtlich lang, schloss die Augen und tat so, als müsste sie über Susannes letzte-Woche-Worte nachdenken.
„Was habe ich gesagt?", fragte ihre Freundin misstrauisch.

„Es klang so wie:", Mona versuchte Susannes Stimme nachzuahmen, „In diesem sogenannten Fitness-Studio hängen nur Spanner ab!"
Sie lachte herzlich und Susanne setzte eine beleidigte Miene auf.
„Das war letzte Woche!", sagte sie patzig. „Seitdem hat sich einiges geändert. Du musst eben einmal mitkommen ins Studio. Dann kannst du dich selbst davon überzeugen und etwas Sport würde dir auch gut tun."
„Danke, keinen Bedarf!", kicherte Mona und wischte sich die Tränen aus den Augen. „Da du ja nun den einzigen liebenswürdigen Menschen dort abgegriffen hast, bleiben mir nur noch die Spanner. An denen habe ich kein Interesse. Die kann ich im Übrigen auch jedes Wochenende in der „Blauen Wolke" treffen."
Mona lehnte sich in ihrer weißen Badewanne zurück und grinste.
„Diese Proletenkneipe!", meinte Susanne abfällig. „Ich kann mich nur wundern, dass es dir nichts ausmacht, dort zu arbeiten!"
„Das ist schon in Ordnung." entgegnete Mona leichthin, „Ich komme mit den Leuten zurecht. Harald ist ein netter Chef und bezahlt mich gut. Mehr will ich nicht!"
„Herrlich, wie anspruchslos du bist!"
„Komm doch mal mit Christoph vorbei. Marias Gerichte sind wirklich empfehlenswert."
„Mit Christoph?", stieß Susanne erschrocken aus und legte die Hände auf den Mund, um einen Aufschrei der Empörung zu unterdrücken. Ihrer Reaktion nach hatte Mona sie und Christoph gerade ins Bordell eingeladen.
„Du liebe Güte", ächzte sie, als bliebe ihr die Luft weg, „Mona, ich bitte dich!"

Sie setzte sich aufrecht in ihrem unbequemen Sessel, die Finger der rechten Hand krallten sich in die Lehne und mit der linken fuhr sie sich hektisch durch die kurzen Haare. Dann überprüfte sie den roten Lack ihrer Nägel und beruhigte sich langsam wieder.
„Soll ich einen Tisch vorbestellen?", fragte Mona gnadenlos, die das affektierte Gehabe ihrer Freundin einfach nur peinlich fand.
Susanne sammelte sich.
„Entschuldige Mona", sagte sie schließlich, „nichts gegen deine Arbeitsstelle," sie fuhr heftig mit den Händen durch die Luft und malte imaginäre Schranken und Grenzen, „aber die „Blaue Wolke" gehört sicherlich nicht zu den Etablissements, in denen sich Christoph gerne aufhält. Er bewegt sich...", sie hüstelte verlegen, „hm in anderen gesellschaftlichen Kreisen."
„Dann geht es natürlich nicht!", erwiderte Mona giftig.
Sie ärgerte sich über Susannes Arroganz, die sie noch nicht einmal versuchte zu verbergen.
Missmutig richtete sie sich auf und massierte ihren schmerzenden Rücken. Als sie ihre Zigaretten suchte, stieß sie mit dem Ellbogen gegen das eisenharte Polster.
„Hast du eigentlich eine Unfallversicherung für dieses Foltersofa?", fragte sie nebenbei, steckte sich eine Zigarette zwischen die Lippen und zündete sie an.
„Musst du hier rauchen?", fragte Susanne sie empört.
„Du rauchst doch auch!"
„Aber nicht hier!"
„Gib mir mal einen Aschenbecher oder soll ich das weiße Brett hier nehmen?", fragte Mona frech und klopfte auf das harte Polster.
„Mona!"

Susanne sprang auf und eilte in die Küche. Mit einem weißen Porzellanaschenbecher kehrte sie zurück, stellte ihn auf den Tisch und riss sofort das Fenster weit auf.
„Weißt du eigentlich, wie sehr der Qualm den Tapeten und Gardinen schadet?", zischte sie.
Die kühle, feuchte Luft von draußen drang durch das offene Fenster ein, eroberte schnell den ganzen Raum und ließ die Zimmertemperatur rasch sinken. Susanne saß wieder zusammen gekauert in ihrem Sessel und fror. Sie hatte die Arme vor der Brust verschränkt und machte ein missmutiges Gesicht.
Mona rauchte still. Sie dachte plötzlich an ihren Comic, an Astrowoman, die nicht mehr flog, weil Mona ihr keine Geschichte schenken konnte. Es war, als hätte sie aufgehört zu existieren, als sei sie mit Tim gestorben. Alles war so trostlos, so farblos, so –Mona ließ den Blick durch den Raum schweifen- so schwarz-weiß.
Sie räusperte sich und drückte die Zigarette aus, woraufhin Susanne sofort zum Fenster sprang und es mit klammen Fingern schloss.
Mona beobachtete sie dabei mit einem belanglosen, desinteressierten Blick. Dann beugte sie sich nach vorne, berührte mit den Ellbogen den niedrigen weißen Marmortisch und stützte den Kopf in die Hände.
„Ich komme mit Astrowoman überhaupt nicht weiter!", sagte sie unvermittelt.
Susanne hob erstaunt den Kopf.
„Astrowoman?"
„Ja, die Heldin aus unserem Comic! Der Verlag hat mich gestern angerufen und nachgefragt, wie weit ich mit dem Manuskript für das neue Abenteuer bin."
„Und?"

„Nichts! Ich hab keine Ideen und mit Tims konfusen Aufzeichnungen kann ich nichts anfangen!"
„Das hätte mich auch gewundert!"
Mona zog eine Grimasse und schwieg. Unzufrieden sah sie auf den Tisch. Sie dachte an die vollgeschriebenen Blätter auf ihrem Nachttisch und an ihre Probleme, wenn sie abends versuchte Tims Geschichte zu lesen.
Susanne saß da und wartete.
Wollte Mona noch etwas zu diesem lächerlichen Comic sagen? Wie konnte ihr nur eine so bedeutungslose Sache auf dem Herzen liegen? Es gab doch, weiß Gott, wichtigere Dinge zu besprechen.
Als ihre Freundin keine Anstalten machte weiter zu sprechen und nur vor sich hinbrütete, nutzte Susanne die günstige Gelegenheit.
„Also, um noch einmal auf Christoph zurückzukommen...", begann sie und lächelte glücklich. „Er hat mir erzählt..."
„Hinzu kommt, dass ich seine Schrift kaum lesen kann!", unterbrach Mona sie plötzlich und zog die Stirn in Falten.
„Was heißt: kaum?", Sie sah ihr Gegenüber an und rang die Hände, „ich kann sie überhaupt nicht lesen!"
Susanne blickte sie mit großen Augen ratlos an und nickte dann.
„Das ist natürlich ärgerlich, aber es wundert mich nicht!", erwiderte sie im belanglosen Ton. Sie strich sich den Rock glatt und fuhr sich kurz durch die Haare. „Ähem, was ich dir noch erzählen wollte, Mona!" Sie beugte sich vor und klopfte ihrer Freundin, die wieder auf den Tisch starrte, sachte aufs Bein.
„Christoph..."

Als sei dies das Stichwort, erwachte Mona erneut aus ihrer Starre.
„Und selbst wenn", sagte sie laut und sah Susanne eindringlich an, „selbst wenn ich seine Worte entziffern kann, verstehe ich sie nicht!"
„Darüber wundere..."
„Es fehlt mir die Fähigkeit mich in Tims Phantasie hineinzuversetzen!"
„Ist das vielleicht verwunder..."
„Ich glaub, ich werf die ganze Sache hin!"
„Hervorragende Idee!"
Susanne lehnte sich zurück und schlug ungehalten ein Bein über das andere –klong.
„Dann hätten wir das jetzt besprochen und erledigt.", sagte sie in einem Ton, der keine weiteren Unterbrechungen mehr dulden würde. „Du wirst sehen, Mona, es gibt andere schöne Dinge im Leben, denen man sich widmen kann, ohne seine Zeit zu verschwenden. Zum Beispiel", sie sprach die Worte schnell hintereinander, damit Mona keine Möglichkeit hatte ihr dazwischen zu reden, „einen netten Mann kennen zu lernen, mit dem man die Zeit sinnvoll verbringen und sich niveauvoll unterhalten kann, so jemanden wie Christoph...", sie schnappte hörbar nach Luft, da sie während des schnellen Redens das Atmen vergessen hatte, „der also gestern Abend...", sie musste husten, da sie zu hektisch Luft geschnappt hatte, „zu mir gesagt hat", hust, hust, „ich sei", hust, hust.
„Du liebe Güte, Susanne!", entfuhr es Mona, die sich vorbeugte und ihrer Freundin auf den Rücken klopfte. „Nun, beruhige dich doch! Wenn du etwas langsamer sprichst, kann ich dich auch verstehen."

Spät am Abend verließ Mona die gastliche Wohnung ihrer Freundin und torkelte langsam die Treppe hinauf zu ihrer Wohnung. Susannes Hustenanfälle und ihre Atemnot hatten sie noch eine Weile beschäftigt, so dass sie in ihrer Not drei Flaschen Wein trinken mussten, um wieder eine vernünftige Konversation zu Stande zu bringen. Susanne hatte geredet und geredet und Mona wusste nun alles über Christoph. Sie hatte erfahren, dass er als Kind auch Kinderarzt werden wollte und nur durch einen unglücklichen Zufall Chefarzt der chirurgischen Abteilung der städtischen Klinik geworden war, dass er Susanne verehrte und anbetete und sie glücklich machen wollte. Im Laufe des Abends hatte sich außerdem herausgestellt, dass die beiden viel Zeit mit Gesprächen verbracht hatten, Christoph sich jedoch bisher noch zu keiner körperlichen Berührung durchringen konnte, obwohl die Gelegenheiten dazu zahlreich gewesen waren.
Susanne hatte weinselig verschiedene Theorien gesponnen, um diese unverständliche Unterlassung zu erklären und sie hatten sich schließlich darauf geeinigt, dass der Chirurg ein überaus schüchterner Mann bzw. ein Herr mit extrem guten Manieren bzw. ein von den Frauen enttäuschter Kerl bzw. ein kompletter Idiot sein musste. Daraufhin hatte Susanne zu weinen begonnen und sich auf der Toilette eingeschlossen, während Mona langsam und ziellos aus der Wohnung gewankt war.
Nun stand sie vor ihrer eigenen Tür und versuchte gerade den großen, groben Schlüssel in das kleine, feine Schlüsselloch zu pressen. Nach einigen erfolglosen Versuchen, die ihr den letzten Nerv raubten, sprang die Türe schließlich auf und Mona betrat unsicher ihre Wohnung.

Sie warf die Tür hinter sich zu und brauchte noch einmal eine kleine Ewigkeit, um sie abzuschließen.
In ihrem Schlafzimmer öffnete sie das Fenster und blickte hinaus in den Dauerregen.
Es nieselte und die kleinen Wassertropfen versammelten sich auf den Dachziegeln, um gemeinsam tapfer den Weg nach unten anzutreten.
Mona reckte ihr Gesicht in die schneidend kalte Luft, die sich wie eisige Hände auf ihre Wangen legte, und atmete tief ein. Still lauschte sie dem gleichförmigen Plätschern des Wassers, das wie aus dem Nichts kommend die Erde benetzte.
Mona war müde, unendlich müde. Sehr langsam drehte sie sich vom Fenster weg, ging den langen Weg zu ihrem Bett, zog sich umständlich aus und fiel wie ein Stein in die Kissen. Mit letzter Anstrengung löschte sie das Licht und rollte sich zur Seite. Dann griff der Schlaf nach ihr – endgültig und traumlos.
In der Nacht erwachte Mona. Ganz unerwartet öffneten sich ihre Augen und starrten erwartungsvoll in die Dunkelheit, als gäbe es dort etwas zu sehen. Die Luft schien aus vielen winzig kleinen Partikeln zu bestehen, die um ihr Bett einen wilden Reigen aufführten. Als auch ihre Matratze zu kreisen begann, richtete sich Mona verschlafen und vom Alkohol benebelt auf. Während sie darüber nachsann, was sie geweckt haben könnte, vernahm sie allmählich ein lautes Rauschen in ihren Ohren und spürte, dass ihr Herz heftig klopfte.
Hätte ich bloß nicht so viel Wein getrunken, dachte sie, wäre ich doch früher nach Hause gegangen, hätte ich nur nicht so viel geraucht.

Sie gähnte und legte die Hände auf ihre Augen. Das Blut schoss ihr ins Gesicht und heizte ihre Wangen auf. Der Schlaf hatte sich in die hinterste Ecke des Raumes verzogen und Mona war wach. Ratlos ließ sie die Hände sinken und überlegte, was nun zu tun war. Aufstehen und auf Toilette gehen, ein Glas Wasser trinken, eine Zigarette rauchen und hoffen, dass sich ihr tanzendes Bett wieder beruhigte, dass es seiner eigentlichen Aufgabe nachkam, Mona still und vor allem bewegungslos in den Schlaf zu wiegen?
Nein, Mona war zu müde, um aufzustehen. Sie würde hier ausharren und den Regentropfen lauschen, die leise und monoton auf den Boden rannen.
Ein angenehmes, einschläferndes Geräusch, dachte Mona noch, doch sie schloss nicht die Augen, denn irgendetwas – ja, irgendetwas in diesem Raum war anders als sonst. War es die kalte Luft oder der Geruch von braunem, feuchtem Laub?
Hatten sich die Umrisse im Raum verändert?
Mona versuchte sich zu konzentrieren, während sich neben ihrem Bett langsam eine kleine Pfütze bildete.
Es tropft, durchfuhr es sie plötzlich, es regnet ins Zimmer hinein. Das hat mich geweckt! Natürlich!
Sie wandte sich um, tastete nach der Nachttischlampe und schaltete sie ein. Mit einem Ruck drehte sie sich um, bereit aus dem Bett zu springen und den Weg zu finden, den das Wasser nahm, um in ihr Schlafzimmer einzudringen.
Sie brauchte nicht lange zu suchen!
Das Wasser rann an einem unbewegten Gesicht mit langen gewellten Haaren, an Schultern, Brust, Armen und Beinen hinab auf den Fußboden.

Es tropfte von Augenlidern und Nasenspitze, von dunklen Locken und schmalen Fingern.
Mona riss die Augen auf und rang nach Atem. Sie keuchte, schnappte nach Luft. Ihre Augen schlossen und öffneten sich wieder, die Lider flatterten, die Lippen zitterten.
Ein Einbrecher, dachte sie schockiert, ein Räuber, ein Mörder! Sie wollte den Arm abwehrend erheben, sie wollte mit den Kissen werfen, sie wollte schreien: Hilfe, Hilfe – aber sie rührte sich nicht. Die Angst fesselte ihren Körper. Hilflos starrte sie den Einbrecher an und er blickte zurück mit weit aufgerissenen Augen.
So verharrten sie eine Weile – sitzend, stehend, starrend. Dann holte Mona tief Luft, nicht genügend, um zu schreien, doch genug um ihre Sinne frei zu atmen.
„Was", flüsterte sie tonlos, „was wollen Sie von mir?"
Der Mann sagte nichts, blickte nur unverwandt auf die verängstigte junge Frau und blieb vollkommen bewegungslos. Er wischte sich nicht das Wasser aus dem Gesicht oder streifte sich das faulende Laub von den Schultern. Er stand nur da.
„Was wollen Sie hier? Wie sind sie hereingekommen?" Monas Stimme wurde lauter und hysterisch. Ihr Herz klopfte so heftig, dass ihr Körper erbebte. Ihre zitternden Finger krallten sich in die Bettdecke, bereit sie dem Angreifer ins Gesicht zu schleudern, wenn er sich näherte, um sich auf sie zu stürzen.
Doch der Angreifer näherte sich nicht. Er zog es vor zu verharren, und er schwieg - eisern.
„Was ist los?", Monas kreischende Stimme überschlug sich. „Hat es dir die Sprache verschlagen?"
Schweigen!

Ein Verrückter, dachte Mona entsetzt, ein verdammter Psychopath! Ich muss hier raus, weg aus dem Zimmer, auf den Treppenflur, auf die Straße!
Sie zog die Beine an, rückte ans äußerste Ende des Bettes, weg von dem Verrückten, den sie nicht aus den Augen ließ. Und sein Blick folgte ihr.
Fieberhaft überlegte Mona, ob es einen Gegenstand in der Nähe gab, den sie als Waffe einsetzen konnte. Baseballschläger gehörten leider nicht zu ihrem Inventar, aber vielleicht lag ein Buch auf dem Boden. Unauffällig schob sie ihren Fuß aus dem Bett und tastete vorsichtig die Umgebung ab. Leise raschelnd bewegte er sich durch Blätter von Papier, stieß hier und da gegen ein Bleistift und berührte schließlich einen harten, kantigen Gegenstand. Der Aschenbecher, durchfuhr es sie wie ein Blitz, mein Glasaschenbecher! Ich hab vergessen ihn wegzuräumen! Entschlossen tauchten ihre Zehen in Asche und Kippen ein, umkrallten den gläsernen Rand und zogen ihn langsam näher ans Bett heran.
Der Psychopath schien nichts zu bemerken. Er starrte noch immer und Mona glaubte, den Wahnsinn in seinen Augen zu sehen.
Millimeter für Millimeter rückte der Aschenbecher näher.
Dann plötzlich bewegte sich der Mann.
Ahnte er etwas?
Sein Kopf beugte sich ein wenig nach vorne und ließ Mona das Blut in den Adern gefrieren. Dann senkte er die Knie, so unsäglich langsam, dass Mona eine Gänsehaut über den Rücken lief. Atemlos sah sie zu, wie er bedächtig die Schultern anhob und sich schließlich –wie im Zeitlupentempo- auf die Bettkante setzte. Nein, er setzte sich nicht, er sank nieder! Sein Körper, aus der Balance

gebracht, schwankte ein wenig nach hinten und dann nach vorne. Er schien sich nur allmählich zu stabilisieren. Dann richteten sich seine Schultern wieder auf und er hob den Kopf. Sein Blick erfasste Mona erneut, die wie gelähmt war von dem merkwürdigen Schauspiel.
„Was, zum Teufel, wollen Sie von mir?", flüsterte sie erneut.
Schweigen!
Der Aschenbecher wanderte weiter.
„Willst du mir Angst einjagen, du Scheißkerl?"
Mona biss sich auf die Lippen. Verflucht, das hatte sie eigentlich gar nicht sagen wollen. Es war ihr nur herausgerutscht. Sie durfte ihn, um Himmels Willen, nicht noch provozieren. Erst musste sie an den verdammten Aschenbecher herankommen und der war nun zum Greifen nah. Ich muss ihn ablenken, dachte sie verzweifelt, ihn irgendwie in ein Gespräch verwickeln und dann unauffällig nach hinten greifen und den Aschenbecher nehmen.
„Hm", Mona räusperte sich. Ihre Kehle war trocken und schmerzte, „warum bist du hier?", fragte sie heiser. Schnell glitt ihre Hand hinter ihren Rücken. „Willst du mit mir nicht sprechen?", fragte sie weiter und versuchte ihrer krächzenden Stimme einen belanglosen Ton zu geben, während ihr Herz aufgeregt flatterte. „Wie heißt du?"
Sie beugte sich ein bisschen nach hinten, um mit ihrer Hand auf den Boden zu langen. Inständig hoffte sie, dass der Mann nichts davon bemerkte. Und sie schien Glück zu haben. Ihr Gegenüber fuhr fort sie zu fixieren. Vielleicht hatten sich seine Lippen ein wenig geöffnet, doch sonst blieb er bewegungslos.

Monas Hand umfasste den Aschenbecher. Langsam zog sie den Arm an. Ihre Waffe schwebte höher, verbarg sich hinter ihrem Rücken und war fest in ihrer Hand. Mona war bereit und auch gewillt sich zu verteidigen, ihm das schwere Glas ins Gesicht zu schlagen, um aus seiner Gewalt zu fliehen. Entschlossen spannte sie die Muskeln an. Sie überlegte, wie weit sie sich vorbeugen musste, um den Kerl richtig zu treffen.
Gerade als sie ausholen wollte, um mit einem überraschenden Schlag den Verrückten außer Gefecht zu setzen, ließ sie ein Geräusch zusammenfahren. Es war ein dunkler, kräftiger Klang, der den Raum erfüllte, und langsam Silbe für Silbe an Monas Ohren drang.
„Ich habe keinen Namen!"
„Was?"
Die Frage war wie ein Aufschrei. Mona starrte ihr Gegenüber verwirrt an und die Panik zeichnete sich in ihrem Gesicht ab.
„Hast du was gesagt?"
Der Mann blickte ungerührt zu ihr.
„Ohne Namen!", wiederholte er knapp.
Ohne Namen, dachte Mona, was soll das heißen, ohne Namen? Jeder Mensch hat einen Namen! Der Kerl muss verrückt sein, komplett irrsinnig!
Und fester umklammerten ihre Finger den Aschenbecher. Derweil stieg Übelkeit in ihr hoch, breitete sich in ihrem Magen aus, kroch die Speiseröhre hinauf und legte sich auf ihre Zunge. Mona war nie ein ängstlicher Mensch gewesen und es gab nicht viele Dinge, vor denen sie sich fürchtete. In kritischen Situationen behielt sie meistens einen kühlen Kopf, so dass sie eine vernünftige Entscheidung treffen konnte. Das Wort „Gefahr" hatte für sie

bisher nur eine theoretische Bedeutung gehabt und aus unerfindlichen Gründen hielt sie sich selbst für unantastbar.

Nun aber saß sie da auf ihrem Bett, presste eine Hand auf den Bauch und kämpfte mit dem Brechreiz. Es gab, wie gesagt, nur wenige Dinge, vor denen sie sich fürchtete, aber eines davon war die Unberechenbarkeit eines Wahnsinnigen, dessen Aktionen und Reaktionen sie nicht einschätzen konnte, dessen wirren Blick sie ertragen und nicht deuten konnte, ebenso wenig wie die unverständlichen Worte aus seinem mitleidlosen Mund.

„Ich trage keinen Namen!", sagte der Mann klar und deutlich, mitten hinein in Monas diffuse Gedanken. Seine Augen öffneten sich weit, viel weiter als bei einem normalen Menschen, und sie schimmerten dunkelgrün in einem Kranz langer schwarzer Wimpern.

Mona sah in einen tiefgrünen See, in ein olivfarbenes Moor aus Schlamm und Algen, anziehend und abstoßend zugleich.

Irgendwie faszinierend, dachte sie eine Sekunde lang. Langsam begann die Übelkeit nachzulassen und ihr Körper entkrampfte sich. Mona riss sich vom Anblick seiner grünen Wahnsinnsaugen los und rutschte auf dem Kissen hin und her, den Aschenbecher fest in der rechten Hand hinter ihrem Rücken. Mit der linken versuchte sie die Decke ein Stück über ihre nackten Beine zu ziehen.

Der Mann sah ihr dabei zu.

„Wie ist dein Name?", fragte er unvermittelt.

„Als wüsstest du das nicht!", gab Mona zynisch zurück und ihre Stimme zitterte. „Du bist ja nicht das erste Mal hier!"

Der Fremde senkte den Kopf und überlegte. Er verstand die Antwort nicht. Er wusste, wie sie heißt? Aber er wusste es nicht! Er kannte sie schon, doch nicht ihren Namen. Und sie trug einen, das wusste er genau. Alle Menschen trugen einen Namen, auch die unbedeutenden. „Wie ist dein Name?", wiederholte er ratlos und hob den Kopf leicht an.
Vereinzelte Wassertropfen kreisten an seinen Locken herab, wechselten von Haar zu Haar, überschlugen sich, stürzten endlich auf das Bettlaken herab und hinterließen eine feuchte, schmutzige Spur.
Mona betrachtete eine Weile die dunklen Tupfen auf ihrem Bett. Dann hob auch sie den Blick.
„Mona!", sagte sie tonlos, während sie den Mann unauffällig musterte.
Der Fremde hatte sich ihr zugewandt. Er war noch jung, keinesfalls älter als sie. Lange, schwarze Locken fielen ihm wirr ins Gesicht, das von hohen Wangenknochen geformt wurde. Seine Nase war schmal und gerade. Sie wies nicht den geringsten Makel auf, so wie seine Lippen, deren Konturen vollkommen symmetrisch bis in die Mundwinkel hinein verliefen. Sie waren von sehr dunkler Farbe. Doch das Atemberaubendste an seinem Antlitz waren seine Augen. Die Iris setzte sich vom Weißen ab, wie Schatten vom Licht. Der Mann trug merkwürdigerweise ein Gewand, eine Art Kleid, dunkel, schmutzig und ausgeblichen, das ihm nur bis zu den Knien reichte. Auf seinen Schultern klebten braune, nasse Blätter, ebenso auf seinen weiten Ärmeln. Den rechten Arm hatte er ausgestreckt. Mit den Fingerspitzen berührte er immer wieder vorsichtig Monas Kopfkissen, so als scheute er sich davor

es wirklich anzufassen, die linke Hand hielt er hinter seinem Rücken versteckt.
Mona sah es erst jetzt.
Erneut stieg die Angst in ihr hoch, kroch in jede Zelle ihres Körpers, wurde übermächtig. In schmalen Rinnsalen rann ihr der Schweiß über den Rücken, während ihr Herz schnell und schmerzhaft schlug.
Er hielt etwas hinter seinem Rücken versteckt. Das war eindeutig und man brauchte nicht lange zu überlegen, was es sein könnte. Es war sicher kein Aschenbecher. Sie rückte ein Stück weiter nach hinten auf die Kante und kippte fast vom Bett. Es war eine Waffe, logisch, wahrscheinlich ein Messer.
O mein Gott, dachte Mona.
Sie fixierte den Fremden.
„Was", würgte sie hervor, „was hältst du hinter deinem Rücken versteckt? Was ist das?", ihre Stimme klang brüchig. „Ist das eine Waffe, ein Messer?", sie drohte zu versagen, „Willst du mich...?". Das letzte Wort brachte sie nicht hervor. Sie konnte es einfach nicht aussprechen. Sie dachte, wenn sie es ausspräche, dann würde es auch geschehen.
Tränen liefen ihr über die Wangen und sie schluchzte leise. Der Wahnsinnige wollte sie erschießen, erstechen, töten. Sie ahnte es. Sie wusste es, sie wusste nur nicht warum.
„Warum?", stammelte sie schließlich.
Der Fremde war aufgeschreckt. Immer wieder glitt ein mächtiges Zittern durch seinen Körper. Er hatte die rechte Hand von Monas Kissen genommen und presste sie nun zusammen mit der linken auf seinen Rücken.

Braune Schmutzschlieren zogen sich von seinen Augen über die Wangen.
„Mona!", hauchte er.
Mona fragte sich, warum sie nicht endlich in Ohnmacht fiel. So viel Angst konnte doch ein einzelner Mensch gar nicht ertragen. Sie würde doch sicher nicht bei vollem Bewusstsein mitbekommen, was dieser Psychopath ihr Schreckliches antat? Gab es denn keinen Gott, der sie davor bewahrte? Hatte sie keinen Schutzengel? Wann, zum Teufel, fiel sie in Ohnmacht?
„Du bist traurig!", flüsterte der Fremde, der ihre Tränen sah.
Er war unsicher. Alles war so, wie es sein sollte, denn er hatte sie gefunden. Jedoch freute sie sich nicht. Sie sprach zwar mit ihm, aber sie weinte. Er wusste nicht, warum sie traurig war.
„Ich bin nicht traurig!", schluchzte Mona. „Ich werde nur langsam verrückt, verrückt vor Angst!"
Die Gesichtszüge entglitten ihr. Mona hatte Mühe die Kontrolle zu behalten. Laut zog sie die Nase hoch, wischte mit der Hand über die Augen.
„Angst!", wiederholte der Fremde und betrachtete interessiert Monas Gesicht.
Sein Körper schien sich wieder zu beruhigen. Das Zittern und Beben ebbte langsam ab. Er zog die rechte Hand hinter seinem Rücken hervor und berührte wieder das Kopfkissen, das einen besonderen Reiz auf ihn auszuüben schien. Vorsichtig bohrte er einen Finger hinein.
„Was versteckst du hinter deinem Rücken?", fragte Mona tonlos. Sie fühlte sich so schwach und müde, ausgelaugt von der Ungewissheit und der Angst.

Der Mann legte den Kopf in den Nacken und lehnte sich leicht zurück. Er wirkte irgendwie ertappt. Zögerlich schüttelte er den Kopf.
„Heißt das – nichts?", fragte Mona.
Kopfnicken, immer noch zögerlich.
„Dann kannst du mir ja deine linke Hand zeigen!"
Langsam gewann sie ihre Selbstkontrolle zurück. Die lähmende Wirkung der Angst ließ nach. Je unsicherer der Irre wurde, umso selbstsicherer wurde sie.
Der Fremde verharrte noch einen Moment. Dann zog er die rechte Hand vom Kissen zurück, schob sie hinter seinen Rücken und zeigte Mona seine linke Hand. Sie war genau so schmutzig wie seine rechte. Erde und sogar kleine Federn klebten daran.
Mona betrachtete sie angewidert.
„Hältst du mich für dämlich?", fragte sie laut. Ihre Stimme hatte wieder Kraft. „Du wechselst das Messer von der linken in die rechte Hand und glaubst, dass ich das nicht bemerke?"
„Das Messer?" Der Fremde schien ehrlich erstaunt. Er konnte sich gut verstellen.
„Ja, es ist doch ein Messer, oder?"
Der Mann blickte noch immer verwundert. Er schaute auf Monas Kopfkissen und sah dann die junge Frau an.
„Hast du ein Messer?", fragte er erwartungsvoll.
„Nein, ich habe keins", schnauzte Mona, „aber du hast eins, hinter deinem Rücken!"
„Das ist nicht wahr!" Der Fremde schien empört. Er war ein guter Schauspieler.
„Nicht?", erwiderte Mona ironisch, „Dann beweise es! Zeig mir beide Hände, aber gleichzeitig!"

Der Mann zitterte wieder leicht. Es war, als ginge ein Sträuben durch seinen Körper. Während er die rechte Hand hervorzog, bewegte sich etwas hinter seinem Rücken. Mona reckte den Kopf, um es zu erkennen, aber im schwachen Licht der Nachttischlampe zeichnete sich nur etwas Dunkles hinter ihm ab, vermutlich ein großer Rucksack.
Der Fremde streckte beide Hände vor. Sie waren leer.
„Jetzt zeig mir deine Hände!", verlangte er.
„Wie bitte?"
„Ich will deine Hände sehen!"
„Wozu? Ich wohne hier. Ich kann in den Händen halten, was ich will!"
„Hast du ein Messer?" Der Fremde lernte schnell.
„Nein!"
Widerwillig ließ Mona den Aschenbecher zu Boden fallen und zog ihre rechte Hand hervor. Asche klebte an ihrer verschwitzten Haut und zwei Fingernägel waren abgebrochen, so fest hatte sie ihre Waffe umklammert.
Der Fremde betrachtete sie aufmerksam. Dann streckte er eine Hand aus und berührte ihre Handfläche ganz sachte. Seine Fingerspitzen fühlten sich kühl und glatt an. Mona zuckte zusammen und zog die Hand zurück. Auch der Mann schreckte zurück. Ein halb vermodertes Blatt löste sich dabei von seinem Ärmel und fiel auf die Bettdecke.
„Also gut", ergriff Mona wieder das Wort, „du hast keine Waffe dabei. Aber", sie zuckte mit den Schultern, „was willst du von mir? Warum brichst du in meine Wohnung ein?"
„Ich kam durch das Fenster!", erwiderte der Mann. „Es stand offen!"

„Na und!", regte sich Mona auf. „Das Fenster ist immer auf. Das ist doch kein Grund um einzusteigen. Du kannst doch nicht einfach in eine fremde Wohnung einbrechen, nur weil ein Fenster aufsteht! Wie bist du überhaupt auf das Dach gekommen? Hast du eine Leiter dabei? Wie oft warst du schon hier?"
Der Fremde überlegte. Sie hatte so viele Fragen, die er nicht beantworten konnte. Er war nicht darauf vorbereitet gewesen mit ihr zu sprechen. Warum war sie nicht einfach glücklich, dass er da war? Sie hatten endlich zusammengefunden. Nur das zählte. Warum war sie nur so aufgeregt? Sie regte ihn mit auf. Wenn sie doch nur wieder einschlafen würde. Er warf ihr einen scheuen Blick zu.
„Schlaf ein!", sagte er leise.
„Ich kann nicht einschlafen, so lange du hier auf meinem Bett sitzt!", empörte sich Mona. „Was denkst du dir?"
Der Mann legte die linke Hand auf seinen Rücken, stützte sich mit der rechten auf dem Bett ab und ging langsam in die Höhe. Als er stand, sah Mona, dass er barfuß war. Zögerlich bewegte er sich einen Schritt zurück, dann nickte er ihr zu. „Lösch das Licht und schlaf wieder ein.", bat er.
„Ich kann nicht schlafen, solange du im Raum bist!"
„Doch du kannst es! Ich weiß es!"
„Niemals!"
Der Fremde ging wieder einen Schritt zurück.
„Lösch das Licht.", bat er erneut.
Mona rührte sich nicht.
Der Mann senkte die Augenlider, als würde er nachdenken. Dann warf er der Lampe einen verstohlenen Blick aus den Augenwinkeln zu. Er betrachtete Mona, die

sich die Tränen aus dem Gesicht wischte, und wieder ein Blick zur Lampe, länger und intensiver. Das Licht begann zu flackern. Mona riss die Augen auf und starrte auf die Lampe. Noch bevor sie sich umdrehen konnte, um zu erkennen, was der Fremde tat, verlöschte das Licht. Mona hielt den Atem an. Das Bett vibrierte. In ihren Ohren rauschte es so laut, dass sie nicht einmal ihren eigenen Herzschlag hören konnte, und sie sah auch nichts, obwohl der Mond doch ins Zimmer schien.
Sie sah nichts!
Wie lange saß sie auf ihrem Bett und starrte in die Finsternis?
Irgendwann in dieser Nacht stand sie auf, tastete sich zur Türe und schaltete die Deckenlampe ein. Als das Licht den Raum erhellte, stellte sie fest, was sie schon ahnte: das Zimmer war leer und der Fremde verschwunden. Eine Weile blickte Mona auf das Dachfenster, das einen Spalt offen stand. Diesen Weg hatte der Einbrecher genommen. Er hatte es selbst gesagt. Sie musste es also schließen – sofort! Zögerlich näherte sie sich dem Fenster. Plötzlich dachte sie an Tim. Er hatte immer gesagt: die Liebe kommt nur durchs offene Fenster, allein der Hass überwindet verschlossene Türen. Deshalb hatten sie immer bei geöffnetem Fenster geschlafen, auch als sie sich schon längst verliebt hatten. Und sie tat es noch immer, obwohl Tim längst tot war.
Anstatt das Fenster zu schließen, öffnete Mona es weit und schaute nach draußen. Es dämmerte bereits. Mona erkannte die Umrisse der Dächer von den benachbarten Häusern. Hinunter auf die Straße sehen, konnte sie nicht, denn das ausladende Dach versperrte ihr die Sicht.

Wie hatte der Kerl es nur geschafft bis zu meinem Fenster zu kommen, dachte sie. Selbst mit einer Leiter konnte man nur den Rand des Daches erreichen und dann musste man auch noch über die Dachziegel klettern, um ins Schlafzimmer einzusteigen. Aber das Dach war rutschig und nass, denn es regnete doch dauernd.
Mona konnte es sich nicht erklären. Weit lehnte sie sich hinaus, um die letzten Spuren des Einbrechers zu entdecken, doch er hatte keine hinterlassen. Nicht einmal faulendes Laub lag auf dem Dach. Alles sah aus wie immer, als wäre er nie da gewesen, als hätte es diese entsetzlichen Stunden nie gegeben.
Mona schloss das Fenster und betrachtete kurz ihr Bett. So, dachte sie, jetzt werde ich die Polizei informieren. Die wird dann seine Spuren, die er ja hier im ganzen Raum hinterlassen haben muss, erfassen und untersuchen, also das Laub und die Erde auf meinem Bett oder das schmutzige Regenwasser auf dem Boden usw. All diese Spuren eben!
Mona verließ den Raum, um das Telefon zu holen. Kurz darauf kam sie mit einer Zigarette in der Hand zurück. Sie wollte sich noch einen Moment sammeln, bevor sie mit der Polizei sprach. Prüfend blickte sie vom Fenster zum Bett. Der Kerl hatte keine Fußabdrücke hinterlassen, obwohl er doch ganz bestimmt schmutzige Füße gehabt hatte. Nicht einmal Laub lag auf dem Boden. Die faulenden Blätter fanden sich nur in der Pfütze neben ihrem Bett, an dem er – wer weiß wie lange – gestanden hatte, bevor sie erwacht war, und natürlich auch ein paar auf ihrem Bett, die von seinem Schultern gefallen waren, als er hier gesessen hatte. Leider zeigten sich auch auf dem Bettlaken keine Spuren des Mannes, was merk-

würdig war, denn der nasse Fetzen an seinem Körper hatte erdig und lehmig ausgesehen. Einzig die braunen Ränder der Wassertropfen kreisten die Stelle ein, an der er gesessen hatte, und bildeten eine Linie zu ihrem Kopfkissen, das er mehrmals berührt hatte, ohne einen schmutzigen Fingerabdruck zu hinterlassen.
Mona ging zurück zum Fenster, öffnete es und warf die Kippe hinaus.
Von unten drang der Lärm einer vielbefahrenen Straße nach oben. Der Berufsverkehr hatte eingesetzt. Die Menschen fuhren in ihren Autos zur Arbeitsstelle und die Schüler mit dem Bus zur Schule. Lastwagen rauschten vorbei. Ralf und Jürgen ratterten mit ihrem Bagger zu irgendeiner Baustelle und Uli fuhr in seinem Handwerkerbus zum Bahnhof. Von hier aus konnte Mona sie nicht sehen, aber sie wusste, was unten auf der Straße los war. Schließlich bildete sie die zentrale Nordsüdverbindung der Stadt, die das Zentrum mit den nördlichen und südlichen Außenbezirken verband. Hier kehrte niemals Ruhe ein.
Wie, fragte sich Mona, hatte der Kerl es geschafft eine Leiter ungesehen auf dieser Straße zu platzieren und zu benutzen? Wie konnte er davon ausgehen, dass sie noch da war, wenn er wieder aus dem Fenster kletterte? Und wieso hatte ihn niemand dabei erwischt – in dieser Nacht und in all den Nächten, in denen er in mein Schlafzimmer eingedrungen war und dabei eine Pfütze hinterlassen hatte?
Mona schloss das Fenster und zog sich rasch an. Sie schloss die Haustüre auf, verließ die Wohnung und eilte die Treppen hinunter. Auf dem Bürgersteig suchte sie die Stelle, an der die Leiter gestanden haben musste.

Sie ging zwei, drei Schritte hin und her und blickte immer wieder stirnrunzelnd nach oben.
Nein, nein, der Winkel war viel zu steil. Die Leiter muss auf der Straße gestanden haben!
Sie ging ein paar Schritte zurück, die Augen fest auf die Regenrinne des Daches geheftet, und stolperte über die Bordsteinkante auf die Straße. Sofort ertönte lautes Hupen. Das Scheinwerferlicht des herbeirasenden Autos blendete hektisch auf und Mona sprang erschrocken zurück auf den Bürgersteig.
Nie im Leben hatte der Irre hier eine Leiter aufgestellt, dachte sie. Er muss auf eine andere Weise aufs Dach gekommen sein. Aber wie?
Mona senkte den Blick und trottete zurück zur Haustür. Im Treppenflur kam ihr Frau Lehmann entgegen, die ihren Hund ausführte. Für einen Moment blieb sie erstaunt stehen, grüßte dann kurz und ging weiter.
Mona stieg langsam die Treppen hinauf und wurde erst schnell, als sich im ersten Stock bei Schulz die Türe öffnete. Mit drei großen Sprüngen stand sie vor ihrer Haustür, die noch offen stand. Mona stürmte hinein und warf die Tür hinter sich zu.
Das hatte ihr gerade noch gefehlt, dass sie der alten Schulz bei deren routinemäßigen Kontrollgang im Treppenflur in die Arme lief. Sie hatte jetzt keine Nerven mehr, um die belehrende Kommentare ihrer Nachbarin über das Verursachen von Schmutz und Krach im Treppenhaus und ähnliche Verbrechen kühl zu ignorieren.
Mona ging ins Badezimmer, warf einen flüchtigen Blick in den Spiegel und erschauderte. Sie sah aus wie ein Gespenst. Ihre Augenlider waren rot aufgequollen in

einem blassen, fast weißen Gesicht. Ihr Haar war nass geschwitzt und zwischen den einzelnen Strähnen klebte verloren ein braunes Eichenblatt. Mona schüttelte es angewidert ab. Dann zog sie sich aus und duschte.
Nie wieder, dachte sie, schlafe ich in diesem Raum.
Sie hielt einen Moment inne und überlegte.
Hatte sie das Fenster geschlossen?
Eilig trat sie aus der Duschkabine, trocknete sich ab und betrat ohne zu zögern ihr Schlafzimmer. Das Fenster war zu und im Raum roch es muffig, was vermutlich an dem faulen Laub lag. Aber Mona wusste, dass sie nichts verändern durfte, bis die Polizei kam und alles genau untersucht hatte. Und ehrlich gesagt, verspürte sie auch keinerlei Lust den Dreck wegzuwischen, den andere hier hineingeschleppt hatten. Also holte sie sich nur saubere Kleidung aus dem Schrank und ging wieder hinaus. Im Wohnzimmer zog sie sich an und umkreiste dabei immer wieder das Telefon.
Jetzt sollte sie bei der Polizei anrufen. Der Täter hatte sowieso schon einen großen Vorsprung. Vermutlich hatte er bereits seine Spuren verwischt und die Stadt verlassen. Wenn sie jetzt nicht die Polizei rief, dann konnte sie es gleich sein lassen. Sie machte sich ja unglaubwürdig, wenn sie noch länger wartete. Kein Mensch zeigte erst Tage später einen Einbruch an.
Mona griff nach dem Hörer und überlegte kurz.
Soll ich den Beamten jetzt schon telefonisch alles schildern oder erst, wenn sie hier in der Wohnung sind, am Tatort sozusagen?
Sie tippte eine Nummer ein.
Ob sie in Uniform hierher kommen?
Im Hörer erklang ein Freizeichen.

Wenn Frau Schulz das sieht, glaubt sie, die Polizisten kommen, um mich abzuholen, weil ich mir die Schuhe an der Fußmatte nicht abgeputzt habe.
„Weber!"
„Hallo Anke, ich bin's, Mona!"
„Mona? Bist du es wirklich? Um diese Uhrzeit?"
„Ja!"
„Was ist passiert?"
„Nichts! Hast du eine Tasse Kaffee für mich?"
„Natürlich, komm runter!"
Mona legte auf und zuckte mit den Schultern. Keine Ahnung, warum sie nicht die Polizei angerufen hatte. Anke hatte frische Brötchen, Wurst und Käse auf den Tisch gestellt, als Mona klingelte. Sie war sich sicher, dass ihre Freundin etwas auf dem Herzen hatte, und Probleme besprach man am besten beim Essen. Sie schaltete die Kaffeemaschine ein und öffnete dann die Tür. Monas Gesicht verriet ihr, dass sie Recht hatte. In der Küche setzten sich die beiden Freundinnen gemeinsam an den Tisch.
„Was ist los mit dir?", fragte Anke vorsichtig. „Wieso bist du um diese Zeit schon auf?"
Es folgte ein prüfender Blick in Monas Gesicht. „Hast du etwa geweint?"
Mona schüttelte den Kopf.
„Nicht geschlafen!", murmelte sie.
Anke griff nach einem Brötchen, schnitt es auf und legte es auf Monas Teller.
„Jetzt isst du erst mal etwas!", sagte sie bestimmend.
Dann stand sie auf und holte die Kaffeekanne.
Schweigend schenkte sie ein und betrachtete dabei das

leichenblasse Gesicht ihrer Freundin. Sie war beunruhigt. War Mona vielleicht krank?
„Möchtest du Wurst oder Käse?", fragte sie und griff wieder nach Monas Brötchen. Geübt und schnell verteilte sie Butter auf den Hälften.
Mona atmete tief ein.
„Nein, danke Anke! Ich möchte nichts essen!", erwiderte sie abwehrend. „Ich habe keinen Hunger."
„Oder Marmelade?"
„Anke, bitte!"
„Du magst doch so gerne Erdbeermarmelade!"
„Ich will nichts essen!"
Anke sprang auf und holte ein Glas Erdbeermarmelade aus dem Kühlschrank. Ohne auf die abwehrenden Gesten ihrer Freundin zu achten, bestrich sie die beiden Brötchenhälften mit dem süßen, roten Mus und legte sie auf Monas Teller.
Mona umklammerte ihre Tasse mit beiden Händen und lehnte sich zurück. Der heiße Kaffee wärmte ihre kalten Finger. Wortlos sah sie zu, wie Anke sich ein Brötchen üppig mit Käse belegte und herzhaft hinein biss.
„Jetzt iss was!", sagte sie mit vollem Mund.
Mona trank einen Schluck Kaffee.
„Sag mal, Anke", begann sie zögerlich, „hast du in letzter Zeit etwas davon gehört, dass hier in der Gegend eingebrochen worden ist?"
„Nicht das ich wüsste!" Anke legte noch eine Scheibe Käse nach. „Wie kommst du darauf?"
Mona zuckte mit den Schultern. „In der Blauen Wolke wurde darüber gesprochen!", log sie. „Ich dachte, du hättest vielleicht etwas darüber gelesen."
„Hier in der Gegend?"

„Hm!"
„Nein, davon weiß ich nichts." Anke schob sich den letzten Brötchenrest in den Mund und pickte die Krümel von ihrem Teller auf.
„Hast du deshalb nicht geschlafen!", fragte sie kauend.
Mona zuckte wieder mit den Schultern.
„Ich habe mir Gedanken darüber gemacht!", behauptete sie. „Schließlich lebe ich alleine!"
Anke schluckte und spülte mit einem Schluck Kaffee nach. Dann grinste sie.
„Du brauchst dir doch keine Sorgen zu machen!", erwiderte sie und fuhr sich mit der Zunge über die Zähne.
„An Frau Schulz kommt niemand ungesehen vorbei. Sie ist besser als jeder Wachhund!"
„Ich habe eigentlich eher daran gedacht, dass jemand bei mir über das Dachfenster einsteigen könnte."
„Über das Dach? Das ist unmöglich!"
„Wieso unmöglich?"
„Weil das Giebeldach zu steil ist und die Dachfenster viel zu hoch liegen!"
Anke angelte sich ein zweites Brötchen aus dem Korb und sah ihrer Freundin in die Augen.
„Überleg doch mal", sagte sie eindringlich, „wie soll denn ein Einbrecher aufs Dach gelangen? Er wird wohl kaum so dumm sein eine Leiter auf die Hauptverkehrsstraße zu stellen und hinaufzuklettern? Das glaubst du doch nicht ernsthaft?"
Sie holte tief Luft, schüttelte den Kopf und wandte sich wieder ihrem Brötchen zu, das sich angenehm duftend in ihre Hand schmiegte. Ihre Augen wanderten über den Frühstückstisch. Leberwurst oder doch lieber Salami?

Mona nippte an ihrem Kaffee und warf Anke einen verstohlenen Blick zu.
„Und wenn es ein Verrückter ist?", sagte sie leise.
Anke hielt inne und hob den Kopf. Aufmerksam sah sie ihrer Freundin in die Augen.
„Ein Verrückter?", wiederholte sie ungläubig. „Hast du das etwa auch in der Blauen Wolke gehört?"
„Hm!"
Anke schüttelte wieder den Kopf. Sie dachte einen Moment nach und entschied sich dann für Salami. Während sie sich ihr Brötchen liebevoll belegte, wandte sie sich wieder ihrer Freundin zu.
„Hör nicht auf das Gerede dieser Leute!", meinte sie. „Sie sind betrunken und reden Unsinn, das weißt du doch! Du bist doch sonst nicht so ängstlich! Hier geht kein Verrückter um und bricht in kleine Dachwohnungen ein. Also mach dir keine Gedanken und iss etwas. Danach sieht die Welt ganz anders aus."
Mona seufzte.
„Wahrscheinlich hast du Recht!", erwiderte sie leise.
Zaghaft griff sie nach ihrem Brötchen und biss hinein.
„Vielleicht sieht die Welt wirklich ganz anders aus."
Anke lachte und klopfte ihrer Freundin sacht auf die Schulter.
„Sag ich doch! Und jetzt lass uns was essen!"
Den ganzen Tag hing Mona bei Anke ab und konnte sich nicht entschließen nach Hause zu gehen. Nach einem ausgiebigen Frühstück kochten sich die beiden Freundinnen ein opulentes Mittagessen mit Vorspeise und Nachtisch und tranken gleich im Anschluss daran Kaffee, zu dem Anke Gebäck und Kuchen reichte. Leider musste sich Mona noch vor dem Abendessen verabschieden, weil

Jens bald nach Hause kam und es nicht schätzte, dass seine Frau am Abend noch Besuch hatte. Mona wusste das und hatte selbst keinerlei Interesse an seiner Gesellschaft.
Also verließ sie Anke und ging hinauf in ihre eigene leere Wohnung, die irgendwie anders war als gestern. Sie wirkte kühl und ungemütlich. In jedem Winkel lauerte das Fremde und jegliche Vertrautheit war verschwunden. Mona legte sich mit einer Decke auf ihr Sofa und versuchte vergeblich zu schlafen. Sie wälzte sich von einer Seite auf die andere, zwang sich die Augen zu schließen und an nichts zu denken. Doch je mehr sie sich abmühte, umso angespannter wurde sie. Sie gähnte vor Müdigkeit, doch ihre Augen öffneten sich immer wieder gegen ihren Willen.
Unruhig lag sie da und grübelte.
Wie war der Einbrecher in ihre Wohnung gelangt? Durch das Fenster? Das war doch eine glatte Lüge! Nie im Leben war er durch das Fenster geklettert. Anke hatte Recht! Es war unmöglich! Nein, er war natürlich durch die Türe gekommen. Er hatte das Türschloss geknackt und war eingedrungen. So war es geschehen! Jeden Tag brachen Einbrecher in fremde Wohnungen ein und meistens kamen sie durch die Tür. Allerdings – und das war das Problem - nur die wenigsten von ihnen schlossen von innen wieder ab, wenn sie die Wohnung verließen.
Wie hatte er das nur geschafft?
Mona drehte sich auf den Rücken und starrte an die dunkle Decke.
Er hat die Tür nicht aufgebrochen. Das Türschloss ist unbeschädigt und ich selbst habe die Tür morgens auf-

geschlossen. Also hat er die Wohnung auch nicht durch die Tür verlassen.
Bleibt nur das Fenster übrig. Hm, ist er doch durch das Fenster geklettert? Er hat es immerhin behauptet! Aber kann man den Worten eines Verrückten überhaupt Glauben schenken?
Mona richtete sich auf und massierte sich den Nacken. Wie hat er es angestellt? Ist er vielleicht an dem Rohr der Regenrinne hinaufgeklettert? Schließlich ist er barfuß gewesen.
Ja, natürlich, Mona ließ die Hände sinken und hob den Kopf, er ist ein Fassadenkletterer! So was gibt es – Leute, die an Rohren und Hauswänden hochklettern, ohne irgendwelche Hilfsmittel! Er ist behände hinaufgestiegen und dann wie eine Katze über das nasse Dach gelaufen. Und das alles völlig lautlos! Das offene Fenster hat ihn angelockt. Nein, das Fenster ist von der Straße aus nicht zu sehen. Er hat versuchsweise das Dach erklommen und ist dann spontan in ihr Schlafzimmer gesprungen.
Natürlich nur beim ersten Mal, denn anschließend ist er ja immer wieder gekommen und hat diese Pfütze vor ihrem Bett hinterlassen.
Mona schüttelte sich bei dem Gedanken, dass sie unter den Augen des Verrückten ahnungslos geschlafen hatte, unter diesen grünen Wahnsinnsaugen.
Sie stand auf, schaltete das Licht ein und ging zur Toilette. Als sie zurückkam, setzte sie sich auf die Lehne des Sofas. Sie bückte sich, hob ihren Malblock vom Boden auf und angelte sich einen der Bleistifte, die unter dem Tisch wohnten. Während sie weiter grübelte, begann sie zu malen.

Zwei fein geschwungene Bögen zeigten, dass sie mit seinen Augen begann. Natürlich, sie konnte nicht anders. Große, mandelförmige Konturen öffneten das weiße Blatt. Mona zeichnete automatisch, ohne nachzudenken, wie fremdgesteuert. Die Iris erschien auf dem Bild - obwohl mit Bleistift gemalt, schien sie grün zu schimmern. Sie hatte die Farbe eines olivgrünen Moores, in dem alles Lebendige unterging, um sich langsam zu zersetzen, sich aufzulösen und endlos zu vergehen. Aus dem geheimen Inneren des Moores entsprang die Pupille – tiefschwarz, gefangen in heller, ovaler Form, über die sie hinauszuwachsen schien, wie ein Feuer, dass sich langsam über die Ränder hinweg frisst, um sich auszubreiten und neues dunkelgrün schimmerndes Terrain zu erobern. Grenzen setzten nur die unzähligen langen schwarzen Wimpern, die den ausufernden Blick zurückdrängten, ihm etwas von seiner Dominanz nahmen, indem sie ihn milde stimmten.

Mona zeichnete die Augenbrauen. Sehr gleichmäßig und großzügig geschwungen leiteten sie über zu den Konturen der Nase, die in ihrer schlichten Ebenmäßigkeit wie von einem Künstler geformt erschien.

Unruhe in das Bild brachten dann seine Lippen. Mona malte sie mit feinen, schwarzen Strichlinien sehr beunruhigend, sehr dunkel. Obgleich die äußeren Konturen seines Mundes so ebenmäßig wie seine Nase waren, erschien die innere Fläche ungeordnet, als sei sie in Bewegung, wie Wellen, die von innen nach außen dringen – dunkel und kalt. Seine Lippen wirkten unberechenbar und in den völlig geraden Mundwinkeln zeichnete sich ein grausamer Zug ab. Die Gewalt ergab sich nicht aus der perfekten Form seiner Lippen, sondern schien aus

ihrem Inneren nach außen zu treten. Und es war nicht so, als ob die Wirkung seines Mundes das gesamte Gesicht störten oder entstellten – nein, der Ausdruck seiner Lippen korrespondierte mit dem Blick seiner Augen, eine gefährliche Harmonie, die das Antlitz vordergründig schön und vollkommen erscheinen ließ, und nur der aufmerksame Beobachter, der Künstler, ahnte den Abgrund dahinter.
Mona ließ den Stift sinken und betrachtete ihr Werk. Es war eindeutig gelungen. Sie hatte es geschafft den verstörenden Kontrast zwischen dem äußeren ruhigen Eindruck und dem inneren beunruhigenden Ausdruck seines Gesichtes darzustellen.
Gott sei Dank, war es nur ein Bild, das Abbild dessen, was sie gesehen hatte.
Mona umrahmte die Gesichtzüge mit feinen, hellen Linien, die einen ovalen Kopf erkennen ließen, der schließlich von dunklen, chaotisch geschwungenen Linien eingekreist, ja förmlich bedroht wurde. Immer mehr schwarze Locken erschienen auf dem Bild. Wie die schlangenförmigen Strähnen des Medusenhauptes bemächtigten sie sich des Gesichtes. Sie fielen in die hohe Stirn und in die Augen, berührten Brauen und Mundwinkel, durchkreuzten gerade Linien und entstellten vollkommene Formen. Die Haarpracht gab dem Gesicht etwas Fremdes, Irdisches – ja, es wirkte auf eine besondere Weise menschlich.
Mona schloss für einen Moment die Augen und gähnte. Dann legte sie Block und Bleistift beiseite, schaltete das Licht aus und ließ sich auf das Sofa fallen. Bewegungslos starrte sie in die Dunkelheit.

Die Nacht ist ein seltsames Spektakel. Sie kündigt sich lange an, bevor sie hereinbricht und doch scheint es, als käme sie plötzlich. Sie legt sich finster über die Gegenstände in der Wohnung und löst ihre Konturen auf. Sie zieht in Schränke und Regale ein und verändert sie, lässt sie bis zur Decke wachsen oder einfach verschwinden. Weiche Polstermöbel scheinen hart, spitze Kanten weich zu werden. Umrisse verschwinden oder gruppieren sich zu unbekannten Wesen, die man nicht mehr erkennen kann.
Was ist das? Ein Kopf, ein Augenpaar, eine ausgestreckte Hand? Die Nacht kennt nur Blinde, Tastende, auf ein Geräusch lauernde Lebewesen, die lieber die Augen schließen, als nichts zu sehen.
Schlafende, Träumende, Ruhende.
Und alle warten sie auf das neue Licht am Morgen, dass die Sonne wieder aufgeht, die Dämonen vertreibt und den Dingen ihre wahre Natur zurückgibt. Die Stimmen kehren wieder und mit ihnen die Bewegung und die Zeit. Es ist ein Neuanfang, als wäre die Welt neu erschaffen worden und als hätte man wieder alle Chancen, wenn man nur die Farben sieht, das Vertraute erkennt und die Dinge richtig deutet. Der Tag ist die Erholung von der Nacht, die Pause zwischen zweimal Finsternis und das Gefühl lebendig zu sein.
In der Nacht hatte Mona plötzlich eine Idee und sie setzte sie am Morgen sofort um. Den ganzen Tag über arbeitete sie an ihrem Comic. Der Fremde war wieder da, drang nachts in die Schlafzimmer harmloser Menschen ein und trieb sie in den Irrsinn, bis sie zu seinem willenlosen Werkzeug wurden, dass er benutzen konnte, um der Welt Schaden zuzufügen. Er hauchte ihnen das Böse ein,

verführte sie zum Verbrechen und erfreute sich an ihren
Taten. Aber er hatte nicht mit Astrowoman gerechnet, die
sich wie ein Wirbelsturm an seine Spuren heftete und ihn
verfolgte. Sie würde ihm ins Handwerk pfuschen und ihn
am Ende der Geschichte besiegen. Ganz gewiss!
Mona zeichnete und schrieb, bis sich ihre Finger verkrampften. Der große Schokoladen-Nikolaus auf ihrem
Tisch schrumpfte auf wenige Krümel zusammen und die
Lebkuchenherzen verschwanden, als wären sie nie da
gewesen, aber am Abend hatte Mona ihre Geschichte in
den wichtigsten Zügen umrissen. Es war ein langer
heftiger Kampf zwischen Astrowoman und dem
Fremden. Doch der Sieg war ihrer Heldin gewiss.
Als Mona auf die Uhr sah, wurde sie hektisch. Schon
wieder die Zeit verpasst! Maria würde begeistert sein!
Sie sprang auf und eilte ins Bad, um sich die Zähne zu
putzen. Mit großer Kraft presste sie aus der fast leeren
Tube das letzte bisschen Zahnpasta heraus und begann
hastig zu putzen, während ihr der Schaum aus dem
Mund lief und auf ihrem Pullover ein interessantes
Muster hinterließ. Mona verdrehte wütend die Augen.
Nachdem sie ausgespült hatte, eilte sie ins Schlafzimmer.
Ein modriger Geruch empfing sie und Mona rümpfte die
Nase. Sie musste unbedingt hier sauber machen, putzen
und das Bett frisch beziehen. Morgen, spätestens übermorgen! Während sie die Luft anhielt, wühlte sie im
Schrank nach einem sauberen Pullover, den schmutzigen
warf sie einfach auf den Boden. Wenn sie sowieso aufräumen musste, machte das ja nichts.
Fertig angezogen, hastete sie in die Diele, schlüpfte in
Schuhe und Jacke und verließ schnell wie der Wind ihre
Wohnung. Nachdem sie zweimal abgeschlossen hatte,

hielt sie plötzlich im Treppenflur inne und überlegte kurz. Dann schloss sie hektisch die Tür wieder auf, rannte in ihr Wohnzimmer und begann den Boden nach ihren Zigaretten abzusuchen. Sie fand sie schließlich doch auf dem Tisch. Als sie danach griff, fielen die elendigen Reste des lächerlich kleinen Nikolauses vom Tisch und seine Schokoladenkrümel verteilten sich provozierend auf dem Boden.
Schöne Bescherung - als hätte sie nichts Besseres zu tun, als pausenlos zu putzen! Mit den Zigaretten in der Hand eilte Mona aus der Wohnung, schloss ab, nahm die Treppe im Tiefflug – und wurde jäh gestoppt.
Im ersten Stock stand Frau Schulz wie eine Eiche in Kittelschürze, die dicken Äste in die breiten Hüften gestemmt, die Wurzeln in Filzpantoffeln.
„Junges Fräulein", dröhnte es aus ihr wütend, „hier geblieben! So kommen Sie mir nicht davon!"
„Hä?"
Mona war gewöhnlich nicht unhöflich, aber bei Frau Schulz beschränkte sie sich stets auf das Wesentliche.
„Sie - Sie", Frau Schulz erhob den knorrigen Zeigefinger und wies immer wieder auf Mona, „Sie haben mir doch - Sie waren das doch - das mit den ekligen - mit den ekligen Kaugummis – pfui Teufel!"
Sie schüttelte sich im Gedanken an die Ungeheuerlichkeit des Vorfalls so stark, dass sicher alle Blätter heruntergefallen wären, wenn nicht Winter gewesen wäre.
Mona verstand kein Wort. Sie beschloss nachzufragen.
„Was?"
„Meine Fußmatte", eiferte sich Frau Schulz wütend, „tun Sie doch nicht so", ihre Stimme schwoll an, „so, so

als wüssten Sie nichts davon", ihr Gesicht nahm eine erdbeerrote Farbe an, „das waren doch Sie!"
Mona wusste nichts davon. Ihr erstaunter und zugleich abfälliger Blick provozierte Frau Schulz noch mehr. Sie riss die Augen weit auf, um Mona mit dem bösen Blick zu treffen. Adrenalin tanzte in ihren Adern und blockierte ihren Wortschwall. „Sie - Sie haben...", Frau Schulz suchte nach Worten. „Sie haben sie riu..., riu...", haspelte sie, „...riuniert...", verhaspelte sie sich. Sie holte tief Luft und blähte sich furchterregend auf. Bis in die tiefsten Zweigspitzen drang der Sauerstoff. Gerade als Mona befürchtete sie würde platzen, öffnete sie den Mund. „Kaputt gemacht!", rief sie wütend.
„Hm?"
Frau Schulz stampfte zu ihrer Haustür, ohne Mona aus den Augen zu lassen, und versuchte ihre Fußmatte hochzureißen. Tief gruben sich ihre Fingernägel in die unschuldige Matte und sie riss an ihr, doch sehnenartige und sehr flexible Streifen zogen sie wie Gummibänder immer wieder auf den Boden zurück.
„Sehen Sie sich ihr Werk an", keuchte sie und riss weiter, „meine Fußmatte auf dem Boden festgeklebt mit ihren Kaugummis!"
Mona sah gebannt zu, wie ihre Nachbarin mit den Kaugummis kämpfte. Manchmal brachte sie die Matte fast zehn Zentimeter hoch, bevor der klebrige Feind zurückschlug. Rauf und runter schoss der Vorleger und begann sich langsam in seine faserigen Einzelteile zu zerlegen. Doch Frau Schulz achtete nicht darauf. Verbissen umklammerte sie ihr Eigentum, versuchte hier und da einen hinterhältigen Trick, um den Feind, der sich noch immer vehement wehrte, zu täuschen. Denn es konnte nur einen

Sieger geben und der Verlierer stand sowieso längst fest.
Ja, die Alte kannte kein Erbarmen. Sie erhöhte den Druck und zog, als hinge ihr Leben davon ab. Zwischen zwei Atemstößen klapperte sie schaurig mit ihrem Gebiss und erzeugte ein Geräusch, mit dem sie Wölfe hätte verjagen können.
Wenn es hier welche gegeben hätte!
Mona lief eine Gänsehaut über den Rücken, doch sie konnte den Blick nicht abwenden.
Schließlich gab der Feind auf – war es der hohe Druck oder das grauselige Klappern? – er kapitulierte. Mit einem Aufschrei riss Frau Schulz die Matte bis hoch an die Decke. Dabei stolperte sie selbst ungehemmt rückwärts und hätte Mona gewiss gerammt, wäre die nicht blitzschnell die Treppe hinunter gesprungen. Frau Schulz donnerte gegen Susannes Tür und riss vor Schreck ihre Matte entzwei. Unzählige Kokosfasern segelten durch die Luft und verdeckten gnädig den Blick auf den umgestürzten alten Baum. Susanne öffnete ihre Tür, weil sie glaubte, jemand habe dagegen getreten. Im unteren Stockwerk bellte ein Hund laut und herzlich. Gegenüber erschien Herr Schulz im Türeingang.
Als es nichts mehr zu sehen gab, verabschiedete sich Mona.
„Also dann!", sie hob die Hände und klatschte zweimal. „Vielen Dank für die Vorstellung!"
Dann eilte sie zur Haustür. Schließlich konnte sie nicht ewig zuschauen, auch wenn Frau Schulz sich solche Mühe gab.

In der „Blauen Wolke" ging es hoch her. Die Tische waren besetzt und Maria schickte Mona die Bestellungen

aufnehmen. Sie war etwas ungehalten gewesen über die Verspätung, aber nachdem Mona ihr erklärt hatte, dass ihre hochbetagte, kranke Nachbarin vor ihren Augen auf der Treppe gestürzt sei und sie natürlich helfen musste die arme, alte Dame zurück in ihre Wohnung zu bringen und sie dort noch habe warten müssen, bis der Arzt gekommen sei, da klopfte ihr Maria nur verständnisvoll auf die Schulter und meinte, sie habe ganz richtig gehandelt und sie solle sich keine Sorgen machen, ihre Nachbarin käme sicher wieder auf die Beine.
Mona hatte hoffnungsvoll genickt und sich dann ihren Pflichten zugewandt.
Die Sache war erledigt!
Mona ging zu dem großen runden Tisch in der Ecke der Gaststätte, an dem fünf Frauen in den besten Jahren Platz genommen hatten. Es war ihr Stammtisch. Jeden ersten Freitag im Monat kamen sie hier her, um gemeinsam in fröhlicher Stimmung den Abend zu verbringen. Mona kannte sie und wusste auch, wie der Abend verlaufen würde. Zuerst saß man lustig beisammen, aß Deftiges, trank reichlich und bekam sich spätestens nach dem fünften Likörchen heftig in die Wolle. Doch noch war es nicht soweit. Die Damen lachten und scherzten und beobachteten dabei immer wieder belustigt das junge Pärchen, das am Fenster saß und sich tief in die Augen schaute.
Auch die Thekenmannschaft betrachtete das Paar und ließ die eine oder andere schlüpfrige Bemerkung fallen.
Mona begrüßte die Damen und bat um ihre Bestellung. Aus Erfahrung wusste sie, dass das eine Weile dauern würde.

Eine hagere, burschikos wirkende Frau mit kurzen grauen Haaren ergriff zuerst das Wort.
„Das letzte Mal hatte ich Rinderrouladen!", stellte sie mit rauer Stimme fest. „Was muss heute weg?"
Ihre Freundinnen kicherten und Mona grinste. Wenn das Maria gehört hätte!
„Nun, wie wäre es mit Fisch? Der hält sich doch nicht lange!", konterte sie.
„Fisch ist gut!", erwiderte die Hagere und griff nach der Speisekarte. „Was können Sie denn empfehlen?"
„Nimm doch Haifisch!", warf ihre vollschlanke Nachbarin ein und gab der Hageren einen freundschaftlichen Schubs, der sie fast vom Stuhl fegte. „Das passt zu dir!"
„Nur wenn du Walfisch nimmst!"
Die Frauen lachten herzlich.
„Jetzt hört mit dem Blödsinn auf!", ermahnte sie eine kleine, zierliche Blonde mit hochtoupierter Frisur. „Die junge Frau hat keine Zeit für eure Scherze. Sie muss schließlich arbeiten!"
„Und das ist auch gut so!", meinte die Hagere und nickte Mona wohlwollend zu. „Erhalten Sie sich diese Arbeit, damit sie immer ihr eigenes Geld haben und nie abhängig werden von einem Mann. Die hier", sie wies mit dem Kopf auf die kleine Blonde, die genervt die Augen verdrehte, weil sie wusste, was jetzt kommt, „die hat das versäumt. Jetzt muss sie immer ihren Göttergatten fragen, wenn sie mit uns essen gehen will! Das muss ich nicht! Ich habe mein Leben lang gearbeitet!"
„Du hast ja auch keine Kinder!", wehrte sich die kleine Blonde.
„Und keinen Mann!", kicherte die Vollschlanke neben ihr.

„Aber mein eigenes Geld!", stellte die Hagere fest.
„Und das", meldete sich nun eine hochgewachsene Blondine mit stark geschminkten blauen Augen zu Wort, „geben wir jetzt aus! Ich nehme den Rehrücken mit Kartoffelauflauf und grünen Bohnen."
Mona notierte erleichtert. Eine nach der anderen bestellte nun. Die erste Hürde war genommen!
Nachdem sie die Wünsche ihrer Gäste in der Küche ausgerichtet hatte, begab sich Mona an den Nachbartisch, an dem ein älteres Paar Platz genommen hatte. Unter dem Tisch lugte die Schnauze eines Rauhaardackels heraus. Ausgerechnet ein Dackel!
„Bringen Sie dem armen Tier erst einmal eine Schale Wasser!", verlangte Frauchen energisch. „Wir warten hier schon seit zehn Minuten auf Wasser!"
Herrchen hatte sich abgewandt und sah verlegen zur Seite.
„Möchten sie auch etwas trinken?", fragte Mona freundlich und lächelte Frauchen an. „Oder nur der kleine Racker?"
„Bringen Sie mir ein Wasser – und meinem Mann auch!"
„Also dreimal Wasser!"
„Ich will kein Wasser!", begehrte Herrchen auf, der mit gebeugtem Rücken auf den Tisch starrte, die Blicke der Theke auf sich gerichtet. „Ich trinke ein Bier!"
„Sehr gerne!"
„Ein Bier?" Frauchen glaubte sich verhört zu haben. Der Hund kläffte leise.
„Jawohl, ein Bier!" Herrchen schlug sachte mit der Handfläche auf den Tisch, ohne den Blick zu heben. Die Damen am Nebentisch drehten sich um.
„Haben Sie schon in die Speisekarte gesehen?"

„Denk an deine Leberwerte!" Frauchen konnte es noch immer nicht fassen. Der Dackel fletschte die Zähne und knurrte leise. Mona trat einen Schritt zurück. Die Thekenmannschaft war ganz Ohr und auch der Damentisch lauschte entzückt.
„Ich trinke jetzt ein Bier!", beharrte Herrchen eigensinnig, „Und Fräulein", er hob den Blick zu Mona, „bringen Sie mir bitte Bratwurst im Speckmantel mit Bratkartoffeln!" Frauchen blieb die Luft weg.
Motiviert durch die Sprachlosigkeit seiner Frau, richtete sich Herrchen auf und sah selbstbewusst in den Raum. Die Männer an der Theke warfen ihm verschwörerische Blicke zu, die er selbstgerecht registrierte. Unter dem Tisch versuchte er den Hund zu treten, doch das Biest wich ihm aus und versteckte sich zwischen den Füßen von Frauchen, die sich gerade wieder von ihrem Schock erholte.
„Deine Cholesterinwerte!", flüsterte sie heiser, doch ihr Mann sah sie nicht mehr an.
Einmal ein Held sein und nicht an Morgen denken!
„Was darf ich Ihnen bringen?", wandte sich Mona an Frauchen in dieser heiklen Situation.
Die Frau überlegte kurz. Gram und Sorgen spiegelten sich in ihrem blassen Gesicht wider, denn alle Energie war dahin. Was hatte sie falsch gemacht in der Erziehung ihres Mannes? Sein schlechtes Benehmen fiel doch auf sie zurück! Wie stand sie nun da vor dem Damentisch?
„Ich nehme die Schweinemedaillons mit Kroketten und Möhren, und für den Kleinen", sie griff mit der Hand unter den Tisch und ließ sich von der Töle die Finger ablecken, „eine kalte Bockwurst!"
„Sehr gerne!"

Mona drehte sich um und stürzte in die Küche. Nur weg hier!

Einige Minuten später erschien sie am Tisch des Liebespaares, das nun, nachdem Herrchen und Frauchen nicht mehr miteinander sprachen, wieder zum Anschauungsobjekt der Theke geworden war.

Der junge Mann bestellte für sie beide und seine Freundin lächelte ihn liebevoll an. Mona wurde ganz wehmütig ums Herz, als sie die beiden flirten sah.

Sie notierte ihre Wünsche, richtete sie Maria aus und nahm an der Theke das Tablett mit den Getränken entgegen.

„Wo ist das Wasser für den Hund?", fragte sie Harald.

„Draußen auf der Straße gibt es genug Wasser für die kleine Ratte.", raunzte Jürgen, bevor Harald antworten konnte. „Die soll draußen saufen."

„Pst, nicht so laut!", ermahnte ihn Mona ärgerlich. „Willst du unsere Gäste beleidigen?"

„Seit wann ist der Hund ein Gast?", fragte Harald zurück und machte keinerlei Anstalten die Bestellung des Vierbeiners auszuführen.

„Weil er eine Bockwurst bestellt hat!", raunte Mona.

„Der Dackel?", fragte Harald verblüfft.

„Pst, leise! Die Frau für den Dackel!"

„Jag die Ratte vor die Tür, wo sie hingehört!", mischte sich Jürgen wieder ein.

„Jetzt halt doch mal den Mund!", fuhr Mona ihn an und zu Harald gewandt: „Gibst du mir jetzt eine Schale Wasser?"

Doch Harald stellte sich stur. Er konnte Dackel nicht leiden, auch wenn sie Bockwurst bestellten. Das lag wahrscheinlich daran, dass ihm einmal ein Dackel ans

Tischbein gepinkelt hatte und sein Besitzer dann flugs mit dem Tier verschwunden war, so dass Harald anschließend unter den hämischen Sprüchen der Thekenbesetzung die Bescherung wegputzen musste. Das trug er den Dackeln nach und zwar allen.
„Ich hab keine Schalen, nur Gläser", sagte er störrisch, „und die sind für Menschen bestimmt, nicht für Hunde."
Er warf einen verächtlichen Blick auf den Dackel, der seinem Herrchen am Hosenbein zog. „Wie der schon aussieht!", fügte er angewidert hinzu.
„Wie eine kleine, zerzauste Ratte eben!", stachelte Jürgen weiter. „Pass bloß auf, dass die dir nicht in die Küche läuft, sonst hast du direkt das Ordnungsamt am Hals!"
„Wenn man euch so hört", schimpfte Mona leise, „könnte man meinen, dass ihr Hunde nicht leiden könnt. Aber wenn Tobias mit seiner Schäferhündin kommt, dann will sie jeder mal auf den Rücken klopfen und streicheln, und von dir", sie nahm Harald ins Visier, „bekommt die Hündin sogar einen ganzen Eimer Wasser."
„Willst du einen Eimer Wasser?"
„Was soll ich denn mit einem Eimer bei einem Dackel?"
„Ihn reinstecken und ins Klo schütten?", fragte Jürgen.
Mona schüttelte den Kopf und ging in die Küche. Es hatte keinen Sinn sich mit den Männern zu streiten. Jürgen wollte nur lästern und Harald war nachtragend.
Maria gab ihr eine kleine Plastikschüssel mit Wasser und Mona trug sie zu dem Tier, dann servierte sie die Getränke und ging zurück in die Küche.
Während der Dackel zufrieden sein Wasser schlappte, wurde er mit leuchtenden Augen von seinem Frauchen beobachtet, die immer wieder sein zotteliges Fell streichelte und gurrend auf ihn einsprach.

Herrchen saß derweil aufrecht in seinem Stuhl, genoss sein Bier und tat so, als kenne er den Rest seiner Familie nicht.

„Wer hat denn die kalte Bockwurst ohne Beilage bestellt?", fragte Maria, während sie die Bratkartoffeln wendete.

„Der Hund!", erwiderte Mona und griff nach einem Korb Champignons.

„Wie bitte?"

„Für den Hund, ähm, eine Frau für ihren Hund, genauer gesagt: für ihren Dackel!"

„Ein Dackel? Ach, du liebe Güte!" Maria schüttelte theatralisch den Kopf. „Na, da hat sich Harald ja gefreut!"

„Kann man so sagen!", bestätigte Mona und begann die Champignons zu putzen. „Dabei ist der Hund noch freundlicher als sein Frauchen. Du hättest mal hören sollen, in welchem Ton sie bestellt hat."

„Gehört er zu den älteren Herrschaften am kleinen Tisch?"

„Ja, genau, zu den Rentnern."

„Und die trinkfeste Damengruppe ist wieder da?", fragte Maria weiter, die sich gerne ein wenig unterhalten wollte. Gerade richtete sie genau für diese Damen das Essen auf den Tellern an.

„Hm."

„Streiten sie sich schon?"

„Noch nicht, bisher nur Vorgeplänkel. Sie laufen sich sozusagen warm!"

„Worüber reden sie?"

„Keine Ahnung, hab nicht zugehört!" Mona schnitt die Champignons in Scheiben.

„So was bekommt man doch mit, wenn man am Tisch bedient!" Der vorwurfsvolle Ton in Marias Stimme war nicht zu überhören. Obwohl sie hochkonzentriert ihre Arbeit verrichtete, konnte sie sich zugleich über Monas Interesselosigkeit ärgern.

Mona hielt beim Schneiden inne und überlegte kurz. Dann zog sie die Stirn hoch und schnarrte im gleichförmigen Ton wie ein Sprachcomputer: „Die Dicke hat die Dünne Haifisch genannt, daraufhin hat die Dünne zur Dicken Walfisch gesagt, dann meinte die Dünne die kleine Blonde hätte zu Hause nichts zu melden, während sie, die Dünne, Arbeit hätte, dafür weder Mann noch Kinder."

Maria zog die Stirn kraus, dekorierte aber weiter ihre Teller. Sie dachte nach.

„Was hat die große Blonde gesagt?", fragte sie schließlich.

„Sie wolle jetzt was essen!"

„Und die Dunkelhaarige mit dem Damenbart?"

„Hm, hat gefragt, wo die Herrentoiletten sind!"

„Wie bitte?" Maria sah entsetzt auf. „Was hat sie gefragt?"

„Nichts, war nur ein Scherz! Soll ich die Teller jetzt reintragen?"

„Moment noch! Wer sitzt hinten am Fenster? Ich konnte es von der Tür aus nicht sehen, weil Harald im Weg stand."

„Ein junges Pärchen, das sich verliebt in die Augen sieht."

„O zwei Turteltauben!", freute sich Maria, „Amore im Haus ist wunderbar. Nun geh und servier das Essen!"

Sie hielt die Tür auf und Mona balancierte drei große Teller in die Gaststätte.

Aufregung stellte sich am Damentisch ein, als Mona die Teller auf den Tisch stellte. Wer hatte was bestellt und welches Gericht sah besonders gut aus? Jede wollte vom Teller der anderen probieren und bevor es lange Gesichter gab, holte Mona schnell noch die beiden fehlenden Gerichte.

„Hallo Fräulein!" Frauchen am Tisch nebenan konnte es nicht mit ansehen, wie andere schmausten, während ihr Liebling schmachtete. „Wo bleibt die Bockwurst für den Kleinen?"

„Kommt sofort!"

Mona eilte wieder in die Küche.

„Hast du das gehört, Ralf?", entsetzte sich Jürgen. „Ihr Mann darf kein Bier trinken, aber die kleine Ratte kriegt eine Wurst!"

Sein Kollege schüttelte verständnislos den Kopf.

„Harald, komm", meinte er dann, „zapf dem armen Kerl noch ein Bier. Ich geb' einen aus!"

„Mach ich doch sofort!", erwiderte Harald und lachte.

In Windeseile hatte er ein Glas Bier gezapft, und er brachte es höchstpersönlich an den Tisch. Der arme Kerl sah erstaunt auf, als der Wirt ihm das begehrte Getränk servierte und ihm den Namen des edlen Spenders nannte. Noch bevor sich seine Frau darüber aufregen konnte, hatte er Ralf zugeprostet und das Glas in einem Zug geleert.

Prost! Was für ein Abend!

Zwischenzeitlich brachte Mona die Bockwurst für den Kleinen und wunderte sich darüber, dass Harald an den Tischen bediente. Sie legte die in eine Serviette eingewickelte Wurst auf den Tisch und registrierte den

verärgerten Gesichtsausdruck von Frauchen. Herrchen allerdings schien grandioser Laune zu sein.
„Wo bleibt das Essen?", knurrte Frauchen, während sie die Wurst in kleine Fetzen riss.
Dann bückte sie sich, hob den Dackel vom Boden auf und setzte ihn auf ihren Schoß.
„Na mein Schatz", flötete sie liebevoll und schob dem Tier ein Stück Wurst ins sabbernde Maul, „jetzt gibt es Hapa-Hapa, für meinen kleinen Schatz!" Zärtlich stupste sie mit ihrer Nase die nervös zuckende Nase des Hundes an.
Igitt, gleich küsst sie ihn, dachte Mona und wandte sich angewidert ab.
Mit schnellen Schritten lief sie zur Küche. Sie war gerade eingetreten, als Harald hinter ihr die Küchentür öffnete und den Kopf hineinstreckte.
„Das ist so ekelhaft!", schimpfte er. „Jetzt hat sie ihn aufs Maul geküsst!"
„Also Harald", Maria hob den Kopf und sah ihren Mann strafend an, „was ist denn das für eine Ausdrucksweise?"
„Aber sie hat ihn geküsst!"
„Na und", Maria zuckte mit den Schultern, „was ist daran so schlimm, wenn sie ihn küsst? Darf heutzutage eine Frau ihren Liebsten nicht mehr küssen?"
„Maria, das ist doch widerlich!"
„Widerlich?", wiederholte sie und schüttelte missbilligend den Kopf. „Küssen ist nicht widerlich, sondern ein Ausdruck der Liebe!"
„Aber in aller Öffentlichkeit..."
„Ach du liebe Güte", Maria reckte theatralisch die Arme in die Höhe, „wie furchtbar!", rief sie zynisch. „Es gab

Zeiten, da hast du mich auch vor allen Leuten geküsst und es war dir nicht peinlich!"
„Du bist ja auch kein Hund!", blaffte Harald wütend. Laut schlug er die Tür hinter sich zu und begann zornig Bier zu zapfen.
Maria spinnt doch, dachte er.
Mit einem Seitenblick sah er die Frau, die gemeinsam mit ihrem Dackel genussvoll das Würstchen verzehrte. Für einen Moment war er bereit, die beiden einfach hinauszuwerfen. Dann aber widerstand er der Versuchung. Er wollte keinen Ärger mit Maria, die sich aus unbekanntem Grund für die beiden einsetzte. Sie hatte sich sogar selbst mit dem Hund verglichen. Das hätte er mal tun sollen – nur aus Spaß – und sie hätte ihn in der Luft zerrissen.
Harald drehte den Hahn ab, ergriff das Bier und spülte seinen Ärger in einem Zug herunter.
Es macht keinen Sinn mit Maria zu diskutieren, dachte er resigniert, sie beharrt auf ihrer Meinung, so abwegig sie auch sein mag!
„Was soll denn das heißen?", fragte Maria laut und wandte sich zu Mona um, die sich auf das Fensterbrett gesetzt und eine Zigarette angezündet hatte. „Ist Harald verrückt geworden?"
„Nein", Mona blies den Rauch an die Decke, dann sah sie Maria an, „ich glaube, hier liegt ein kleines Missverständnis vor. Harald meinte nicht das Pärchen am Fenster."
„Sondern?"
„Die Rentnerin mit dem Hund!"
„Wie bitte?" Maria rollte vor Erstaunen mit den Augen.
„Ja, du hast schon richtig verstanden!" Mona inhalierte tief, wandte sich von der völlig konsternierten Italienerin

ab und blies den Rauch zum Fenster hinaus. „Die Alte knutscht mit dem Dackel!"
„Das ist doch wohl nicht zu glauben!", gab Maria entrüstet zurück.
„Und jetzt denkt Harald, das es für dich das Gleiche wäre, wenn er dich küsst oder Frauchen den Hund!"
Mona grinste amüsiert – aber nur für einen winzigen Moment. Denn schon stand die Wirtin neben ihr.
„Du gehst jetzt sofort raus", befahl sie streng, indem sie mit den Händen vor Monas Nase herumfuchtelte, „und erklärst Harald, dass ich ihn falsch verstanden habe – oder warte!"
Sie hielt einen Moment inne und überlegte. Dann hob sie den rechten Zeigefinger! „Sag ihm, dass er sich falsch oder zumindest missverständlich ausgedrückt hat", – kurze Überlegung – „sag ihm, wir hätten ihn beide missverstanden", – zwei Gedanken weiter – „und sag ihm, dass wir uns die ganze Zeit über das Liebespaar am Fenster unterhalten hätten und dann wäre er plötzlich dazugekommen und hätte vom Küssen gesprochen!"
Sie nahm Mona die Zigarette aus der Hand und drückte sie im Aschenbecher aus. Dann sah sie ihr Gegenüber scharf an, den Zeigefinger noch immer erhoben. „Jeder", betonte sie, „jeder hätte ihn missverstanden."
Sie umklammerte Monas Handgelenk und zog die junge Frau zur Tür.
„Jetzt geh und sag ihm das alles!"
Noch bevor Mona die Tür öffnen konnte, zog Maria sie noch einmal zu sich zurück.
„Und sag ihm", raunte sie ihr zu, „er soll mich bloß nicht mit einem Hund vergleichen. Auch meine Toleranz hat

Grenzen! Nun geh", sie schob Mona wieder zur Tür, „und sag ihm das alles!"
Mona stolperte nach draußen.
„Fräulein!" Der scharfe Blick von Frauchen erfasste sie und zog sie unwillkürlich an den Tisch.
„Möchten sie noch etwas trinken?", fragte Mona freundlich.
„Wir wollen jetzt endlich essen!", regte sich Frauchen auf. „Wie lange dauert das denn noch?"
Ihre rechte Hand fuhr hektisch durch das Fell des Hundes, während er an ihrer linken Hand knabberte. Einige Hundehaare segelten durch die Luft und ließen sich auf dem Tisch und am Rand ihres Wasserglases nieder. Eins fiel hinein und ertrank.
„Das Essen ist sicher gleich fertig.", versuchte Mona zu beschwichtigen, während sie unauffällig einige Tierhaare vom Tisch wischte.
„Das höre ich jetzt schon seit einer halben Stunde!"
„Entschuldigen Sie bitte, aber alle Gerichte werden immer frisch zubereitet. Das dauert eine Weile."
„Ach, was sie nicht sagen!" Frauchen legte den Kopf schief und funkelte Mona böse an. „Das Würstchen war doch hundertprozentig aus der Dose!"
„Hat Ihnen das ihr Hund gesagt!" Mona hatte ihre Stimme ein bisschen erhoben. Sie hatte nicht wirklich laut gesprochen, aber doch laut genug, um alle Aufmerksamkeit auf sich zu ziehen.
„Was erlauben Sie sich?", empörte sich Frauchen.
Mona drehte auf dem Absatz um und ging.
An der Theke fing sie Harald ab und zog sie an die Seite.
„Immer freundlich bleiben zu den Gästen!", ermahnte er sie und warf Marias Schützlingen einen kurzen Blick zu.

„Aber die Frau ist so schwierig..."
„Es gibt keine schwierigen Gäste, nur anspruchsvolle!" Er hob den Zeigefinger. „Merk dir das!"
„Okay, von mir aus!" Mona wandte sich zur Küchentür. „Ach, übrigens", sie drehte sich zu Harald um. „Hätte ich fast vergessen! Ich soll dir von Maria sagen", sie überlegte kurz, „ähem also, sie hat da irgendwie nichts gepeilt von dem, was du erzählt hast. Jedenfalls dachte sie, dass die zwei Hübschen da drüben sich geküsst hätten und nicht die Al... äh, die äh unser anspruchsvoller Gast mit dem entzückenden Hund."
Mona nickte Harald zu und wollte gehen, doch er hielt sie fest.
„Moment mal", brummte er, „heißt das, es war ein Missverständnis?" Er wollte nur sicher gehen.
Mona nickte. „Ja, Maria fiel aus allen Wolken, als ich ihr sagte, dass du den Hund gemeint hast!", erwiderte sie.
„Aha!" Harald fuhr sich zufrieden mit der Hand über das Kinn.
Maria hatte also mit der Dackelfrau gar nichts im Sinn.
„Wo willst du hin?", fragte er Mona, die erneut versuchte in die Küche zu gehen.
„In die Küche!"
„Wozu?"
„Das Essen für unsere – na ja – anspruchsvolle Kundschaft..."
„Kannst du mal aufhören damit!", fiel ihr Harald ins Wort. Es gab nichts Schlimmeres als ständig zitiert zu werden. „Die können warten! Du gehst jetzt und räumst bei den Damen den Tisch ab!"
„Aber ..."
„Keine Widerrede!"

Also fügte Mona sich und trat an den Damentisch. Die Frauen hatten ihre üppige Mahlzeit beendet und nun Appetit auf süßen Nachtisch. Außerdem brauchten sie dringend einen Schnaps – für den Magen.
Mona stellte die Teller zusammen, nahm die Bestellung auf und trug das Geschirr in die Küche. Dort wartete Maria schon mit dem Essen.
Als sie die Teller zum Dackeltisch trug, stand Harald wieder da und stellte vor Herrchen ein Bier und einen Korn ab. Das Bier hatte Jürgen gestiftet, den Korn Rudi. Herrchen erhob sich und prostete den beiden zu. Frauchen schnaubte vor Wut.
Mona wünschte einen guten Appetit und lief zurück in die Küche. Mit Tellern beladen kehrte sie zurück und servierte am Liebespaartisch. Harald zapfte derweil eifrig Bier. Herrchen hatte eine Thekenrunde bestellt.
Zu Ralf, Jürgen und Rudi hatte sich auch Uli gesellt. Nur der Mayor fehlte noch.
Uli warf immer wieder interessierte Blicke an den Damentisch. Er beobachtete die große Blonde, die sich – wie Uli glaubte - lasziv in ihrem Stuhl zurückgelehnt hatte, nur um ihn bedeutungsvoll anzusehen. Gerade als er sich entschlossen hatte aufzustehen, um sie anzusprechen, huschte Mona an ihm vorbei und servierte den Nachtisch. Uli lehnte sich gegen die Theke und ergriff sein Glas. Er ließ die große Blonde nicht aus den Augen.
„Er himmelt dich wieder an.", flüsterte die kleine Blonde ihrer größeren Ausgabe zu. „Schau nur, wie er dich ansieht!"
„Er himmelt sie nicht an, er gafft sie an!", ließ sich die Dicke vernehmen.

„Er geilt sie an!", setzte die Hagere noch einen drauf. „Kein Wunder, so offenherzig, wie du dich immer anziehst!"

„Du bist ja nur neidisch", zischte die große Blonde. „weil dich keiner ansieht."

„Das hat mit Neid nichts zu tun!", wehrte sich die Hagere. „Ich bin froh, wenn ich von solchen Typen nicht belästigt werde!"

„Dich belästigt auch sonst keiner!", erwiderte die große Blonde gehässig. „Wenn du den Grund wissen willst, schau in den Spiegel!"

„Sie kann sich wenigstens noch im Spiegel erkennen!", sprang die Vollschlanke der Hageren bei. „Bei dir ist schon soviel geliftet worden, dass du dein Gesicht gar nicht mehr wiedererkennst."

„Der Typ an der Theke glaubt wahrscheinlich, dass du jedes Mal eine andere bist!", kicherte die kleine Blonde.

„Das kann dir natürlich nicht passieren!", konterte die Große. „Dich erkennt er immer wieder an der Kleidung! Diesen blauen Hosenanzug trägst du doch schon seit drei Jahren! Und du", sie nahm die Vollschlanke ins Visier, „du halt dich bloß zurück mit deinen Witzen über meine Schönheitsoperationen. Bei dir hilft doch nicht einmal mehr das Fett abzusaugen. So viele Überstunden machen die Ärzte heutzutage nicht mehr."

„Ich fühle mich wohl so!", behauptete die Vollschlanke und wies mit dem Kopf auf ihre dünne Nachbarin. „Ich will nicht aussehen wie Dörrobst!"

„Nein, sondern wie eine vollgefressene Kokosnuss!", parierte die Hagere.

„Ihr seid doch alle nur neidisch", brachte die große Blonde das Thema wieder auf ihre eigene Person zurück,

„weil der Kerl mich beobachtet. Ich fühle mich jedenfalls nicht belästigt!"
„Du fühlst dich doch noch nicht einmal belästigt, wenn der Kerl dir ins Dekolleté fällt!", ließ sich die Dunkelhaarige mit dem Damenbart vernehmen.
Während die Damen Gift spritzten und dabei Tiramisu naschten, eilte Mona an den Dackeltisch, um die Teller abzuräumen. Frauchen, die die Schlemmereien am Nachbartisch nicht ertragen konnte, bestellte auch Tiramisu. Herrchen begnügte sich mit einem Bier. Nachdem Mona serviert hatte, winkte ihr der junge Mann vom Liebespaartisch zu. Er wollte bezahlen. Mona lieferte noch schnell die vierte runde Likör an den Damentisch ab, stellte Frauchen und Dackel Tiramisu vor die Nasen und kassierte dann bei den jungen Leuten ab. Während diese das Lokal verließen, traf der Major ein. Er setzte sich neben Uli und bestellte in gebieterischem Ton ein Bier.
„Aber zackig!"
Mona ging in die Küche, in der Maria gerade die Spülmaschine einräumte. Mit den Zigaretten in der Hand setzte sie sich auf die Fensterbank und öffnete das Fenster.
Harald steckte den Kopf durch den Türspalt.
„Kundschaft!", brummte er.
„Jetzt rauch erst mal eine Zigarette.", meinte Maria gnädig. „Die Getränke kann auch Harald an den Tisch bringen."
Mona seufzte und fuhr sich mit den Händen über die Augen.
„Schön wär's!", erwiderte sie und zündete sich eine Zigarette an. „Aber Harald sträubt sich dagegen Herrn Fried zu bedienen."

111

„Du weißt doch gar nicht, ob es Herr Fried ist."
„Kundschaft ist immer Herr Fried!" Mona inhalierte tief und sah aus dem Fenster in den dunklen Abend hinaus. Es war eiskalt. Schnee lag in der Luft.
„Waren die Damen zufrieden mit dem Essen?", fragte Maria.
„Ja", Mona nickte. „Wie immer!"
„Sie haben nicht alles aufgegessen!", fuhr Maria besorgt fort. „Nicht alle Teller waren leer! Das ist kein gutes Zeichen!"
„Es hat ihnen geschmeckt, Maria. Das kannst du mir glauben. Ich hab es bis an die Theke gehört!"
„Hoffentlich essen sie wenigstens das Dessert auf. Ich hab mir soviel Mühe gegeben."
„Natürlich essen sie es auf. Mach dir keine Sorgen! Du bist eine großartige Köchin!"
Mona stand auf, drückte die Zigarette aus, nahm einen Schluck Cola und ging zurück in die Gaststätte.
Auf dem Tresen stand ein Tablett mit fünf Gläsern Kirschlikör. Mona servierte den Likör am Damentisch, registrierte, dass Frauchen wollte, dass Herrchen nun zahlt, und ging dann zu Herrn Fried, der mit einer älteren, dunkelhaarigen Dame Platz genommen hatte. Wie immer begrüßte Herr Fried sie überaus höflich und bestellte zunächst eine Flasche Wein.
Mona räumte die leeren Tiramisu-Teller am Damentisch ab und brachte sie in die Küche, wo Maria sie mit einem kleinen Aufschrei „Oh, die Teller sind leer. Es war sicher zu wenig!" empfing.
Gegen Mitternacht erhoben sich die Damen vom Stammtisch. Sie waren die letzten Gäste an den Tischen und nun rechtschaffend müde und abgekämpft. In den letzten

beiden Stunden hatten sie ausnahmslos gestritten und sich die haarsträubendsten Dinge an den Kopf geworfen. Uralte, längst verjährte Geschichten waren ausgegraben worden, um sie zur Schande der Betroffenen genüsslich zu erzählen. Gerüchte hatten die Runde gemacht. Kleine und große Geheimnisse waren ans Tageslicht getreten, heftig bestritten von den Geheimnisträgern.
Zwischendurch war Uli an den Tisch gestolpert, hatte sich aber in der Hausnummer vertan und die Vollschlanke gerammt, die ihm sogleich einen Tritt in den Hintern versetzt hatte, den er niemals vergessen würde.
Die Männer an der Theke beobachteten, wie sich die Damen gegenseitig umständlich in die Mäntel halfen. Sie schwankten ein wenig, als sie Arm in Arm die Gaststätte verließen.
„So, nusinseweg!", nuschelte Rudi.
Mona räumte den letzten Tisch ab und stellte sich dann noch an die Theke, um eine Cola zu trinken, bevor sie Feierabend machte. Sie hatte den ganzen Abend vorgehabt Ralf und Jürgen zu fragen, ob hier in der Gegend eingebrochen worden ist. Schließlich arbeiteten die beiden vor Ort und bekamen einfach alles mit.
„Na Mädel, müde?", fragte Uli, der seit dem Zwischenfall lieber neben dem Barhocker stand, anstatt darauf zu sitzen.
„Hm."
„Soll ich dich gleich noch nach Hause bringen, ist doch gefährlich für eine Frau nachts allein auf der Straße!"
„Ach was!"
„Gefährlich wird's erst, wenn du mitgehst!", warf Jürgen ein und grinste.

„Ich hab keine Angst!", stellte Mona nachdrücklich fest. Dann überlegte sie kurz. „Jedenfalls nicht auf der Straße!", fügte sie hinzu.

„Sondern?", Uli war ganz Ohr. Vielleicht hatte er ja doch noch eine Chance.

„Na ja, seit ich gehört habe, dass hier in der Gegend eingebrochen wird, fühl ich mich nicht mehr so sicher."

„Wo ist eingebrochen worden?", fragten Ralf und Jürgen wie aus einem Munde.

„Weiß ich nicht genau! Habt ihr nichts davon gehört?" Jürgen und Ralf wandten sich einander zu und dachten angestrengt nach. Man konnte ihnen förmlich ansehen, wie sie alle Gespräche, die sie in den letzten Tagen und Wochen geführt hatten, Revue passieren ließen und sie auf Hinweise über Einbrüche abklopften. Ihre Lippen bewegten sich tonlos, ihre Augen starrten nach rechts, starrten nach links. Ralfs Finger glitten an dem Bierglas auf und ab. Jürgens Zigarette verglühte im Aschenbecher. Schließlich sahen sie Mona wieder an.

„Nein!", sagte Ralf.

„Nichts gehört!", meinte Jürgen.

„Es soll ein Fassadenkletterer sein", versuchte Mona ihnen auf die Sprünge zu helfen, „der über Dachfenster in die Wohnungen einbricht!"

Kopfschütteln!

„Wahrscheinlich ein Verrückter!"

Schulterzucken!

„Natürlich ein Verrückter!", schaltete sich nun der Major ungefragt ein und hieb mit der Faust auf die Theke, dass die Gläser wackelten. „Einer von diesen verrückten Kriegsdienstverweigerern!"

Na großartig, dachte Mona und trank ihre Cola aus, das war es dann wohl.
„Wieso sind Leute verrückt, die keine Waffe in der Hand halten wollen?", fragte Uli gereizt, der sich mit Grauen an seinen Wehrdienst erinnerte.
Der Major drehte sich zu ihm um und sah ihm wütend ins Gesicht.
„Sie wollen keine Waffe in der Hand halten?", wiederholte er angewidert. „Sie trauen sich nicht! Das ist die Wahrheit und willst du wissen warum?" Er rückte bedrohlich näher an Uli heran, der sich aber nicht einschüchtern ließ. Schließlich war er jünger, größer und stärker. „Weil es Feiglinge sind! Waschlappen!", regte sich der Major auf. „Jämmerliche Waschlappen."
„Ach und diese Waschlappen trauen sich in Wohnungen einzubrechen?", erwiderte Uli blitzschnell. Er grinste sein Gegenüber an. Jetzt hatte er ihn erwischt. Das war doch vollkommen unlogisch, was er da sagte.
„Natürlich!", brüllte der Major und schlug wieder mit der Faust auf die Theke.
„Hehe!", meckerte Jürgen, der seinen Kopf mit beiden Händen auf dem Tresen abgestützt hatte. Auch Rudi hob verwirrt den Kopf, bevor er ihn wieder auf die Theke bettete.
„Natürlich brechen die ein! Die gehen doch nicht arbeiten!", fuhr der Major ungerührt in gleicher Lautstärke fort. „Die klauen alles, um ihre Drogen zu kaufen!"
„Ach, Drogen nehmen die auch noch?"
„Selbstverständlich!", ereiferte sich der Major, stemmte die Arme in die Hüften und sah in die bierseligen Gesichter seiner Thekennachbarn. „Und dann überfallen

115

sie im Drogenrausch die Frauen auf der Straße." Er wies mit dem Kopf auf Mona. „Deswegen hat das Mädel Angst!"
„Ich hab keine Angst!"
„Vor diesem langhaarigen Drogengesindel!"
„Langhaarig?", lallte Ralf und lachte laut. „Die jungen Männer tragen heute kurze Haare!" Er schlug die Haken zusammen und salutierte, „Militärisch kurz!" Er grinste. „Wenn du weißt, was ich meine! He Major", er schlug dem alten Kriegstreiber freundschaftlich auf die Schulter. „als du jung warst, da waren die Kerle langhaarig, aber das sind ja", er begann umständlich seine Finger abzuzählen, „das sind ja schon Ewigkeiten her. Überleg mal", er knuffte dem Haudegen in die Seite, „eh, überleg mal, wie alt du bist!"
„Von wegen Ewigkeiten!", knurrte der Major und rückte ein Stück von Ralf ab. „Als ich vorhin rein gekommen bin, sind zwei von diesen Typen raus gegangen und einer von denen, war so ein Langhaariger. Das hab ich genau gesehen!"
„Das war ein Mädel!", kreischte Ralf und wollte sich wegwerfen vor Lachen. Er stieß mit dem Ellbogen gegen Jürgens Unterarme, mit denen der sich auf der Theke abgestützt hatte. Der Stoß seines Kollegen fegte ihm die Arme vom Tresen und sein Kopf, der friedlich in seinen Händen geruht hatte, knallte auf das Holz.
Durch die Erschütterung kippte Ulis Glas um und rollte über den Thekenrand. Uli wollte es noch auffangen, griff aber einen halben Meter daneben. Mit einem hellen, klaren Klang zerschlug es auf dem Boden. Ein vertrautes Geräusch, das Rudi weckte. Er sah auf, erinnerte sich kurz

und bestellte „nochenkorn", um sofort wieder einzunicken.

Während Harald Handfeger und Kehrschaufel holte, begann Uli die großen Scherben aufzusammeln und fand versteckt unter dem Ex-Dackeltisch eine kleine, übelriechende Pfütze.

„Harald!", rief er schadenfroh nach dem ahnungslosen Wirt. „Hier ist was ausgelaufen!"

3 Wunderbar leicht schwebten die weißen Flocken vom Himmel, um nahe der Erde heftig aufzuwirbeln, als wollten sie sich nicht niederlassen, sondern endlos tanzen in der klirrend kalten Luft. Kleine, filigrane Gebilde verzierten Straßenschilder und matt schimmernde Laternen, setzten grauen Häusern mit bunten Lichterketten weiße Mützen auf und legten sich zu Millionen und Abermillionen auf weihnachtlich geschmückte Straßen, Wege und Bürgersteige. Die Stadt leuchtete wie ein verhülltes Juwel, eingepackt in eine warme, weiche Decke aus Sternenstaub.

Mona stellte den Scheibenwischer ein und wischte die weiße Pracht einfach beiseite. Mistwetter, dachte sie unzufrieden, während sie langsam über eine Kreuzung fuhr.

Sie war auf dem Weg zum Friedhof, denn Tim hatte heute Geburtstag. Lange hatte sie mit sich gerungen, aber dann war sie doch ins Auto gestiegen. Nur wohl fühlte sie sich nicht dabei.

Der Verkehr kroch langsam voran. Die Menschen fuhren vorsichtig, immer auf der Hut vor glatten Stellen auf der schneenassen Straße. Eine Rutschpartie auf vier Rädern wollte niemand wagen, schon gar nicht einen Tag vor Weihnachten. Vollbeladen mit Geschenken für die Lieben zu Hause fuhr man lieber langsam und rücksichtsvoll heim. Schließlich stimmte die Vorfreude auf den Heiligen Abend gütig. Der Gedanke daran, ein paar Tage mit der ganzen Familie im trauten Heim zu verbringen, ließ die Augen erwartungsvoll leuchten. Ein heiliger Schein spiegelte sich in den Gesichtern wider und das Radio spielte „Süßer die Glocken nie klingen".

Mona trat die Kupplung durch und bremste. Genervt ließ sie einen Fußgänger die Straße passieren, der –mir nichts, dir nichts- vom Bürgersteig auf die mehrspurige Straße gespurtet war und sich nun zwischen den heranfahrenden Autos hindurch schlängelte. Der Mann war im Schneegestöber überhaupt nicht zu erkennen, nur sein roter Plüschmantel und seine Nikolausmütze mit dem grell blinkenden Bommel leuchteten warnend auf. In den Händen schien er eine Flasche zu halten und als er mitten auf der Straße stand, hob er sie an den Mund und nahm einen kräftigen Schluck. Augenblicklich ertönte ein Hupkonzert. Der Nikolaus drehte sich um, ging zwei Schritte zurück, dann wieder nach vorn, zurück, vor und blockierte so die ganze Straße. Mona hatte zunächst versucht hinter ihm weiterzufahren, aber da torkelte der Mann schon wieder gegen ihren Kotflügel.
„Verdammt!" Wütend kurbelte Mona ihre Seitenscheibe herunter.
„He, du Weihnachtsmann!", brüllte jemand aus dem Nachbarauto, „mach dich von der Straße, sonst erlebst du Heilig Abend nicht mehr!"
Der Nikolaus verzog fragend das Gesicht und bot einen höchst dämlichen Anblick. Vielleicht verstand er die Menschensprache nicht.
„Pack dich von der Straße, Penner!", rief jemand hinter Monas Auto.
„Hau ab, du Blödmann!"
„Idiot!"
„Weg da!"
Mona kurbelte das Seitenfenster wieder hoch. Es war alles gesagt worden!

Während der Kerl im roten Mantel auf der Straße hin und her lief, versuchte Mona an ihm vorbeizukommen. Zentimeter für Zentimeter rückten die Autos weiter vor, die ersten Mutigen wichen auf den Bürgersteig aus, drängten die Fußgänger brutal ab und fuhren davon. Den Tiefergelegten aber graute es vor der hohen Bordsteinkante. Sie tasteten sich näher heran und gaben immer wieder im Leerlauf Gas, Gas, Gas – bereit jeden Moment loszupreschen und das weihnachtliche Hindernis einfach niederzubügeln. Endlich erbarmte sich jemand, stieg aus dem Auto und jagte den Roten von der Straße. Auf dem Bürgersteig blieb der Nikolaus schwankend stehen und nahm die Parade der vorbeifahrenden Fäuste und Mittelfinger hoheitsvoll ab, und das Radio spielte „Stille Nacht, heilige Nacht!"

Mona betätigte den Blinker und bog nach Westen ab. Je weiter sie sich aus dem Stadtzentrum entfernte, umso schneller kam sie voran. Die meisten Autofahrer wollten nicht aus der Stadt hinaus, sondern in sie hinein, die letzten Stunden vor Ladenschluss nutzen, um die Geschäfte zu verstopfen, die Glühweinstände leer zu trinken und das eine oder andere geschmacklose Stück auf dem Weihnachtsmarkt zu erstehen. Die Auswahl an Christbaumschmuck war schließlich groß und die Wahl fiel nicht leicht.

Als die weihnachtliche Dekoration auf der Straße spärlicher wurde, langsam entschwand und die Tannenbäume Schneekleider trugen, unter denen nichts leuchtete, bog Mona auf den Parkplatz ab. Der Friedhof lag nur ein kurzes Stück außerhalb der Stadt, doch in der Adventszeit wirkte er neben der aufgedonnerten Stadt

besonders trostlos - wie Aschenputtel neben Dornröschen.
Mona stieg aus dem Auto aus, angelte sich ihren warmen Anorak vom Rücksitz und zog ihn an. Sie band sich den Wollschal um den Hals und vergrub die Hände in den Taschen. Der Wind blies ihr die Schneeflocken ins Gesicht, als sie sich auf den Weg machte.
Es war ein merkwürdiges Gefühl über die weiß verschneiten Wege zu gehen und zu sehen, wie der fallende Schnee die eigene frische Fußspur sogleich wieder verwischte und verschwinden ließ, so als sei man nicht den Weg gekommen, sondern vom Himmel herabgefallen, wie der Schnee. Schritt für Schritt ging Mona an weißen, namenlosen Grabsteinen vorbei, die wie kleine Gletscherhügel in einer Schneelandschaft hervorragten. Hier und da passierte sie ein Gipfelkreuz.
Nach einiger Zeit stand sie an dem Ort, zu dem sie gewollt hatte, blickte auf das kleine, weiße Stückchen Erde und wusste nicht mehr so genau, was sie hier wollte. Sie bückte sich, hob etwas Schnee auf und blickte schulterzuckend auf das verschneite Kreuz.
Wollte sie hier Tim zum Geburtstag gratulieren? Zählte der Geburtstag überhaupt noch, wenn man schon einen Todestag besaß? Gratulierte man am Geburtstag und weinte am Todestag? Oder weinte man auch am Geburtstag?
Mona weinte überhaupt nicht. Ihr Gesicht war zwar nass, doch schuld war der Schnee, der ihr unaufhörlich die Wangen benetzte. Sie blinzelte mit den Augen, denn die Schneeflocken tummelten sich auch auf ihren Wimpern, und wenn sie noch lange hier herumstand, würde sie einen Schnupfen bekommen. Schon musste sie sich die

Nase putzen. Mona fixierte das weiße Kreuz und versuchte sich Tims Gesicht vorzustellen, aber es gelang ihr nicht wirklich. Sie sah blonde Haare, blaue Augen, auch die Gesichtskontur des jungen Mannes, aber irgendetwas fehlte darin. Sie erkannte ihn nicht mehr wieder. Nie wieder!

Gedankenverloren wandte sie sich um und ging den unberührten Weg zurück. Der wolkenverhangene Himmel verdunkelte sich weiter und nur der weiße Schnee spendete noch ein wenig Licht. Der Friedhof war im wahrsten Sinne des Wortes ausgestorben. Kein Mensch hatte heute Nachmittag den Weg hierher gefunden, nur ein einziger Trauernder saß auf der Holzbank unter einer großen Eiche.

Mona ging langsam an der Bank vorbei und warf dem Mann einen kurzen Blick zu. Im gleichen Moment zuckte sie zusammen, ging aber noch ein paar Schritte weiter und entschied sich dann zurückzugehen. Vor dem einsamen Besucher blieb sie stehen.

Er saß zurückgelehnt auf der Bank. Schnee bedeckte ihn von den Schultern bis zu den nackten Füßen. Doch er schien nicht zu frieren. Weder waren seine Ohren, noch seine Nase rot. Keine blaugefrorenen Lippen oder Fingerspitzen, er zitterte nicht und klapperte nicht mit den Zähnen. Er saß da wie an einem warmen Sommertag, die Arme hinter dem Kopf verschränkt, die Beine ausgestreckt und den Blick gen Himmel.

„Das darf doch wohl nicht wahr sein!", entfuhr es Mona. Der junge Mann sah sie an. Seine Mundwinkel zogen sich sanft nach oben zu einem leichten, engelhaften Lächeln. Er hatte sie wiedererkannt.

„Was tust du denn hier?", fragte Mona laut und angriffslustig. „Verfolgst du mich etwa, du Mistkerl?" Erschrocken zog er die Beine an und richtete seinen Oberkörper auf. Dann senkte er den Blick und bohrte seinen großen Zeh tief in den Schnee. Er suchte mal wieder nach Worten.

„Ob du hinter mir her bist, will ich wissen!", schnauzte Mona und war sich wohl bewusst, dass sie in dieser Tonlage die Friedhofsruhe störte. Das war aber im Moment zweitrangig und die Toten würden es ihr wohl nicht übel nehmen. Um ihre wütenden Worte zu unterstreichen, stieß sie den Fremden mit voller Wucht an. Sie hatte auf die Schultern gezielt, aber dann doch in etwas anderes hineingegriffen. Es war hart wie der Schulterknochen, aber daneben war auch etwas fedrig Weiches, das zwischen den Fingern kitzelte. Es fühlte sich so merkwürdig an, so warm und doch fragil.

Überrascht von dem Stoß, rutschte der junge Mann ein Stück über die Bank. Er riss vor Entsetzen dabei Augen und Mund auf, als würde er das erste Mal in seinem Leben über eine Bank rutschen. Er flatterte aufgeregt mit den Armen, warf die Beine nach oben und verursachte ein solches Schneegestöber, das sich Mona schützend die Hände vors Gesicht hielt. Sie trat einen Schritt zurück und blinzelte dann durch die Finger.

Sie sah ihn am äußersten Ende der Bank hocken. Er hatte sich ihr zugewandt, aber den Kopf gesenkt und blickte sie nun misstrauisch an. Mona stellte fest, dass er wieder dieses knielange Gewand mit den weiten Ärmeln trug. Der Schnee hatte es gründlich durchfeuchtet und es klebte an seinen nackten Beinen.

Ein Schauder erfasste sie. Kein normaler Mensch lief bei Schnee und Eis in diesem Aufzug herum und wenn doch, musste er zwangsläufig erfrieren. Aber diesem Kerl schien die Kälte nichts auszumachen. Seine Haut war hell und rosig. Er saß leichtbekleidet und barfuß auf einer Bank mitten im Schnee.
Was war das für ein Zeitgenosse? Aus welchem Land war er gekommen?
Mona atmete tief ein. „Wo kommst du her?", fragte sie schließlich.
Der Fremde hob den Kopf und öffnete den Mund, als wollte er antworten. Seine Lippen schlossen und öffneten sich wieder, aber er schwieg. Nicht einen Ton gab er von sich und nach einer Weile schloss er den Mund wieder und senkte den Kopf.
„Entschuldige mal, hast du jetzt was gesagt?"
Der junge Mann blickte erneut auf. Zögerlich strich er mit der Hand über die Bank.
„Willst du dich zu mir setzen?", fragte er leise.
Seine dunkle Stimme klang so melodisch wie der Ton eines bestimmten Musikinstruments. Mona überlegte, um welches es sich handeln könnte. Es lag ihr auf der Zunge, doch fiel es ihr nicht ein.
Als würde ich mich zu ihm setzen, dachte sie empört. Ihre Antwort war kurz und barsch.
„Nein!"
„Warum nicht?"
„Warum sollte ich?"
„Weil du zu mir gekommen bist!"
„Wie kommst du denn auf die verrückte Idee?"
„Du bist doch erschienen, um mich zu sehen!"
„Hältst du dich ernsthaft für so interessant?"

„Du interessierst dich für mich!"
„Das ist nicht wahr!"
„Doch ist es!"
„Nein!"
Der Fremde ließ die Schultern sinken. Das schnelle Sprechen strengte ihn an. Er war es nicht gewohnt, und es fiel ihm auch schwer die Luft zu halten, um sie zum Sprechen zu verwenden. Worte mit der Zunge zu formen, sie auszusprechen, nicht nur zu denken, und Antwort zu bekommen – das war alles nicht einfach. Es war aufregend, aber kompliziert.
Scheu sah er Mona an, die sich immer noch nicht entschließen konnte einfach wegzugehen.
Eine Weile schwiegen sie.
„Warum trägst du solche Klamotten?", fragte Mona schließlich.
„Was meinst du?"
„Na, dieses lächerliche Hemd!"
Der junge Mann sah ratlos an sich herunter.
„Und warum trägst du keine Schuhe?"
Ratloser Blick auf seine nackten Füße.
„Warum frierst du nicht?"
„Was meinst du?"
„Mein Gott, frieren eben, bibbern, Zähne klappern!"
Verständnisloser konnte ein Blick nicht sein.
„Vielen Dank für das Gespräch!", sagte Mona patzig und wandte sich zum Gehen.
Sie verschwendete nur ihre Zeit.
„Warte!", rief der Fremde eilig, denn er wollte nicht, dass sie ging.
„Magst du den Schnee?"
Er griff nach unten und hob eine Handvoll Schnee auf.

Mona drehte sich um.

„Er ist so weich!", meinte er lächelnd.

„Er ist vor allen Dingen kalt!", sagte Mona.

Gebannt blickte sie auf den Schnee in seiner Hand, der sich nicht verformte oder veränderte. Er schmolz nicht, fiel nicht zusammen und versank nicht in seiner Hand. Der junge Mann lächelte noch immer. Dann hob er die Hand und blies den Schnee sacht von seiner Handfläche. Die einzelnen Schneekristalle erhoben sich wie winzige Federn in die Luft und schwebten unversehrt davon. Mona betrachtete es atemlos. Mit aufgerissenen Augen, sah sie den wundersamen Schneeflocken nach. Dann wanderte ihr Blick zurück zu seiner leeren Hand und höher zu seinem Gesicht. Mona sah in seinen Augen Millionen Schneeflocken wie Funken tanzen, gläsern und filigran wirbelten sie im Kreis, vereinten sich zu funkelnden Sternen, stoben auseinander und fanden zu neuen Formen zusammen. Wunderschön und zauberhaft vor intensivem Grün, das von Sekunde zu Sekunde stärker wurde, sie erfasste und gefangen nahm, langsam schwinden ließ und verschlang.

Mona wandte den Blick ab und registrierte schockiert, dass der Fremde direkt vor ihr stand. Er hatte sich genähert, ohne dass sie es bemerkt hatte.

Irritiert ging sie einen Schritt zurück.

Sie musterte ihn – von Kopf bis zu den Füßen. Was war das?

Womit, um des Himmels Willen, hatte sie es hier zu tun? Sie bemerkte, dass sich etwas hinter seinem Rücken bewegte. Es rauschte, es sträubte sich, es lebte!

Sie ging einen weiteren Schritt zurück und musterte ihn eingehend. Er stand bewegungslos da, nur seine Augen

schienen unruhig. Er streckte die Hand aus – nach ihrer
Hand.
Mona betrachtete sie distanziert. Sie sah keine Venen,
keine Sehnen und keine Unebenheiten. Seine Haut war
glatt, viel zu makellos für einen Menschen.
Die beiden blickten sich in die Augen.
Mona stand auf der einen Seite und er auf der anderen.
Ihr Abstand war nicht groß, doch die Distanz zwischen
ihnen endlos. Mona spürte, dass sie nichts gemeinsam
hatten und einander nicht verstehen konnten. Es war kein
Wunder, dass es ihn gab, aber doch eines, dass sie sich
begegneten.
Das Wesen trat näher an Mona heran. Es legte den Kopf
leicht auf die Schulter und versuchte ihren Blick zu
erhaschen, um sie erneut in seinen Bann zu ziehen.
Fasziniert hörte es ihren Atem und sah das Blut in ihren
Schläfen pulsieren. In diesem Moment der Ablenkung
stieß Mona es zurück. Erschrocken stolperte es nach
hinten, verlor das Gleichgewicht und noch bevor es fallen
konnte, geschah es.
Mona stand wie angewurzelt da und sah zu.
Es war unmöglich, was sie da sah, vollkommen unfassbar
- unglaubwürdig.
Hinter dem Wesen entfaltete sich ein Meer von weißen
Federn, gehalten von einem Gerüst, stabil wie Knochen
und flexibel wie Sehnen. Ausgebreitet überragte das
Flügelpaar seinen Kopf um fast einen Meter und seine
Spannbreite schien endlos zu sein. Sein aufgeregtes
Schlagen erzeugte einen Sturm, der Mona fast umwarf.
Schnee wirbelte um sie herum, peitschte ihr ins Gesicht,
drang in Nase und Ohren ein. Mona versuchte das

Gleichgewicht zu halten, hustete, schlug mit den Händen panisch um sich und fand schließlich Halt.

Kühle und warme Hände vereinten sich, hielten einander in großer Angst fest, bis der Sturm sich legte.

Mona hielt einen Engel im Arm, der sie näher an sich heranzog. Einen Engel!

Entsetzt löste sie sich von ihm, stolperte hastig zurück und fiel in den Schnee. Aus der Froschperspektive wirkte der Engel mit seinem ausgebreiteten Flügelpaar monströs. Er hatte sich förmlich verdreifacht. Wie ein Monument stand er da und blickte kalt und starr auf sie herab.

Mona konnte noch immer nicht glauben, was sie da sah. Sie träumte oder halluzinierte, ganz bestimmt! Sie schloss die Augen einen quälenden Moment, um wieder zu sich zu kommen, dann öffnete sie die Lider und – der Engel war noch immer da. Sie versuchte es erneut: Augen schließen, öffnen, schließen...

Der Engel, dem der Schreck noch ins Gesicht geschrieben stand, beruhigte sich langsam. Immer wenn Mona die Augen schloss, entspannte er sich. Er hatte das Gefühl, dass sie ihn in diesem Zustand nicht angreifen würde. Langsam und rauschend zogen sich seine Flügel zusammen, um sich hinter seinem Rücken exakt seiner Gestalt anzupassen. Er war noch immer auf der Hut, aber die Anspannung ließ nach. Zögerlich ging er zwei Schritte nach vorne und sank dann vor Mona auf die Knie. Die Hände hielt er schützend angehoben vor seiner Brust, falls sie ihn wieder fortstoßen wollte.

Mona betrachtete ihn atemlos. Er sah wieder aus wie ein Mensch, aber sie wusste nun, was sich hinter seinem Rücken verbarg. Man konnte es auch sehen, wenn man es wusste.

Engel, dachte sie, die gibt's doch gar nicht. Einer, der auch noch so aussieht, wie Menschen sich Engel vorstellen. Unmöglich kann das stimmen! Das ist kein Engel, sondern eine Mutation aus Mensch und Riesenvogel!
Misstrauisch sah sie zu, wie das Mischwesen zögerlich die Hände in den Schnee sinken ließ und verlegen mit den Fingern die einzelnen Schneeflöckchen hin und her schob.
Ein Engel, der aussieht wie ein Engel, fuhr Mona ihren Gedankengang fort, das kann ja nicht stimmen. Woher sollen Menschen wissen, wie Engel aussehen? Und wieso sollen Engel überhaupt existieren, wenn sie doch nur eine Erfindung von Menschen sind? Das ist doch alles vollkommen unmöglich! Nein, dieses Ding ist irdischer Natur, wahrscheinlich ein geheimes Experiment, geschaffen in einem amerikanischen Genforschungslabor, und dann ist es von dort geflüchtet, weggeflogen...
O Gott, ist mir schlecht, dachte Mona.
Die Krone der Genforschung spielte derweil mit den Schneeflocken. Er griff sich die hübschesten Flöckchen aus der Luft heraus und legte sie in seinem Schoss zu einem Stern zusammen. Drei Zacken hatte er schon geformt.
Aufgewühlt sah Mona ihm dabei zu.
Ein Engel, der im Schnee spielt, dachte sie bestürzt, ich glaube, ich dreh' durch! Ich bin komplett verrückt geworden. Ich sehe einen Engel, der im Schnee spielt und sich einen verdammten Stern bastelt.
„Dich gibt's doch gar nicht!", flüsterte sie tonlos.
Der Engel sah auf. Er zog die Unterlippe ein und knabberte daran. Er wusste nicht so recht, was er sagen

sollte. Dann wandte er sich wieder seinem Spiel zu. Er fing noch ein paar Schneeflocken ein und vollendete sein Werk. Vorsichtig schob er seine Handfläche unter den Stern. Ein zufriedenes Lächeln umspielte seine Lippen, als er seine Hand vorstreckte und Mona den Stern präsentierte. Als sie keine Anstalten machte, ihn anzunehmen, nahm er vorsichtig ihre Hand und ließ den Stern von seiner auf ihre Handfläche gleiten, woraufhin dieser augenblicklich schmolz.
Der Engel zog die Stirn in Falten und funkelte Mona enttäuscht an, als habe sie sein Geschenk absichtlich zerstört.
Mona blickte gequält auf das eiskalte Wasser in ihrer Hand. Ihr war so unendlich kalt. Schweigend erhob sie sich und auch der Engel stand nun auf. Unter ihm schlug der Schnee wieder wie Wasser zusammen und füllte den freien Raum, den er mit seinem Körper eingenommen hatte. Instinktiv blickte Mona hinter sich, doch der Platz, an dem sie gesessen hatte, war noch immer erkennbar. Ihre Spuren im Schnee verwischten nur langsam, denn sie verdrängte den Schnee nicht, sondern löschte ihn aus.
Als sie sich wieder gegenüberstanden und der Mond nur ein fahles Licht auf den Friedhof warf, sah Mona in ihm wieder den jungen Mann, der auf der Bank gesessen hatte, und den Fremden, der in ihre Wohnung eingebrochen war. Er wirkte so unverständlich menschlich, dass sie die Hand ausstreckte, über seine Schultern fuhr und seine Federn berührte – nur um sich zu vergewissern, dass sie nicht halluziniert hatte.
Der Engel sträubte sich zuerst leicht, ließ es aber dann doch geschehen.
Es ist ein sonderbares Gefühl, dachten beide.

Mona zog die Hand zurück und holte tief Luft.
„Du bist ein Engel!", stellte sie leise fest.
„Ja!" Der Engel lächelte sie glücklich an.
„Aber", Mona hob ratlos beide Hände, „wieso gibt es dich?"
Das engelhafte Lächeln verschwand. Das Wesen sah zur Seite und biss sich sachte auf die Unterlippe. Es dachte über diese schwierige Frage nach. Bevor es eine Antwort fand, ergriff Mona wieder das Wort.
„Gibt es noch mehr von deiner Sorte?"
Der Engel sah Mona an und blinzelte angestrengt. Jetzt ging das schon wieder los! Sie hatte so viele Fragen. Er wollte den Mund öffnen, um etwas zu sagen und ihre Fragen abzuwehren, doch Mona war schneller.
„Und wo kommst du jetzt her? Vom Himmel oder woher?" Sie blickte ungläubig nach oben in den nachtschwarzen Himmel. Gigantische Wolken passierten den Mond, zogen wie gewaltige Schiffe an ihm vorbei. „Aus den Wolken etwa?", fügte sie eine Spur amüsiert hinzu. Unwillkürlich lachte sie auf. Sie dachte daran, dass sie als Kind Bilder von Engeln gemalt hatte, die auf den Wolken sitzen und auf die Erde herabschauen. Und als sie das erste Mal in einem Flugzeug geflogen war, hatte sie tatsächlich über den Wolken Ausschau nach Engeln gehalten, nur um ganz sicher zu gehen, dass es sie wirklich nicht gab. Und damals war sie längst jugendlich gewesen, bestimmt schon fünfzehn Jahre alt.
Der Engel wollte gerade mitlachen, als Mona wieder den Mund öffnete.
„Kannst du dich wirklich auf Wolken setzen?", fragte sie zweifelnd und betrachtet ihn, der so menschlich aussah,

obwohl seine Zehenspitzen den Schnee nur berührten und nicht in ihn einsanken, so wie Monas Füße.
Der Engel zog eilig Luft ein. Diese Frage konnte er beantworten.
„Und wie lebst du?", fragte Mona weiter, ohne eine Antwort abzuwarten. Sie zuckte mit den Schultern, so ratlos war sie.
Der Engel öffnete den Mund - hochkonzentriert.
„Kann man das überhaupt ‚leben' nennen?", unterbrach Mona die engeleigenen Gedankengänge.
Der Engel zog die Stirn hoch und zögerte mit der Antwort. Sein Blick wirkte angestrengt.
„Oder sollte man besser ‚existieren' sagen?", kam Mona ihm zu Hilfe.
Der Engel schloss den Mund wieder.
„Wie alt bist du denn oder besser gesagt,...." Mona überlegte und machte eine kurze Pause, während der Engel unwillkürlich die Lippen zusammenpresste, „...ähm, wie lange existierst du schon?", vollendete sie den Satz.
Der Engel sah gelangweilt zur Seite.
„Was tust du hier?" Mona reckte die Arme in die Höhe.
„Hast du irgendeine Aufgabe?"
Ja, sie war sehr wissbegierig. Wann hatte sie schon einmal die Gelegenheit sich mit einem Engel zu unterhalten?
Der Engel betrachtete interessiert die kleinen Lampen, die hier sehr regelmäßig aufgestellt waren. Manche flackerten, aber die meisten brannten ganz ruhig. Er machte sich manchmal einen Spaß daraus, ihr Licht zu löschen, dann ließ er nur jede zweite oder dritte Lampe am Wegesrand leuchten. Hin und wieder löschte er auch alle Lampen auf der einen Wegesseite und ließ die auf der anderen Seite brennen. Gerade so, wie es ihm in den Sinn kam.

„Was treiben Engel den ganzen Tag?", fragte Mona laut, die das Gefühl hatte, dass ihr Gegenüber gar nicht zuhörte. Sie machte einen Schritt auf ihn zu und suchte nach Blickkontakt. „Wieso kannst du sprechen?", fragte sie ihren schweigsamen Zuhörer. „Und wie kommt es, dass du mich verstehst?" Sie zog ratlos die Schultern hoch und blickte in das verständnislose Gesicht des Engels, der sie nicht ansehen wollte. „Was ist jetzt? Sag doch mal was!"
Der Engel wirkte auf sie irgendwie verstört und verwirrt. Er machte überhaupt den Eindruck, als wäre er nicht der Hellste. Außerdem schien er schon wieder verängstigt zu sein. Mona fand, dass er gar nicht so war, wie sie sich einen Engel vorstellte, eben respekteinflößend und selbstsicher über den Dingen schwebend. Nein, er wirkte fast ein bisschen jämmerlich.
„Ich kann diese vielen Fragen nicht beantworten", klagte der Engel mit wehleidiger Stimme. Verlegen blickte er auf seine nackten, über dem Schnee schwebenden Füße. „Hör doch bitte damit auf!"
„Warum kannst du meine Fragen nicht beantworten?", fragte Mona gnadenlos. „Hat es dir jemand verboten?"
„Ich muss jetzt gehen!", erwiderte der Engel tonlos. Die Anstrengung wütete durch seinen Körper und ließ ihn schwanken. Wenn er wirklich Boden unter den Füßen gehabt hätte, so hätte er ihn nun verloren.
„Nennt man das bei euch auch ‚gehen'?", zweifelte Mona und starrte schamlos auf seine Füße.
Der Engel spürte ihren kritischen Blick und wandte sich beleidigt um. Langsam entfernte er sich, indem er einen Fuß vor den anderen setzte. Auch wenn er den Boden nicht berührte, konnte man das doch als ‚gehen'

bezeichnen. Er machte Schritte genau so wie Mona, na ja fast genau so.

„Moment", rief Mona ihm nach, „wohin gehst du denn?" Aber der Engel drehte sich nicht mehr um. Er entschwand einfach in der Dunkelheit und ließ Mona alleine auf dem Friedhof zurück, inmitten der rötlich schimmernden Grableuchten. Hier und da erhellte der Mond das Gesicht eines Grabengels, einen Blumenstrauß, eine steinerne Umrandung, doch das wenige Licht schien das übermächtige Dunkel, das im Schatten der Gedenksteine und Lebensbäumchen lauerte, nur zu betonen. Es kroch hinter Kreuzen hervor, versteckte sich unter Büschen und hinter Bäumen.

Mona zögerte nun nicht länger. Sie wandte sich um und ging – schnell, aber nicht zu schnell. Nicht laufen, beschwor sie sich, bloß nicht weglaufen, sonst läuft es hinter dir her. Wenn es Engel gibt, dann gibt es auch anderes.

Tief atmete sie ein und aus.

Beruhigung, dachte sie, nicht aufregen! Nur nach vorne sehen, nicht auf die Gräber, nichts fixieren, nichts ansehen und auffordern! Vorbeigehen, als wäre Tag!

Sie holte mit ihren Schritten weit aus. Sie ging stramm, ohne ihre Hände und Füße zu spüren. Sie ging, weil sie gehen wollte, weil ihr Willen viel stärker war als ihr eiskalter unbeweglicher Körper. Als sie ihren Wagen erreichte, versuchte sie mit klammen Fingern den Autoschlüssel ins Schloss zu stecken. Es wollte und wollte ihr nicht gelingen. Doch sie zwang sich weiterhin Ruhe zu bewahren. Endlich öffnete sie die Tür und stieg ein.

Jetzt hatte sie es bald geschafft, aber gerade jetzt, als sie fast in Sicherheit war, verlor sie die Nerven.

Monas Herz begann zu rasen. Hemmungslos zitternd versuchte sie den Schlüssel ins Zündschloss zu stecken, das vor ihren Augen auf und ab tanzte. Doch ihre Hände waren steif und schienen völlig blutleer, der Schlüssel rutschte ihr einfach durch die Finger und fiel auf den Boden. Mona bückte sich, während ein Schauer ihren Körper schüttelte, und suchte zwischen den Pedalen nach dem Schlüssel. Doch es war dunkel und ihre tränenden Augen trugen nicht gerade zum besseren Durchblick bei. Hilflos tastete sie mit tauben Händen über den Boden, berührte den Schlüssel, konnte ihn nicht greifen, presste ihn zwischen beide Hände und hob ihn so hoch. Nicht mit der Kraft ihrer Hände, sondern mit der ihres Willens zwang sie ihn ins Schloss, drehte ihn um und startete den Wagen.
Der Engel öffnete die Augen, als er den Motor laut aufheulen hörte. Schnee hatte sich auf seinen Schultern und auf seinen ausgebreiteten Armen gesammelt, bedeckte seinen Körper und ließ ihn hell leuchten über den dunklen Friedhof hinweg. Kleine weiße Sterne setzten sich zwischen seine starren Federn und verhüllten sanft ihre wahre Farbe.
Mona preschte durch die Straßen, als wäre der Teufel hinter ihr her. Glücklicherweise kam ihr kein Weihnachtsmann in die Quere, denn diesmal hätte sie nicht ausweichen können. Als sie den beleuchteten Eingang ihres Hauses sah, ließ die Spannung etwas nach. Sie parkte den Wagen und stieg aus. Während sie versuchte mit klammen Fingern das Auto abzuschließen, klopfte ihr jemand auf die Schulter.
Erschreckt fuhr Mona herum.

„Hallo Mona", das Lächeln im Gesicht ihrer Freundin erstarrte, „mein Gott, wie siehst du denn aus?"
Susanne musterte sie von Kopf bis Fuß.
„Du bist ja ganz nass!" Susanne schüttelte verständnislos den Kopf. „Bist du in den Schnee gefallen?"
„Ja!" Mona drehte sich wieder zu ihrem Wagen um und schloss ihn umständlich ab.
„Ich bin ausgerutscht!", fügte sie widerwillig hinzu.
„Und bist dann gleich liegengeblieben?", fragte Susanne und betrachtete die blaugefrorenen Finger ihrer Freundin.
„Jetzt komm", meinte sie und legte ihren Arm um Monas steife Schultern, „du kommst mit zu mir und ich mache dir einen heißen Tee!"
Gemeinsam betraten sie das Haus. Im Treppenflur stand Frau Schulz und fotografierte gerade die schmutzige Fußspur eines größeren Hundes. Sie war so in ihre sorgfältige Arbeit vertieft, dass sie die beiden Frauen zunächst nicht bemerkte. Leise schlichen sie hinter ihrem Rücken an ihr vorbei, aber als der Dreck unter Monas Stiefeln auf den Treppenstufen verdächtig knirschte, spitzte sie die Ohren.
Während sie sich langsam umdrehte, verlöschte das Licht im Treppenflur. Mona und Susanne hielten den Atem an und gingen auf Stiefelspitzen weiter.
„Wer ist da?", brüllte Frau Schulz und hastete zum Lichtschalter.
Die beiden Freundinnen beschleunigten ihre Schritte.
Susanne kicherte leise.
„Sofort stehen bleiben!", schrie die Alte und schaltete das Licht wieder ein. Hektisch sah sie sich um. Verräterische Spuren führten die Treppe hinauf. Mit ihrer Kamera bewaffnet folgte Frau Schulz ihnen. Sie raffte ihre Kittel-

schürze hoch und sprang wie eine Hirschkuh die Stufen hinauf.
„Ich hab sie gesehen, ich hab sie gesehen!", rief sie atemlos. „Sofort stehen bleiben!"
Aber die beiden dachten nicht daran. Grinsend flüchteten sie in Susannes Wohnung und schlugen die Türe hinter sich zu.
Frau Schulz erreichte den Treppenabsatz und blieb laut schnaufend vor der Tür ihrer Nachbarin stehen. Als geübte Pfadfinderin erkannte sie sofort, dass die Schneespuren hier endeten. Blitzschnell schloss sie daraus, dass die Ärztin im Schutze der Dunkelheit die Tat verübt haben musste. Ihr logischer Verstand war beneidenswert. Schwer atmend hielt sie sich am Türrahmen fest. Dann holte sie weit aus und drückte mit dem Finger auf die Klingel.
Rrrrrring!
„Das ist sie", kicherte Susanne und freute sich diebisch, „sie glaubt doch nicht ernsthaft, dass ich ihr die Tür aufmache!"
„Bloß nicht!", beschwor sie Mona, „die Schulzens hast du ruck-zuck in der Wohnung stehen und dann können wir uns ihr Palaver anhören!"
„Nicht nur das", erwiderte ihre Freundin, während sie sich den Mantel auszog, „unsere liebe Nachbarin wird auch handgreiflich!"
„Was?" Mona war ehrlich entsetzt. „Glaubst du wirklich?"
„Ich weiß es sogar!" Susanne hängte ihren Mantel auf und zerrte nun an Monas Anorak. „Gib mir deine nasse Jacke, damit ich sie in der Dusche aufhängen kann!"
Rrrrrring!

„Frau Schulz hat dich geschlagen?", fragte Mona fassungslos und ließ sich den Anorak vom Körper ziehen. „Nicht direkt", wiegelte Susanne ab, ging ins Badezimmer und warf die Jacke über die Duschkabine. „aber", sie drehte sich wieder zu Mona um und stemmte die Hände in die Hüften. Ihre Stimme nahm einen empörten Klang an. „sie hat kürzlich vor Wut gegen meine Tür getreten! Das musst du dir mal vorstellen!"
„Ach!" Monas Interesse an den Gewalttätigkeiten der Nachbarin ließ sofort nach.
„Eine Frechheit ist das!"
Rrrrrring!
„Hm."
„Und als ich dann die Tür öffnete, blockierte sie doch tatsächlich meinen Eingang."
Susanne hob ihren Fuß an, um einen Stiefel auszuziehen. „Da sitzt sie fett und breit auf meiner Fußmatte, um mich beim Hinausgehen zu behindern!" Sie hüpfte nach Gleichgewicht suchend auf der Stelle und versuchte den anderen Stiefel auszuziehen. Trotz der kniffligen Situation sprach sie weiter. „Na, der hab ich vielleicht die Meinung gesagt!" Susanne zerrte an ihrem Fuß. Der Stiefel zeigte sich störrischer als sein Zwilling. „Tritt gegen meine Tür und pflanzt sich dann gemütlich in meinen Eingang!", wiederholte sie wütend.
Nach einem kräftigen Ruck hielt sie das dreiste Schuhwerk endlich in der Hand. Sie stellte beide Stiefel in eine niedrige Abtropfwanne, die sicher extra für Susannes Winterschuhe angefertigt worden war. Sofort erfasste ihr Blick Monas vor Nässe triefende Stiefel.
„Jetzt zieh schon die Schuhe aus!", forderte sie eilig. „Ich habe heute Morgen geputzt!"

„Meine Güte", erwiderte Mona, hockte sich auf den Boden und zog die Stiefel aus, „du hörst dich schon an wie unsere allerwerteste Nachbarin!"
Susanne horchte auf.
„Sie hat aufgehört zu klingeln!", frohlockte sie.
„Dann wird sie dir wohl gleich die Tür eintreten!", unkte Mona.
Susanne verzog das Gesicht. Dann bückte sie sich und half ihrer Freundin aufzustehen. Auf tauben Füßen wollte Mona ins Wohnzimmer gehen, doch Susanne hielt sie fest.
„Moment, du musst noch die nasse Hose ausziehen, und diese tiefgefrorenen Socken.", verlangte sie.
Schnell lief sie in ihr Schlafzimmer und holte eine Jogginghose und Strümpfe aus dem Schrank.
„Hier zieh das an!"
Und während sich Mona im wohnlichen Flur von Susannes Heim zwischen Haustür und Abtropfwanne umzog, setzte ihre Freundin Wasser auf und bereitete einen köstlichen Kräutertee zu.
Kurz darauf befanden sich beide zufrieden im Wohnzimmer. Susanne saß im Sessel, streckte die Füße, die in warmen, weißen Wollsocken steckten, aus und nippte an ihrem Tee. Mona hockte wie üblich auf dem Foltersofa und versuchte mit klammen Fingern ihre Tasse zu halten. Langsam kehrte auch wieder Leben in ihre Füße. Es machte sich durch schmerzhafte Stiche bemerkbar.
„Oh!", stöhnte Mona und trank einen Schluck Tee, von dem ein merkwürdiger Geruch aufstieg. Augenblicklich verzog sie das Gesicht.
„Was ist denn das für ein Gebräu?" fragte sie angewidert.

„Herrlich, nicht wahr", erwiderte Susanne, „Salbei und Minze mit einem Hauch Lachsöl."
„Lachsöl?", wiederholte Mona entsetzt.
„Ja, Lachsöl ist sehr vitaminreich!", belehrte sie Susanne. „Dazu kommt noch die heilsame Wirkung von Salbei und Minzeblättern", liebevoll lächelte sie ihrem Tee zu, „zusammen heiß aufgegossen und ohne Zucker serviert", sie nippte noch einmal an ihre Tasse, „ist das beste Mittel gegen Erkältung und", sie ließ den Tee in ihrer Tasse kreisen, „einfach ein Genuss!"
Lächelnd stellte sie ihre Teetasse auf den Tisch.
Mona beobachtete sie misstrauisch, während sie sich ihre Finger an der Tasse wärmte.
„Wenn er so köstlich ist, warum trinkst du ihn dann nicht?", fragte sie niederträchtig.
„Ich werde ihn trinken", behauptete Susanne, „wenn er nicht mehr so heiß ist!"
„Du trinkst doch sonst immer Kaffee und Tee kochend heiß!"
„Nicht diesen Tee!"
„Vielleicht weil er eklig schmeckt?", hakte Mona nach.
„Wegen des stinkenden Lachsöls?"
„Keineswegs!" Susanne schlug ein Bein über das andere und sah ihre Freundin herausfordernd an. „Wenn du mit deinen unqualifizierten Fragen nicht aufhörst, darfst du hier nicht rauchen!"
„Erpresserin!"
Susanne stand auf und ging in die Küche, um ihre Zigaretten zu holen. Dort trank sie schnell und ungesehen ein Glas Saft, um den bitteren Geschmack herunterzuspülen. Der Tee schmeckte tatsächlich etwas sonderbar,

aber Christoph hatte ihn empfohlen und deswegen war er auch gut oder wenigstens gesund.
Mit den Zigaretten in der Hand kehrte sie ins Wohnzimmer zurück. Heute würde sie das Rauchen hier erlauben, denn einen Tag vor Weihnachten fühlte Susanne ihr warmes Herz. Sie war in Geberlaune, so großzügig und tolerant. Deswegen teilte sie ihre Zigaretten mit ihrer Freundin.
Mona stellte den Fingerwärmer ab und griff gierig zu. Gemeinsam rauchten sie – still und andächtig.
Dann ergriff Mona wieder das Wort. Sie hatte die Füße hochgezogen und massierte sie nun mit der freien Hand.
„Weißt du, wem ich heute begegnet bin?", fragte sie leise.
Susanne zuckte mit den Schultern.
„Einem Engel!"
„Ach, einem Engel!", erwiderte ihre Freundin mit einer wegwerfenden Handbewegung. „Ich bin heute mindestens zehn Engeln begegnet!"
„Wie bitte?" Mona richtete sich fassungslos auf und unterbrach das Massieren. „Zehn Engeln?", wiederholte sie ungläubig.
„Mindestens!", behauptete Susanne, „Und außerdem zwanzig Weihnachtsmännern!" Sie schnippte die Asche in den Aschenbecher und lehnte sich zurück. „In der Parfümerie waren die Verkäuferinnen als Engel verkleidet und in der Bank trugen die Angestellten Nikolausmützen."
Sie seufzte laut. „Weihnachten verkommt zu einem billigen Kostümfest. Die Menschen kennen den ursprünglichen Sinn von Weihnachten nicht mehr. Sie verkleiden sich als Fabelwesen und kaufen im Konsumrausch Berge von Weihnachtsgeschenken. Was glaubst du, wie lange

ich heute im Kaufhaus in der Schlange vor der Kasse angestanden habe?"
Sie inhalierte genüsslich, dann beugte sie sich vor. „Hm", fragte sie und nickte Mona herausfordernd zu, „was glaubst du?"
„Susanne, du hast mich nicht verstanden!"
„Eine geschlagene halbe Stunde!"
„Ich meine keinen verkleideten Engel!"
„Eine ganze halbe Stunde vor der Kasse!"
„Ich spreche von einem richtigen Engel!"
„Das ist doch unerhört!"
„Susanne!"
„Was ich in dieser Zeit alles hätte tun können!"
Sie lehnte sich wieder zurück, ließ Mona aber nicht aus den Augen.
„Eine halbe Stunde!", wiederholte sie fassungslos. „Weißt du, was ich für eine halbstündige Behandlung in der Praxis berechne? Und da stehe ich vollkommen kostenlos eine halbe Stunde an der Kasse herum! Unglaublich!"
Sie lehnte sich wieder vor und drückte ihre Zigarette im Aschenbecher aus.
„Und dann diese Leute in der Schlange!", regte sie sich erneut auf. „Überall, puh", sie verzog das Gesicht zu einer schrecklichen Fratze, „Schweißgestank und dann diese geschmacklosen Klamotten. Ich wusste gar nicht, wo ich hinsehen sollte!"
Die Erinnerung an die schlimmste halbe Stunde ihres Lebens ließ sie schaudern.
Mona betrachtete die blauen Rauchwölkchen, die schwerfällig aufstiegen.
Sie stellte sich vor, wie der Kaufhausleiter Susanne dafür bezahlte, dass sie zwischen seinen schrecklichen Kunden

eine halbe Stunde an der Kasse anstand, und wie Susanne dann den anderen Kunden erklärte, warum gerade sie Anrecht auf Schmerzensgeld hatte.
Und Mona grinste vergnügt.
„Findest du das etwa lustig?", fragte Susanne sofort.
„Und wie!"
„Also mir ist der Spaß vergangen!"
Susanne schüttelte den Kopf. „Später auf der Straße, „fuhr sie fort, „hat mich dann auch noch zu allem Unglück ein Bettler belästigt. So ein bärtiger, alter Kerl mit einem langen, dreckigen Mantel, grauen, verfilzten Haaren und abgetragenen Stiefeln", - Susanne hatte genau hingesehen - „hockt auf dem Boden und erzählt mir", sie beugte sich vor und klopfte sich mit der rechten Hand auf die Brust, „mir", wiederholte sie nachdrücklich, „dass Weihnachten ein Fest des Gebens sei!" Sie schwieg einen Moment, um ihrer Freundin Zeit zu geben, sich zu empören.
Mona tat ihr den Gefallen. „Ja, und?"
„Verstehst du nicht? Ich bekomme von einem Penner, der nicht nur nichts für diese Gesellschaft leistet, sondern auch noch auf meine Kosten schmarotzt, gesagt, Weihnachten wäre das Fest des Gebens!"
Sie holte tief Luft und wollte nach ihrem Tee greifen. In letzter Sekunde zog sie die Hand zurück und fuhr sich durch die Haare.
„Ich habe ihm gesagt, dass für mich das ganze Jahr über ein Fest des Gebens ist. Jeder Euro, der in seinen ungewaschenen Händen landet, wurde mir vorher vom Finanzamt aus der Tasche gezogen. Die Höhe meiner Einkommenssteuer ist schon unanständig!"

Ihre Augen funkelten wild. „Ich habe ihm erklärt, dass ich praktisch die Hälfte des Jahres nur für Schmutzfinken wie ihn arbeite, bevor ich auch nur einen Euro für mich verbuchen kann. Und dann habe ich ihn gefragt, ob er das gerecht findet, dass die einen immer nur schuften, damit die anderen sich ein schönes Leben machen können."
„Und was hat er geantwortet?"
„Geantwortet?", schnaubte Susanne verächtlich. „Der ist aufgestanden und weggehumpelt!", empörte sie sich.
„Lässt mich einfach so stehen und humpelt weg, weil er die Wahrheit nicht vertragen kann! Es ist immer dasselbe!"
Sie wollte schon wieder nach ihrer Teetasse greifen und zog im letzten Moment die Hand weg. Mona hatte es natürlich registriert.
„Der Tee ist bestimmt nicht mehr heiß!", sagte sie hinterhältig. „Jetzt kannst du ihn trinken."
„Erst du!"
„Warum?"
„Weil du hier Gast bist!"
„Und von deiner Einkommenssteuer profitiere?"
„Das auch!"
„Na gut, zuerst ich, dann du!" Mona richtete sich auf und grinste breit. Sie griff nach der Tasse, hielt sich mit Daumen und Zeigefinger die Nase zu und schüttete den Tee wie Trinkwasser hinunter. Nur kurz verzog sie das Gesicht und schüttelte sich. Dann lehnte sie sich wieder zurück und fixierte ihre Freundin mit Siegerblick.
„Jetzt du!"
Susanne warf einen nervösen Blick auf ihre Tasse.
„Weihnachten ist auch nicht mehr das, was es einmal war!", versuchte sie abzulenken.

„Trink deinen Tee!"
„Ja, gleich, ähm, na ja, jedenfalls der Penner...", plauderte sie weiter.
„Lass ihn dir schmecken!", unterbrach Mona sie gnadenlos.
„Ist ja gut!" Susanne nahm die Tasse vom Tisch. Am liebsten hätte sie sich auch die Nase zugehalten, wenn es nicht so lächerlich ausgesehen hätte. Haltung bewahren, dachte sie noch, dann schüttete sie die Brühe herunter und verfluchte Christoph dreimal, weil er ihr den Tee empfohlen hatte.
Sie knallte die Tasse auf den Tisch und nahm Monas Beifall gnädig entgegen. Dann stand sie auf.
„So", sagte sie, „genug für die Gesundheit getan. Jetzt trinken wir Glühwein!"
Sie stapfte aus dem Zimmer und drehte sich in der Tür noch einmal um. „Und diesen Tee werfe ich in die Biotonne!"
„Umwerfende Idee!", erwiderte Mona und lachte laut.
„Revolutionär, Susanne!", rief sie ihrer Freundin hinterher. „Mach ihn fertig, den Tee! Hau ihn in die Biotonne, das Lachsölschwein!"
Eine halbe Stunde später saßen die beiden Frauen in der Küche, tranken heißen Glühwein, hörten Radio und rauchten. Susanne wollte jetzt doch nicht mehr, dass in ihrem Wohnzimmer geraucht wurde, wegen der Tapeten und Gardinen. So zog der Zigarettenrauch in die Tapeten und Gardinen der Küche, die keine besonderen Rechte besaßen und daher schutzlos dem Qualm ausgeliefert waren.

Das Fenster war einen Spalt auf und ließ eiskalte Luft hinein. Mona starrte schweigend auf die weiße, rechtlose Gardine, die vom Luftzug hin und her bewegt wurde. Sie hatte ihn für eine Weile vergessen, den Engel, komplett verdrängt, aber jetzt, als sie das zitternde Stück Stoff vor dem Fenster betrachtete, dachte sie wieder an ihn.
Gedankenverloren nahm sie einen Schluck Glühwein.
„Wie hast du heute deinen Tag verbracht?", fragte Susanne, „Hast du Weihnachtsgeschenke eingekauft?"
„Nein!", Mona stützte die Ellbogen auf den Tisch auf und fuhr mit dem Finger über den Rand ihres Glases. „Ich habe niemanden zu beschenken.", sagte sie leise. „Meine Eltern verbringen den Winter in Spanien und ich habe sonst keine Familienangehörigen."
Sie zuckte mit den Schultern. „Und Tim ist tot!", fügte sie überflüssigerweise hinzu.
Dann blickte sie ihre Freundin an und lächelte. „Und wir beide schenken uns ja nichts!"
„Nein!", bestätigte Susanne. „Und das ist auch gut so. Es gibt nichts Schlimmeres als unnütze Geschenke!"
„Eben!"
„Hast du heute gearbeitet?"
„Nein!"
„Was hast du denn dann heute getan?"
Typisch Susanne, dachte Mona. Was hast du nur getan, wenn du weder eingekauft noch gearbeitet hast? Gibt es noch ein Leben zwischen Einkaufen und Arbeiten?
„Ich war auf dem Friedhof."
„Bitte, wo?"
„Tim hat heute Geburtstag!"
„Du liebe Güte! Auf dem Friedhof? Bei dem Wetter?"

„Er hat heute Geburtstag!"
„Und was wolltest du auf dem Friedhof?"
Mona holte tief Luft. „Ihm gratulieren?", schlug sie zögerlich vor.
Susanne blies den Rauch in Richtung Fenster.
„Und hast du ihn getroffen?"
Mona verzog den Mund und sah ihre Freundin resigniert an.
„Tim war nicht da", sagte sie nach einer Weile, „aber ich habe jemand anderes getroffen."
„Wen?"
„Einen Engel!"
„Kunststück, auf dem Friedhof. Da stehen ja genug herum!"
Mona presste die Lippen aufeinander. War das jetzt Absicht oder Zufall? Sie verkündete eine ungeheuerliche Nachricht und Susanne merkte es nicht einmal. Sie warf ihrer Freundin einen unzufriedenen Blick zu, nahm ihr Glas und stand auf. Mit der Kelle schöpfte sie Glühwein aus dem Topf und füllte vorsichtig ihr Glas. Dann blieb sie am Herd stehen.
„Kann das sein, das du mir nicht zuhörst, wenn ich etwas sage?", fragte sie gereizt.
„Wieso?", fragte Susanne erstaunt zurück. Sie zog die Augenbrauen hoch und fühlte sich frei von jeder Schuld.
„Du fragst mich, was ich heute getan habe, ich sage, dass ich einen Engel getroffen habe und du behauptest, du hättest zehn gesehen. Dann fragst du wieder, was ich heute erlebt habe, ich antworte, dass ich auf dem Friedhof war und einem Engel begegnet bin, sagst du, da stehen ja genug herum!"
„Was ist daran falsch?"

„Merkst du nicht, was ich dir sagen will?"
Susanne überlegte.
„Ich versuche dir die ganze Zeit etwas zu erzählen."
„Und?"
„Du hörst mir nicht zu!"
„Selbstverständlich höre ich dir zu!"
„Ich sagte, ich war auf dem Friedhof...!", begann Mona erneut.
„Ja. Ich weiß!", unterbrach sie Susanne. „Du bist zu Tims Grab gegangen, weil er ja heute Geburtstag gehabt hätte. Ich habe dir die ganze Zeit zugehört!" behauptete sie.
„Und als ich zum Auto gehen wollte", fuhr Mona fort, „da..."
„Pst!", unterbrach sie Susanne wieder. „Sei mal still!" Sie legte den Finger auf die Lippen, stand auf und lauschte. Mona wartete irritiert einen Moment, dann sprach sie weiter. „Da sitzt auf der Bank..."
„Hörst du das?", Susanne lächelte ihre Freundin vergnügt an. Dann trat sie ans Radio und drehte den Ton lauter.
„Also es war ein Engel!", versuchte Mona gegen die Musik anzusprechen.
„O, ich liebe das!", Susanne strahlte. „Hast du das Lied erkannt? Das ist: ‚Last Christmas'!"
„Er ist nicht aus Stein!"
„Last Christmas, I gave you my heart..."
„Er lebt! Er hat echte Federn. Verstehst du, ein richtiger Engel!"
„... I give it to someone special, special!"

Mona verbrachte den Heiligen Abend allein in ihrer Wohnung.
Morgens hatte sie schon nicht aufstehen wollen, sich dann aber doch aufgerafft. Sie hatte ihr Schlafzimmer aufgeräumt, den Teppich abgesaugt, das Bett frisch bezogen und an schneeweiße Federn gedacht, an fliegende Wesen, wunderschön und geheimnisvoll.
Sie hatte am Fenster gestanden, Schneeflocken gefangen und schmelzen gesehen, mittags grübelnd ihr Essen zubereitet, gegessen, versucht ein Buch zu lesen, an ihrem Comic zu arbeiten, den Kopf nicht freigehabt, auf dem Sofa gelegen, wieder am Fenster gestanden, hinauf zu den Wolken gestarrt, mit sich selbst geredet.
Abends hatte sie sentimentale Gedanken gehabt, ein paar Tränen zerdrückt, geschluckt, auf die Zähne gebissen und ein bisschen geweint. Sie war nicht ans Telefon gegangen, hatte die Türe verriegelt, die Fenster geschlossen, schlaflos im Bett gelegen, fiebernd nachgedacht, kombiniert und verworfen. Jesus ist geboren, Tim ist gestorben und ein Engel ist erschienen. Sie hatte sich nachts von einer Seite auf die andere geworfen, zerstreut und nervös, das Kissen umarmt, tieftraurig, die Decke über den Kopf gezogen und war so einsam - eingeschlafen.

Weihnachten fiel über Mona her, wie der Wolf über Rotkäppchen. Sie war eine leichte Beute. Das Fest der Familien und Liebespaare, die gemeinsam feiern und sich beschenken, bietet Einzelgängern keine komfortable Nische. Wer alleine lebt, lebt ganz besonders an diesem Tag allein. Ein Außenseiter am Rande der genusssüchtigen Gesellschaft, der sehnsüchtig und hungrig in Fenster hineinsieht, anstatt zufrieden und satt hinaus. Selbst den

Abgebrühten und Zynikern flattert plötzlich das Herz beim Anblick brennender Kerzen und liebevoll eingepackter Geschenke, nur weil Weihnachten ist, nur weil alle so festlich gestimmt sind, dass man es nicht mehr aushalten kann.
Kein Tag im Jahr trennt die Menschen stärker in Zugehörige und Außenstehende, in Gewinner und Verlierer, in Sonnen- und Schattenvolk. Eine sonst durchaus akzeptable Lebensweise wird plötzlich unerträglich, nur weil Weihnachten ist, nur weil alle so erwartungsvoll sind, alle, außer Mona.
Sie erwartete nichts, freute sich nicht über die Geburt des Messias, spürte nicht die Nähe Gottes, nur die Einsamkeit. Zum Teufel mit Weihnachten, sie hasste dieses Fest der Gemeinsamkeit, der geheuchelten Liebe und Toleranz, das ihr nur einen Platz im Schatten zuwies, Erinnerungen weckte, um sie dann ihrer Sehnsucht hilflos auszuliefern.
Gott sei Dank und seinem neugeborenen Sohn auch, dass Mona am zweiten Weihnachtsfeiertag arbeiten durfte. Die Gaststätte hatte geöffnet, weil die Familien an diesem Tag gerne auswärts essen gehen. Sie bietet auch jenen Platz und Schutz, die die letzten 48 Stunden von Depressionen geschüttelt worden waren.
Der zweite Weihnachtsfeiertag ist die entschärfte Version von Weihnachten. Er nimmt auch die Ausgestoßenen wieder auf, wenn sie sich still und leise einreihen in das Heer der Bevorzugten. Und wer sich geschickt unauffällig verhält, dem sieht man nicht einmal an, dass er gestern noch alleine gewesen war.
Eine festliche Atmosphäre herrschte in der kleinen Gaststätte. Maria hatte die Fenster und die alten Deckenbalken

mit Sternen, Engelchen, und allerlei Flitter geschmückt.
Auf der Theke stand ein großer Weihnachtsmann, der ein freundliches „Hoho" von sich gab, wenn man ihn am langen weißen Bart zupfte. Aus den Lautsprechern der Stereoanlage tönten weihnachtliche Lieder und italienische Schnulzen, bunt gemischt wie die Dekoration der Wirtin.
Natürlich durfte auch ein Weihnachtsbaum nicht fehlen. Er war praktischerweise aus grünem Kunststoff und Maria hatte ihn mit bunten Schokoladenzapfen und Marzipankugeln behängt. Darunter stand eine Krippe aus Lebkuchen, in der drei süße Zuckerfigürchen wohnten: Maria, Josef und das Jesuskind.
Mona hatte bei ihrer Ankunft sofort alles in Augenschein genommen und schon einige begehrliche Blicke auf die Marzipankugeln geworfen. Bei einer günstigen Gelegenheit wollte sie eine davon pflücken. Harald füllte ihr Tablett mit Getränken, das sie unverzüglich zu dem großen runden Tisch brachte, an dem eine fünfköpfige Familie saß. Kaum hatte sie das Tablett auf den Tisch gestellt, griff schon die kleine Tochter ungeschickt nach ihrem Glas und warf es um. Die grauhaarigen Eltern lachten auf und ihr halbwüchsiger Sohn verdrehte laut stöhnend die Augen, während das Kleinkind auf dem Schoß der Mutter interessiert zuschaute. Mona verteilte die restlichen Gläser.
„Ich will auch ein Glas!", brüllte die Tochter und sah Mona wütend an. „Gib mir sofort meinen Apfelsaft!"
Die Mutter lachte.
„Ich bring dir gleich einen neuen!", erwiderte Mona und lächelte.

„Aber ich will jetzt meinen Saft!", schnauzte die Kleine und schlug mit der Faust auf den Tisch, während der Vater ihr behutsam über das Haar strich.
„Schon gut, mein Schatz", beruhigte die Mutter sie, „du bekommst meinen Saft."
Sie stellte ihr Glas der Tochter vor die Nase und lächelte Mona vergnügt an. „Kinder!", meinte sie und zuckte die Achseln.
Wenige Minuten später brachte Mona einen neuen Apfelsaft und gab ihn der Mutter.
„He", schrie die Tochter außer sich vor Wut, „das ist meiner!"
„Aber Lisa-Sabina", schaltete sich nun der Vater mit liebevoller Stimme ein, „du hast doch schon ein Glas. Die Mama hat doch auch Durst!"
„Igitt", gebärdete sich das Mädchen wild, „das Glas von der blöden Mama will ich nicht! Den Saft von der Mama mag ich nicht! Das ist mein Glas!", und mit einer wütenden Handbewegung warf sie das Glas von der blöden Mama um.
„Dann nimm halt dieses!", sagte der Vater milde und nahm seiner Frau den Saft weg. „Bist du jetzt zufrieden?"
Mona hatte dem Treiben sprachlos zugesehen, dann machte sie auf dem Absatz kehrt und holte einen Lappen. Während sie die klebrige Flüssigkeit auf dem Tisch mit dem Lappen wegwischte, schlug ihr das Mädchen auf die Hand. Mona kämpfte Sekunden gegen den Drang an, den Lappen über dem Kopf des kleinen Monsters auszuwringen, beschränkte sich dann aber auf ein tiefes Einatmen. Nachdem sie den Tisch gereinigt hatte, wollte sie die Speisen aufnehmen, doch zuvor verlangte die Mutter noch ein eigenes Glas.

Mona lief also erneut zur Theke, füllte Apfelsaft ab, warf Harald einen verschwörerischen Blick zu und begab sich wieder an den Tisch, um die Mutter zu bedienen. Die nahm lächelnd das Glas entgegen und führte es an ihren Mund. In diesem Moment griff das Kleinkind zu.
„Könnten wir bitte noch eine Serviette haben?"
„Selbstverständlich!"
Während die Mutter versuchte die Saftflecken von ihrem langen handgestrickten Pullover zu entfernen, begann der Vater, der nun das Kleinkind auf dem Schoß hielt, mit der Bestellung. Während er sprach, schob sich immer wieder der kleine Körper seines jüngsten Kindes vor sein Gesicht, weil es auf seinen Beinen auf und ab sprang.
„Sind irgendwelche Zusatzstoffe in dem Karottengemüse – Farbstoffe oder Konservierungsmittel?", fragte er.
„Die Möhren sind frisch!"
„Haben sie auch Naturreis?"
„Nur den weißen!"
„Und wie sieht es mit Tofu aus?"
„Fehlanzeige!"
„Hm", der Vater strich sich nachdenklich über sein Kinn, „ich hoffe, sie kaufen das Fleisch nicht im Großmarkt?"
Mona schüttelte den Kopf.
„Es ist alles frische Ware vom Metzger gegenüber!", behauptete sie. Tatsächlich hatte sie keine Ahnung, wo Maria das Fleisch kaufte und es war ihr auch vollkommen egal.
„Aber woher der Metzger das Fleisch bezieht, wissen sie wahrscheinlich auch nicht!"
„Von den Bauernhöfen der Umgebung!"
„Das heißt gar nichts!"

„Möchten sie lieber noch eine Weile auswählen und ich komme gleich noch mal zurück?"
„Nicht nötig, wir bestellen jetzt!"
„Gut! Darf ich Sie noch auf unser Weihnachtsmenü aufmerksam machen?", fragte Mona freundlich und nahm die Menükarte in die Hand, die der Vater nach einem Blick darauf kurz zuvor beiseite gelegt hatte.
„Knusprig gebratene Gans mit Kartoffelknödel und Apfelrotkohl oder Gänsebraten a la ..."
„Danke", unterbrach sie der Vater streng, „aber wir essen keine Gänse! Wir haben selbst eine Gans zu Hause!"
Und die habt ihr mit ins Restaurant gebracht, dachte Mona mit einem Seitenblick auf die Tochter.
„Wir halten uns eine Gans als Haustier.", erklärte die Mutter freundlich.
Na großartig!
„Sie ist wie ein echtes Familienmitglied!"
Das sehe ich!
„Sie heißt Gustav!"
Komischer Name für ein Mädchen!
„Und scheißt uns den ganzen Teppich voll!", ließ sich jetzt der Sohn vernehmen, der auf seinem Stuhl lag anstatt zu sitzen und die ganze Zeit an seiner Serviette kaute.
„Ähm, was möchtest du?", wandte sich der Vater nun an seinen Stammhalter, der mit abfälliger Miene die Speisekarte betrachtete.
„Bäh, alles ekelhaft!", ließ sich der Junge vernehmen. „Ich hab gleich gesagt: Lass uns zum Griechen gehen!"
Wäre eine gute Idee gewesen, dachte Mona.
„Du weißt doch, dass wir nicht mehr zum Griechen gehen!", sagte nun der Vater leise.

„Ja, aber wieso dürfen wir da nicht mehr rein?", fragte der Sohn laut.
„Weil diese Leute Kinder nicht leiden können!", sprang die Mutter ihrem Mann bei. Sie lächelte. „Bist du so lieb und sagst dem Papa jetzt, was du essen möchtest?"
„Ist sowieso alles Scheiße!", gab der Halbwüchsige zurück. „Dann nehm' ich eine Pizza. Scheiß drauf!"
„Welche Pizza möchtest du denn, mmh?", fragte die Mutter freundlich weiter und unterbrach für einen Moment das Reiben an ihrem ausgeleierten Pullover.
„Mit Tomaten und Käse!", brummte der Junge.
„Also dann eine Pizza Margarita für meinen Sohn!", bestellte die Mutter. „Sind die Tomaten auch frisch?"
„Ich mag keine frischen Ekeltomaten!", schnauzte der Junge dazwischen.
Die Mutter lächelte ihm zu. „In Ordnung", sagte sie freundlich, und zu Mona gewandt, „dann bitte geschälte Biotomaten."
Sie wandte sich nun an ihre Tochter, die laut an ihrem Apfelsaft schlürfte. „Lisa-Sabina-Schätzchen, möchtest du Spaghetti?"
„Ich will Pommes!"
„Aber du magst doch Spaghetti!"
„Ich will aber Pommes, sofort!", brüllte die Tochter aufgebracht.
„Natürlich bekommst du Pommes, Liebling.", beschwichtigte sie ihre Mutter schnell, und zu Mona gewandt, „Also eine Portion Pommes Frites für meine Tochter!" und zu ihrer Tochter, „Mit Ketchup, Liebling?"
„Bäääh!"

„Sehr gut, dann bringen sie mir bitte eine Portion Spaghetti Bolognese und einen Extra-Teller für den Kleinen. Verwenden sie Vollkornnudeln?"
Mona schüttelte wortlos den Kopf.
„Aber doch sicher keine Eiernudeln?", schaltete sich nun auch der Vater besorgt ein.
Erneutes Kopfschütteln!
Der Vater seufzte kurz auf. „Na ja", sagte er dann, „ich nehme trotzdem lieber eine Pizza. Margarita auch für mich!"
Mona nickte kurz und ging entnervt in die Küche. Kaum hatte sie die Tür geschlossen, ließ sie ihrem Ärger freien Lauf.
„Die ticken doch nicht ganz sauber!"
Maria sah erstaunt auf.
„Wo kommt das Fleisch her?", äffte sie die Stimme des Vaters nach. „Haben Sie die Pizza selbst geschlachtet? Wachsen die geschälten Biotomaten in Ihrem Garten? Düngen Sie mit Rinder- oder mit Schweinekacke?"
„Mona!", empörte sich nun Maria. „Diese Ausdrücke will ich in meiner Küche nicht hören!"
„Tut mir leid", gab Mona schulterzuckend zurück, „das sind die Fragen unserer geschätzten Kundschaft!"
„Tatsächlich?", fragte Maria ungläubig zurück und schüttelte missbilligend den Kopf. „Und wer sind diese Leute?"
„So eine fünfköpfige Monsterfamilie! Die Kinder führen sich unmöglich auf und die Eltern lächeln dazu und finden alles ganz reizend. Einfach grauenhaft!" Mona schüttelte sich. „Zuerst fragen sie mich über das Gemüse und das Fleisch aus", fuhr sie fort, „und dann bestellen sie Pizza, Pommes und Nudeln. Einfach lachhaft!"

„Welche Pizza?"
„Margarita natürlich, zweimal, einmal Spaghetti Bolognese und eine Portion Fritten ohne alles!"
Maria zog die Stirn in Falten. Am zweiten Weihnachtsfeiertag hatte sie mit anderen Bestellungen gerechnet. Schließlich hatte sie extra eine kleine Menükarte zusammengestellt und auch danach eingekauft. Mit Pizza Margarita konnte man kein Geld verdienen.
„Hast du die Gäste auf unsere Menükarte aufmerksam gemacht?"
„Natürlich, aber einige ihrer Familienmitglieder sind selbst Gänse und sie wollen niemanden aus ihrer Verwandtschaft essen!"
„Das haben sie gesagt?"
„Ja, tut mir Leid, Maria, aber mit denen kannst du keinen Umsatz machen. Vielleicht bei den Getränken! Die Tochter kegelt ausgezeichnet die Gläser vom Tisch!"
„Du liebe Güte!" Maria reckte die Hände in die Höhe.
„Sie heißt übrigens Gustav!"
„Wer?"
„Die Tochter!"
Da öffnete Harald die Tür.
„Mona, kommst du bitte und bringst den Putzlappen mit. Da ist ein Malheur am runden Tisch passiert!", sagte er knapp und schloss die Tür, bevor Mona etwas erwidern konnte.
Mona blickte der völlig konsternierten Maria noch einmal tief in die Augen, schnappte sich dann den Aufnehmer und ging zügig in die Gaststätte. Von Harald bekam sie einen Eimer Wasser und so bewaffnet trat sie an den Tisch.

Auf dem Boden saß das Kleinkind in einer Apfelsaftpfütze und patschte mit den kleinen Händchen wieder und wieder in die klebrige Flüssigkeit. Die Gans Gustav hielt noch immer das leere Glas in der Hand und betrachtete triumphierend ihr Werk. Als sich der Kleine die Finger an der fleckigen Hose des Vaters abwischte, zauberte das ein Lächeln ins Gesicht seiner Schwester. Mona hockte sich auf den Boden.
„Würden Sie bitte das Kind einen Moment hochnehmen?", bat sie.
„Stört sie der Kleine?", fragte der Vater erstaunt.
„Nur für einen Moment bitte.", wiederholte Mona, ohne ihn anzusehen.
„Na gut!" Der Vater bückte sich, wobei ihm sein schulterlanges, fettiges Haar ins Gesicht fiel. Mit seinen langen Armen ruderte unter dem Tisch herum und versuchte das Kleinkind einzufangen, doch es wich ihm geschickt aus.
„Komm zu Papa, mein Liebling!", lockte er kläglich, aber Liebling dachte überhaupt nicht daran. Schockiert sah er zu, wie Mona seine Spielpfütze zusammenwischte. Dann griff er nach dem Eimer.
„Nein!", sagte Mona und hielt den Eimer fest. „Nein!"
Die Gespräche am Tisch erstarben augenblicklich.
Der Kleine sah sie entrüstet an. Das war doch das böse Wort?
Erneut versuchte er den Eimer umzustoßen.
„Nein!" Mona warf dem Kind unter dem Tisch einen düsteren Blick zu und fletschte kurz die Zähne. Der Kleine riss die Augen auf.
„Bäh!", schrie er kläglich.
Der Kopf der Mutter erschien unter dem Tisch.

„Ich möchte nicht, dass sie so mit meinem Kind sprechen!", sagte sie vorwurfsvoll.
„Ich sagte lediglich ‚nein'!"
Die Mutter zuckte kurz zusammen.
„Genau, das meine ich!", erwiderte sie mit unterdrückter Stimme. „Wir benutzen diesen negativen Ausdruck nicht! Er ist für uns ein böses Wort!" und sie warf ihrem Jüngsten ein tröstendes Lächeln zu. „Nicht wahr, Darius-Remus?"
Der Kleine fühlte sich tatsächlich angesprochen und unterbrach für einen Moment sein Schreien. Er blickte seine Mutter noch leicht verstört an, griff dann aber nach der großen, glänzenden Plastikscheibe, die die Mutter an einem Lederband um den Hals trug.
Mona nutzte die gelungene Ablenkung des Kindes, um schnell die Pfütze zu beseitigen. Während die Mutter halb erstickte Laute von sich gab, weil der Kleine das Lederband fest im Griff hatte und sich gerade daran hochzog, wischte Mona den Saft auf, warf den Lappen in den Eimer und stand auf. Erstaunt stellte sie fest, dass sich die Gaststätte gefüllt hatte. Sie musste wohl eine ganze Weile unter dem Tisch zugebracht haben.
Schnell eilte sie in die Küche, ignorierte Marias Fragen – „Die Tochter heißt Gustav? Was sind denn das für Leute? Welches Malheur?" – wusch sich die Hände und lief zurück, um weitere Bestellungen aufzunehmen. Als sie am Tisch eines älteren Ehepaares stand, hörte sie noch immer die gequälten Laute der Mutter vom Nachbartisch, die mit dem kleinen Römer rang.
Das ältere Paar wählte aus der Menükarte und bestellte Wein dazu. Während der Herr die Stimme erhob um

seine Bestellung aufzugeben, warf die Dame einen nervösen Blick in Richtung des runden Tisches.

„Wird da ein Tier unter dem Tisch gequält?", fragte sie vorwurfsvoll.

„Nein, nein", erwiderte Mona beschwichtigend, während sie die Bestellung notierte, „es ist Darius-Remus!"

„Aber diese furchtbaren Laute?", fragte die Dame weiter. „Wo kommen die her?"

„Ach, das ist nur seine Mutter! Darius-Remus spielt mit ihr!"

Die ältere Dame schüttelte zweifelnd den Kopf.

Doch Mona lächelte ihr freundlich zu und machte sich auf den Rückweg in die Küche.

Als sie am runden Tisch vorbeikam, bückte sie sich kurz und zischte ein klares „Nein!" unter die Tischplatte. Der Kleine vernahm das böse Wort schockiert und brüllte los. In diesem Moment ließ er seine Mutter von der Leine, die mit hochrotem Kopf am Tisch wieder sichtbar wurde. Verlegen sortierte sie ihre kurzen grauen Haare.

„Hat Sie der Hund gebissen?", fragte die ältere Dame besorgt.

„Kümmern Sie sich bitte um ihre Angelegenheiten!", gab der Vater aufgebracht zurück.

Während sich die Dame empört abwandte und mit ihrem Mann tuschelte, wandte sich der Vater seiner Frau zu.

„Wie gehst du mit dem Kleinen um?", fuhr er sie an. Er bückte sich und zog den brüllenden Darius-Remus auf seinen Schoß.

„Was hat die böse Mama dir angetan?", fragte er mit weinerlicher Stimme das zeternde Kind.

Der Kleine schluchzte laut auf, während der Vater ihm den Rücken kraulte. Als er sich beruhigt hatte, begann er

die Mutter mit seinen kleinen Fäusten zu traktieren. Die Eltern sahen ihm lächelnd dabei zu.
Mona eilte durch die Gaststätte, nahm die Bestellungen auf und verteilte die Getränke.
An der Theke hatten inzwischen der Major und Uli Patz genommen, zwei weitere weihnachtliche Stiefkinder, die ebenso wie Mona dem Ende der Feiertage entgegengefiebert hatten.
Der Major war ein alter Junggeselle, der so lange im Hause seiner Eltern gelebt hatte, bis sich die alten Herrschaften von ihm für immer verabschiedet hatten. Seine Mutter war gestorben und sein Vater hatte sich daraufhin kaltblütig ins Altersheim abgesetzt und den Kontakt zu seinem Sohn abgebrochen. Vor einiger Zeit war auch er gestorben, so dass der Major nun mutterseelenallein auf dieser Welt war und niemanden hatte, der mit ihm das Weihnachtsfest verbringen wollte. Zwei Tage lang hatte er sich Videos mit alten Militärschinken angesehen, am Heiligabend traurig eine kleine Kerze angezündet und Gulasch aus der Dose gegessen.
Uli hingegen hatte freiwillig auf das Familienfest verzichtet. Natürlich hätte er zu seinen Eltern fahren können, um dort zusammen mit seinen Geschwistern und deren intakten Familien die Feiertage zu verbringen, aber er hatte es abgelehnt und Arbeit vorgeschützt. Der unangenehme Gedanke daran, dass ihm seine vorbildlichen Schwestern mit Sicherheit Vorhaltungen über seine gescheiterte Ehe gemacht und deren Ehemänner selbstgerecht gegrinst hätten, war für ihn ausschlaggebend gewesen, Abstand zu nehmen. Und nur das Gefühl seiner Familie ein Schnippchen geschlagen zu haben, hatte ihn die einsamen Tage schadlos überstehen lassen.

Jetzt saß er zufrieden mit dem Major an der Theke, trank ein Bier nach dem anderen und erzählte von seinen zahllosen weiblichen Eroberungen, die er im Laufe des Jahres angeblich gemacht hatte. Der Major hörte nur mit einem Ohr zu, denn seine Aufmerksamkeit galt der Familie am runden Tisch.
Mona servierte gerade das Essen.
„Einmal Pizza Margarita für Sie!" sagte sie freundlich und stellte dem Vater den Teller vor die Nase, der die Pizza erst einmal von allen Seiten in Augenschein nahm, als könne er Konservierungsstoffe mit dem bloßen Auge erkennen.
„Das gleiche für dich!", fuhr Mona fort und servierte dem Sohn die Pizza, der sie sogleich vom Teller grapschte, wie ein Butterbrot zusammenklappte und noch einmal überschlug, um sie dann in seinen weit aufgerissenen Mund zu schieben. Herzhaft biss er ab, so dass die Tomaten und der Käse rechts und links aus dem Teig quollen und auf seine Hose tropften.
Die Eltern taten so, als bemerkten sie es nicht. Mona starrte ihn einen Moment fassungslos an, dann versuchte sie der Mutter die bestellte Mahlzeit zu geben, doch die wedelte abwehrend mit den Händen.
„Geben Sie doch zuerst den Kindern das Essen!", mahnte sie vorwurfsvoll.
Mona stellte schulterzuckend den mütterlichen Teller beiseite und wollte nun der Tochter ihre Pommes Frites geben.
„Das will ich nicht!", blaffte die Gans Gustav sie an.
„Das hast du aber bestellt!", erwiderte Mona.
„Moment", schaltete sich der Vater ein, „das ist nicht wahr! Vielleicht hat meine Frau diese ungesunde

Frittierware bestellt, aber ganz gewiss nicht meine Tochter!"

„Baf fimmt!", nuschelte der Sohn mit vollem Mund und lachte so breit, das kleine Margarita-Bröckchen tief über den Tisch flogen.

„Iii, du Schwein!", brüllte Gustav und trat ihrem Bruder gegen das Bein, woraufhin er ihr mitten ins Gesicht spuckte und sie ihm den letzten Rest Apfelsaft auf die Pizza schleuderte.

„Bah, das esse ich nicht mehr!", empörte sich nun der Bruder, warf die Pizza auf den Teller und gab dem Teller einen Stoß, so dass er über den Tisch rutschte und auf dem Schoß der Mutter landete, die schuldbewusst den Kopf senkte.

„Möchtest du vielleicht meine Pizza?", fragte der Vater seinen halbwüchsigen Rüpel, als sei nichts geschehen.

„Na gut, gib her", antwortete der Sohn gnädig und griff nach der väterlichen Pizza. Mürrisch riss er sich ein großes Stück davon ab, schob es sich in den Mund und schmatzte laut und abstoßend.

Außer Mona und den übrigen Gästen der Gaststätte schien es am Tisch niemand zu bemerken.

„Wer bekommt jetzt die Spaghetti Bolognese?"

„Ich!", meldete sich die Gans Gustav entschlossen. „Gib sie sofort her!"

„Jetzt geben Sie ihr schon die Nudeln!", drängelte auch die Mutter ungeduldig. „Sie sehen doch, dass das Kind Hunger hat!"

„Was haben Sie gesagt?", fragte Mona nach. „Ich kann sie kaum verstehen, weil ihr Sohn so laut schmatzt!"

„Es schmeckt ihm eben!", behauptete die Mutter tapfer.

„Es gibt unzählige Naturstämme, bei denen es zum guten

Ton gehört zu schmatzen!", rechtfertigte sie das unmögliche Verhalten ihres Sohnes. „Wenn es schmeckt, darf es auch jeder hören!"
„Es schmeckt mir aber nicht!", protestierte ihr naturverbundener Sohn mit vollen Backen. „Es ist ekelhaft!"
„Ich hasse die rote Soße auf meinen Spaghetti!", meldete sich nun seine Schwester zu Wort. Mit den Fingern versuchte sie den Bolognesen-Belag vom Teller zu schieben. Die Mutter stellte den Pizza-Teller ihres Sohnes, den sie noch immer auf ihrem Schoß gehalten hatte, neben den Teller ihrer Tochter und schob mit einem Löffel die verhasste Soße auf die Apfelsaft-Pizza.
„Lass das!", fuhr die dumme Gans sie an, weil sie die Soße lieber auf die Tischdecke pfeffern wollte. „Papa", jammerte sie laut, „sag der blöden Mama, dass sie aufhören soll!"
„Lass bitte das Kind in Ruhe!", zischte der Vater seine Frau an.
Die Mutter gehorchte.
Sie lächelte ihre Tochter liebevoll an, stellte ihrem Mann die angefressene, zusammengeklappte Apfelsaft-Pizza vor die Nase und empfing von der sprachlosen Mona einen Teller Pommes Frites. Daraufhin setzte sie sich den kleinen Römer auf den Schoß, der sofort ein ungesundes Kartoffelstäbchen ergriff und es in die rote Apfelsaftsoße von Papas Pizza tauchte. Genüsslich schleckte er es ab. Mona, die schon ein stimmungsvolles ‚Nein' auf der Zunge gehabt hatte, schluckte es herunter und lächelte dem kleinen Wonneproppen zu. Sie wünschte noch einen guten Appetit, was vielleicht hämisch klang, aber nicht so gemeint war, und verließ den gastlichen Tisch.

Während sie den anderen Gästen köstliche Mahlzeiten servierte, hielt Harald immer ein prüfendes Auge auf den runden Tisch. Wenn die kleinen Terroristen das Geschirr zertrümmern sollten, würde er unerbittlich einschreiten. Harald war noch kurz zuvor in der Küche gewesen, um sich zusammen mit Maria über diese unmögliche Familie aufzuregen. Nun tuschelte er gerade mit Uli und dem Major.
„Wetten, dass mir dieses Volk von dem Kakerlaken-Spanier auf den Hals gehetzt worden ist!", behauptete er. Harald meinte das spanische Restaurant, schräg gegenüber von der „Blauen Wolke". Er sagte immer Kakerlaken-Spanier, seitdem er mal gehört hatte, dass, unbestätigten Gerüchten zufolge, vom Ordnungsamt Kakerlaken in der Küche dieses Restaurants festgestellt worden waren. Es seien spanische Kakerlaken gewesen, wurde erzählt.
„Glaubst du wirklich, dass die Familie auf dich angesetzt worden ist?", fragte Uli zweifelnd.
„Natürlich", beschwor ihn Harald, „das ist ein spanisches Komplott gegen mich. Diese Leute sollen meine Gäste hinausekeln!"
„Und warum?", fragte Uli weiter.
„Selbstverständlich aus Missgunst!", erwiderte Harald leise und schlug sich mit der flachen Hand gegen die Stirn. „Nachdenken, Uli!", forderte er seinen angetrunkenen Gast auf. „Bei mir sind alle Tische besetzt und drüben laufen sich die Kakerlaken Blasen an den Füßen!"
„Ach, so ist das!"
„Ja!" Harald warf unauffällig einen Blick an den Tisch der gedungenen Ekelpakete.

Der Vater knabberte an seinem aufgeweichten Pizzateig und verzog lustlos den Mund. Er schien keinen Hunger zu haben. Die Mutter ließ sich von dem Kleinkind füttern, indem es jedes Kartoffelstäbchen zuerst in die rote Apfelsaftsoße tauchte, bevor es im Mund der Mutter landete. Auch die Mutter sah irgendwie satt aus. Die Gans Gustav schließlich hatte die Spaghetti zu einem unappetitlichen Brei geknetet, trennte von Zeit zu Zeit ein Bröckchen davon ab und gab es ebenfalls der Mutter zu essen.
Ja, wenn man genau hinsah – die Mutter sah irgendwie satt aus.
Nur der halbwüchsige Sohn hatte seine Mahlzeit beendet, obwohl noch etwas auf seinem Teller lag, das aber nicht nach Pizza aussah. Er fläzte sich in seinem Stuhl und gaffte den anderen Gästen schamlos beim Essen zu. Ab und zu hob sich sein Brustkorb und er ließ einen lauten, Brechreiz erregenden Rülpser erschallen. Dann nickte ihm der Vater fröhlich zu und sagte „Wohl bekomm's!"
„Du kannst mir doch nicht erzählen, dass das normal ist!", zischte Harald Uli zu. „Diese Leute bekommen Geld dafür, das schwöre ich. So benimmt sich doch kein Mensch!"
„Na ja", meinte Uli abwiegelnd, „ich hab mal eine Kleine aus Passau kennen gelernt. Die war auch nicht ganz..."
„Ach hör doch auf mit deinen Weibergeschichten!", schaltete sich nun der Major ein, der bisher nur zustimmend genickt hatte. „Hier geht es doch um wichtigere Dinge als um deine Schlampen!" Er sah Harald verschwörerisch an. „Die Lage ist ernst!", sagte er mit rauer Stimme. „Todernst!"
„Meinst du?" Harald hob fragend die Augenbrauen.

„Ja", raunte der Major leise. Er warf einen verstohlenen Blick über die Schulter, um sicherzugehen, dass ihn der Feind nicht belauschte, „so wie ich die Lage hier einschätze, herrscht Alarmstufe Rot. Die Feinde versuchen hinterlistig unsere Stellung zu untergraben, unsere Belegschaft zu demoralisieren und unser Land zu erobern!"
„Wie bitte?"
„Ja, wir sind ihnen zwar überlegen, aber ihre größte Waffe ist die Heimtücke. Sie greifen nachts an und aus dem Hinterhalt!"
„Hinterhalt?"
„Ja! Wir müssen handeln, Harald! Wir müssen uns verteidigen, sie zurückschlagen und zur Kapitulation zwingen!"
Harald holte tief Luft.
„Dazu habe ich im Moment keine Zeit!", beschloss er schließlich und raubte dem Major jegliche Hoffnung auf einen siegreichen Kampf. Während sich der Wirt den Getränken zuwandte, widmete sich der fronterfahrene Soldat der Entwicklung einer wirkungsvollen Strategie, um die Spanien-Connection zu zerschlagen. Er sah alles schon in groben Zügen vor sich, er wusste nur noch nicht genau, was zu tun war.
Gegen Mitternacht saß Mona in der Küche am Fenster und rauchte eine Zigarette. Sie war müde und ihre Beine schmerzten. Gott sei Dank, hatten die meisten Gäste schon gezahlt und das Lokal verlassen. Nur der Terrorclan besetzte noch immer den runden Tisch, als hätten sie keine Betten zu Hause.
Sicher, die Kinder dürfen natürlich bis zum Morgengrauen aufbleiben, aber die Eltern müssen doch bestimmt ins Bett, dachte Mona verzweifelt. Warum ordnet Darius-

Remus nicht an, dass jetzt Feierabend ist? Nur ein Wort über seine Lippen und die Sache ist geritzt.
Träge beobachtete sie Maria, die das Geschirr in die Spülmaschine einräumte.
„Hast du alle Teller abgeräumt?", fragte sie Mona.
„Nicht alle", gab Mona zu, „die Adams-Family am runden Tisch hat ihre Teller bisher nicht wieder rausgerückt!" Sie dachte daran, dass die Gans Gustav versucht hatte ihr beim Abräumen die Gabel in die Hand zu rammen. Daraufhin hatte sie den Tisch sofort verlassen.
„Das ist mir zu gefährlich da abzuräumen!", fügte sie hinzu. „Die Kinder sind bis an die Zähne bewaffnet!"
„Dann geh und kassier ab!", forderte Maria, während sie die Arbeitsplatte abwischte. „Du willst doch auch irgendwann nach Hause."
Mona seufzte, drückte die Zigarette aus und schlich langsam durch die Küche. Maria hatte leicht reden, schließlich brauchte sie nicht in die Höhle des Löwen zu gehen, um dort Geld zu verlangen.
Missmutig betrat sie den Gastraum und begab sich zum runden Tisch.
Der Kleine war auf dem Arm der Mutter eingeschlafen, während seine Eltern und seine Gans „Ich sehe was, was du nicht siehst" spielten. Die Tochter sah immer imaginäre Dinge, die gar nicht existierten und daher von den Eltern nicht erraten werden konnten. Aus diesem Grund gewann Gustav jedes Spiel und ihr Bruder spuckte bei jedem Sieg ein „Mensch, sind die doof!" aus. Während der Rest seiner Familie spielte, schluckte er fleißig Luft, um immer längere Rülpser auszuspeien.
Uli und der Major, die hackevoll über der Theke hingen, störten sich allerdings nicht mehr daran.

Mona trat an den Tisch.

„Ich muss jetzt abkassieren, wir machen Feierabend!", sagte sie keine Spur höflich.

Die Eltern hoben peinlich berührt die Köpfe.

„Das kann man auch freundlicher sagen!", empörte sich die Mutter.

„Man ja, ich nicht!", gab Mona ungerührt zurück.

In den Augen des Sohnes flackerte Sympathie auf. Er rülpste leiser.

Der Vater schüttelte den Kopf über die unhöfliche Bedienung und zog aus seiner Hosentasche eine zerfledderte Kunstledergeldbörse.

„Macht 67,80!"

„Wie bitte?", der Vater sah entsetzt auf. „67 Euro für das bisschen Essen?"

„67,80 für das bisschen Essen und 19 Gläser Apfelsaft!"

„Hatten wir wirklich 19 Gläser Apfelsaft?", zweifelte die Mutter.

„Na klar", kam ihr der Sohn nicht zu Hilfe, „die blöde Kuh hat doch alles umgeworfen, wie immer! Letztens beim Spanier hatten wir über 20 Gläser von dem Scheiß-Apfelsaft."

„Da will ich wieder hin", schaltete sich nun Gustav ein, „nicht hier in dieses blöde Lokal!"

„Das geht doch nicht!", sagte die Mutter leise zu ihren Kindern, während der Vater die einzelnen Münzen auf den Tisch zählte.

„Warum nicht?", quietschte Gustav.

„Weil diese Säcke Kinder nicht leiden können!", antwortete der Sohn noch vor seiner Mutter.

Nachdem der Vater bezahlt hatte, erhob sich die Familie widerwillig.

Die Mutter balancierte das Kleinkind auf dem Arm und versuchte zugleich ihrer Tochter den Mantel anzuziehen. Der Vater legte den Arm um die Schulter des Sohnes, den dieser sofort angewidert abschüttelte. Gemeinsam gingen sie zum Ausgang.
Mona stand schon an der Tür, um sie aufzuhalten.
Als sie an Marias Plastiktanne vorbeigingen, rümpfte der Vater die Nase.
„Wieder ist ein Baum für ein Menschenfest gestorben!", sagte er anklagend.
Seine Tochter griff sofort nach zwei Schokoladenzapfen und zerrte wild an ihnen. Noch bevor Mona einschreiten konnte, riss Gustav den gesamten Baum mit Ständer von seinem niedrigen Untersatz. Das Mädchen schrie erschrocken auf, während die biegsamen Äste mit ihrer süßen Last auf den Boden stürzten und sich bizarr verbogen.
Der Vater sprang herbei, um seine Tochter vor dem bösen Baum zu retten, doch dem Mädchen war nichts passiert. Sie stand wütend neben dem gefällten Baum und trampelte auf den Schokoladenzapfen herum.
„Du blöder Schweinebaum!", brüllte sie.
„Komm her, mein Schatz", lockte der Vater sie, „komm her, mein Schatz!"
Er zog das tobende Kind in seine Arme und hielt es fest, als habe er es gerade aus dem Wrack eines abgestürzten Flugzeugs gerettet. „Zum Glück ist dir nichts passiert!", flüsterte er dankbar.
Er nahm sie auf den Arm und wandte sich endlich der Türe zu.
„Wie können Sie hier einen schweren Baum ungesichert hinstellen?", tadelte er Mona beim Hinausgehen und

schüttelte verständnislos den Kopf. „Bäume gehören doch nicht in ein Restaurant! Außerdem ist das unhygienisch!" Mona starrte ihn emotionslos an, sah durch ihn hindurch und erwiderte nichts. Die einzige Antwort, die ihr jetzt noch eingefallen wäre, war nicht stubenrein. Also schwieg sie.

Harald, der hinter der Theke dem Schauspiel fassungslos beigewohnt hatte, stand nun hinter ihr und funkelte die Familie wütend an.

Die Mutter zog den Kopf ein und eilte hinter ihrer buckligen Verwandtschaft her. Dann knallte Mona mit Schwung die Türe zu.

„So", sagte sie erleichtert, „Gehet hin in Frieden und kehret nie wieder!"

„Nie wieder!", wiederholte Harald andächtig.

Für einen Moment herrschte himmlische Ruhe in der Gaststätte, die nur von einem leisen Schnarchen, das von der Theke herüberwehte, getrübt wurde.

Jetzt spürte Mona erneut die Müdigkeit. Sie gähnte laut und bückte sich dann nach dem Baum.

„Lass ihn liegen!", meinte Harald, „Ich kümmere mich darum, wenn ich die beiden Saufziegen nach Hause geschickt habe!"

„Stell ihn lieber direkt wieder auf", drängelte Mona, „wenn Maria das sieht, dann..."

Ein spitzer Schrei durchstieß die Stille – laut, schrill und von Maria kommend, die in der Küchentür stand und fassungslos auf ihren gemordeten Weihnachtsbaum starrte.

Die zwei an der Theke schreckten hoch und blickten verwirrt um sich.

„Wer war das?", schluchzte Maria laut. „Wer hat das nur getan?"

„Reg dich bitte nicht auf!", versuchte Harald sie zu beschwichtigen. „Ich stell ihn sofort wieder auf und dann sieht er aus, als sei nichts geschehen!"

Er griff forsch nach der Kunsttanne, die sich bei dem Sturz und dem anschließenden Getrampel von Gustav S-förmig verbogen hatte, und stellte sie zurück auf den kleinen Hocker. Dort verlor sie aber immer wieder das Gleichgewicht, da die nach links geneigte Spitze dem stark nach rechts driftenden Stamm nichts entgegen zu setzen hatte. Harald packte erneut zu, bog hier und da einen Ast, versuchte mit den Schleifchen der zerstampften Schokoladenzapfen die Spitze zu fixieren und rückte den Hocker von einer Seite auf die andere.

Uli schwankte herbei und schob eilfertig Bierdeckel unter die rechte Hockerseite, während der Baum gefährlich nach links rutschte. Aber da stand schon der Major, nicht zackig, aber fahrig und griff in die Zweige. Wenn er eine Marzipankugel erwischte, knackte er sie mit der linken Hand entzwei.

„Verschwindet endlich von meinem Baum!", jammerte Maria traurig, während Harald schnell die Spitze und ein paar Zweige, die er beim Justieren abgebrochen hatte, hinter die Tanne warf.

Maria bückte sich und zog schluchzend die Lebkuchenkrümel ihrer kleinen Krippe unter dem grünen Plastikmüll hervor. Der Anblick zerriss ihr fast das Herz. Irgendjemand hatte Maria und Josef den Kopf abgebissen und das Jesuskind gestohlen.

Als sie den zuckerigen Torso des kleinen Josefs in der Hand hielt, sahen alle betreten zu Boden.

„Wer hat ihm das angetan?", fragte sie leise. In ihrer Stimme schwang verhaltener Zorn mit.
Harald zog sie zu sich heran und legte den Arm um sie. „Reg dich nicht auf, Maria."
„Ich will wissen, wer das gewesen ist!" Maria konnte sich nur noch mühsam beherrschen. Ihre Augen funkelten wild.
„Ich weiß es doch nicht!", rechtfertigte sich Harald. „Ich hatte hinter der Theke alle Hände voll zu tun. Ich hab keine Ahnung, wer deine Zuckerpüppchen..."
„Das ist die heilige Familie!", unterbrach Maria ihn wütend.
„Ja, natürlich, die heilige Familie", gab Harald ihr eilig recht, „aber ich weiß trotzdem nicht, wer deine heilige Familie er... ähm, erwischt, ähm erlegt äh..."
„Hast du denn nichts gesehen?", wandte sich Maria nun Mona zu.
„Hm", Mona überlegte. Vielleicht hatte sich Darius-Remus über die heilige Familie hergemacht? Traditionell pflegten die alten Römer keinen guten Kontakt zu den frühen Christen. Ich habe ihn über den Boden krabbeln gesehen, als ich den Tisch am Fenster bediente, dachte sie. Wann war denn das gewesen? War das vor oder nachdem Gustav dem Weihnachtsmann auf der Theke den Bart abgerissen hatte?
Mona zog ratlos die Schultern hoch.
„Tut mir leid, Maria", entschuldigte sie sich, „da kann ich dir auch nicht weiterhelfen!"
Müde fuhr sie sich mit der Hand über die Augen und gähnte. „Ich muss jetzt nach Hause!", fügte sie hinzu, pflückte sich noch eine halbwegs unversehrte Marzipan-

kugel vom Krüppelbaum und ließ die Wirtsfamilie mit ihren kopflosen Problemen alleine.
Während sie durch die schneekalte Nacht heimging, schälte sie das süße Marzipan aus seiner bunten Hülle, warf das Papier auf den Boden und schob sich zufrieden die Kugel in den Mund.
Weihnachten war vorbei, Dank sei Gott, dem Herrn!
Das hatte er wieder sauber hinbekommen!

4 Losgelöst von allem Irdischen, schlief Mona tief und fest in ihrem Bett. In ihren Träumen sprang sie von einer Wolke auf die andere, küsste Engel auf die Wangen und umarmte die Strahlen der Sonne.
Draußen vor ihrem Fenster drückte jemand die Hände gegen die Scheibe und sah sehnsüchtig hinein in das dunkle Zimmer. Er spürte ihre Anwesenheit und es drängte ihn in ihre Nähe. Warum hatte sie das Fenster verschlossen? Ratlos rüttelte er am Rahmen, klopfte gegen die Scheibe, doch Mona hörte ihn nicht.
Traurig stand er auf und glitt über die Dachziegel. Vorsichtig tastend suchte er und fand nach einer Weile ein anderes Fenster, das nur angelehnt war. Er schob es auf und kletterte hinein. Lautlos verweilte er im Raum und lauschte nach Atemzügen. Doch im Zimmer war es totenstill. Er ging ein paar Schritte in den Raum hinein, tastete mit den Fingern durch die Luft und spürte nichts – nur vier Wände, ein Fenster und eine Tür. Das Zimmer war leer. Leise öffnete er die Tür. Dahinter lag eine kleine Diele und dann ein weiterer Raum – menschenleer.
Enttäuscht lehnte sich der Engel gegen die Wand. Es war ihm bewusst, dass er nicht in Monas Wohnung war. Er befand sich in einer fremden Wohnung, zudem noch in einer, in der niemand lebte und die noch niemandem gehörte – in einer freien Wohnung, direkt neben Mona. Nach einer Weile des Verharrens, setzte sich der Engel wieder in Bewegung.
Er ging durch den Raum in die Diele und wieder zurück – erst sehr langsam, dann schneller und schneller. Er glitt von einem Zimmer in das andere, lief an den Wänden entlang, fasste Fensterscheiben und Türrahmen an, streckte die Hände bis zur Decke, berührte mit den

Zehenspitzen den Boden und drehte sich schließlich um die eigene Achse, viele, viele Male. Dann setzte er sich auf den Fußboden, stützte sich mit den Händen ab und sah zur Decke.
Die Wohnung interessierte ihn. Sie faszinierte ihn, ja, sie zog ihn magisch an. Er konnte sich plötzlich vorstellen, hier zu bleiben und nicht zurückzugehen an seinen Platz. Auch hier war es friedlich und es lag etwas in der Luft, dass ihn zum Bleiben trieb, etwas, dass ihm bekannt vorkam, denn es roch nach ihr. Er spitzte die Lippen und hauchte einen Kuss in die Luft.
Noch bevor die Morgendämmerung einsetzte, stand er auf. Er nahm noch einmal die Wohnung in Besitz, durchschritt alle Räume und entschwand dann durch das offene Dachfenster – hinaus.
Das Vertraute rasch hinter sich lassend, bewegte sich der Engel fort, vorbei an weiß gefrorenen Bäumen, die ihre kahlen Äste filigran in den Himmel streckten, an rauchenden Schornsteinen, Giebeldächern und Kirchturmspitzen. Eiskalter Wind fuhr ihm durch die Haare und ließ einzelne Locken gefrieren. Eine vertraute Trägheit erfasste ihn, als er sich dem Ort seiner Bestimmung näherte. Jede Anstrengung fiel von ihm ab und seine Gedanken verblassten, als er sich niederließ und langsam die Arme hob.
Mona erwachte aus einem langen, tiefen Schlaf. Schon als sie die Augen aufschlug, fragte sie sich, ob sie nicht lieber für den Rest des Tages im Bett bleiben sollte. Wofür sollte sie aufstehen? Es gab niemanden, der auf sie wartete, keinen, dem es auffallen würde, wenn sie liegen bliebe.
Wozu die ganze Mühsal und für wen?

Missmutig raufte sie sich die Haare und stand auf. Ihre morgendlichen Depressionen raubten ihr den letzten Nerv.
Positiv denken, dachte sie übellaunig, als sie ins Bad stolperte und mit dem kleinen Zeh am Türrahmen hängen blieb. Der Schmerz war widerwärtig, zum gegen die Tür treten.
Nach dem Duschen schlich sie einigermaßen gefasst in die Küche, um sich ein leckeres Frühstück zuzubereiten. Leider herrschte im Kühlschrank wie üblich gähnende Leere. Er schien die Lebensmittel, die Mona in ihn hineinräumte, selbst zu verschlingen, denn immer wenn sie die Kühlschranktür aufriss, war nichts Vernünftiges darin, außer den abgelaufenen Joghurts und dem grünen Käse.
Mona kochte erst einmal Kaffee und aß drei Lakritzschnecken.
Dann beschloss sie ihr Leben zu ändern.
Sie beschloss unwiderruflich ab sofort den Engel zu vergessen und sich einen Menschenmann zu suchen, der sie auf andere Gedanken brachte und sie vor allem aus dieser Einsamkeit erlöste. Sie wollte direkt anschließend ihren Comic zu Ende schreiben, um viel Geld zu verdienen, damit sie endlich mal rauskam aus dieser Wohnung und in Urlaub fahren konnte, vielleicht mit dem Mann, den sie bis dahin kennen gelernt hatte, ganz sicher aber in ein Land, in dem die Sonne scheint und keine Scheißengel im Schnee spielten. Doch zunächst wollte sie einkaufen gehen.
Angezogen mit Daunenjacke, Mütze, Wollschal und Handschuhen verließ sie tapfer das Haus. Draußen war es noch kälter als sie befürchtet hatte. Die Luft drang

eiskalt durch ihre Nase in ihren Körper und ließ ihre Lunge gefrieren.

Als sie die Fahrertür ihres Autos aufschließen wollte, stellte sie fest, dass das Schloss zugefroren war. Sie zog ihr Feuerzeug hervor, zauberte eine kleine Flamme herbei und hielt den Schlüssel hinein, der sich ganz langsam aufheizte. Nach einer Weile versuchte sie es erneut, doch der Schlüssel ließ sich nicht einmal zwei Millimeter ins Schloss schieben. Also ließ sie ihn erneut über der offenen Flamme schmoren. Dann wieder Schlüssel ins Schloss, denkste – passt nicht, schmoren.

Die Prozedur war erbärmlich, führte aber schließlich doch zum Ziel, vielleicht war auch nur in der langen Zeit die Außentemperatur angestiegen. Als Mona endlich ins Auto kletterte, spürte sie ihre Füße nicht mehr. Sie steckte den Schlüssel ins Zündschloss und drehte ihn um. Zuerst klang es so, als schliefe der Motor noch, dann aber sprang der Wagen an. Mona trat auf das Gaspedal, stellte die Heizung hoch und ließ den Motor im Standgas laufen. Sie hatte keine Lust die Scheiben frei zu kratzen, das sollte gefälligst die Heizung besorgen, dafür gab es sie. Weißer Qualm stieg aus dem Auspuff hervor und umnebelte das Auto.

Mona zog ihre Zigarettenschachtel heraus und zündete sich eine Zigarette an. Die Lakritzschnecken krochen derweil durch ihren Magen und strebten dem Darm entgegen. Nach einiger Zeit war die Frontscheibe soweit frei, dass sie die Umrisse der Straße erkennen konnte. Mona warf die Zigarette aus dem Fenster, legte den Gang ein und fuhr los.

Auf dem Gelände des Supermarktes war die Hölle los. Mona hatte schon Probleme einen Parkplatz zu finden, so viele Autos standen dort bereits. Autos von Menschen, die früher aufgestanden waren als Mona und die Garagen besaßen, in denen die Autoschlösser nicht einfroren, oder elektronische Schlüssel benutzten, auf die man nur drücken musste und schon war die Karre entriegelt. Hinten, in der allerletzten Reihe neben den Glascontainern fand Mona noch ein kleines Parkplätzchen. Sie stieg aus, schloss ab, watete durch sortierte grüne und – säuberlich getrennt davon – durch braune Glasscherben und lief dann eilig den langen Weg hinüber zum Supermarkt.

Der Einkaufswagen, den sie noch ergattern konnte, rollte natürlich wie üblich schief. Ein Rad drehte sich überhaupt nicht, dafür hatte sich ein anderes total verdreht und rollte rückwärts, die beiden anderen Räder waren nur durch Kraftanstrengung zum Rollen zu bewegen. Scheppernd und schnarrend betrat Mona den Laden.

Als sie einen Moment stehen blieb, um sich in dem überfüllten Geschäft zu orientieren, fuhr ihr eine ältere Dame mit dem Einkaufswagen in die Hacken.

„Weitergehen, nicht stehen bleiben!"

Mona zog eilig weiter, immer im Strom – vorbei an Wurst und Fleisch, die Käsetheke hinter sich lassend – weiter, weiter. Bei den Süßigkeiten, parkte sie ihr jämmerliches Gefährt und holte sich Schokolade für die Nerven, Lakritz fürs Frühstück und Kaugummi gegen den ekligen Geschmack im Mund.

Dem gefräßigen Kühlschrank kaufte sie Margarine, Eier, einen Schokopudding und natürlich Joghurts für den Abfalleimer. Sie balancierte tütenweise Nudeln und fertige Soßen in Gläsern zu ihrem Wagen – hopsa, schon wieder

ein Glas Bolognese durch die Finger geglitten und auf dem Boden zerschellt, nichts wie weg hier!
Den Obst- und Gemüsestand ignorierend, griff sie nach Dosensuppen und Ravioli. Nachdem sie die schweren Getränke auf den Joghurtbechern postiert hatte, bugsierte sie ihren Wagen auf kürzestem Wege durch die Taschenbuchabteilung der Kasse entgegen und stellte sich an der Schlange ganz hinten an.
Während sie ungeduldig wartete, griff sie sich ein Buch aus dem Regal und blätterte darin. Anschaulich schilderte die Autorin die acht goldenen Regeln für eine gelassene Lebensführung.
Erste Regel: Bleiben Sie gelassen, denn Gelassenheit ist keine Kunst!
Mona zuckte nur kurz zusammen, als ihr eine ältere Dame den Einkaufswagen in die Hacken rammte.
Zweite Regel: Lassen Sie sich nicht einengen!
Mona schob den Fuß nach hinten und drängte den Einkaufswagen mit einem gezielten Tritt zurück.
Dritte Regel: Genießen Sie spontan!
Mona wühlte zwischen ihren Einkäufen eine Flasche Trinkjoghurt hervor, riss den Verschluss auf und trank sie in einem Zug leer. Die leere Flasche versteckte sie im Bücherregal zwischen Schokoriegelpapier und angebissenen Äpfeln.
Vierte Regel: Schaffen Sie sich einen Überblick!
Hm, das war nicht einfach. Mona stellte sich auf die Zehenspitzen und versuchte einen Blick auf die Kasse zu erhaschen, um zu ergründen, warum sie in der Schlange nicht einen Schritt vorankam. Lackierte sich die Kassiererin gerade die Fußnägel oder räumten die Kunden in Zeitlupe die Waren auf das Band?

Aber sie konnte nichts erkennen, weil vor ihr ein großer, korpulenter Mann stand, der ihr vollständig die Sicht nahm. So sehr sie sich auch reckte, es war vergebens. Glücklicherweise gab es Regel Nummer fünf: Sagen Sie immer, was sie denken!
„Meine Güte, manche Leute brauchen Platz für zwei!" Kaum hatte sie den Satz ausgesprochen, drehte sich der Kerl um und blickte wütend auf Mona herab, der in diesem heiklen Fall nur Regel Nummer eins blieb: Bleiben Sie gelassen! Also setzte Mona eine erstaunte Miene auf und drehte sich ebenfalls um, sah der älteren Dame in die Augen und schüttelte missbilligend den Kopf. Als sie sich wieder umwandte, hatte der Dicke ihr den Rücken zugedreht.
Mona vertiefte sich in ihre Lektüre. Aus den Augenwinkeln sah sie, dass die Schlangen an den Kassen rechts und links von ihr zügig voranschritten, während sie selbst Wurzeln schlug. Aber es nützte nichts die Kassenschlange zu wechseln. Aus Erfahrung wusste sie, dass in dem Moment, in dem sie die Reihe wechselte, sich ihre alte Schlange in Wohlgefallen auflösen würde, während sie sich in der neuen Kolonne die Beine in den Bauch stand, weil die schnelle Kassiererin sofort von ihrer Kollegin, der allseits bekannten Schnecke, abgelöst würde.
Es war leider immer so. Klagen half da nicht, deswegen lautete die sechste Regel: Denken Sie optimistisch!
Es geht bestimmt gleich weiter, versuchte sie sich einzureden. Lange kann es nicht mehr dauern. Irgendwann schließt der Laden.
Um sich das Warten optimistisch zu verkürzen, las Mona die siebte Regel: Entspannen Sie sich!

Mona legte das Buch aus der Hand und schloss die Augen. Doch das unangenehme Geräusch, dass der Korpulente vor ihr verursachte, indem er an jedem einzelnen seiner Finger zog, um die Gelenke knacken zu lassen, störte sie erheblich. Als die ältere Dame hinter ihr mit dem Gebiss schnalzte, griff sie erneut nach dem Buch. Achte und letzte Regel: Sorgen Sie für Abwechslung! Mona zögerte noch einen Moment, dann umfasste sie ihr klappriges Gefährt, legte den Rückwärtsgang ein und drängte rücksichtslos aus der Schlange. Der Dicke vor ihr drehte sich um und blickte sie entgeistert an, während sich die Alte hinter ihr die Hände rieb, weil sie einen Platz gut machen konnte.

Aber Mona wollte nicht mehr, sie musste jetzt wechseln und sich an einer der beiden anderen Kassen anstellen. Denn schlimmer konnte es nicht mehr kommen. In dieser Schlange würde sie eines Tages zugrunde gehen, das wusste sie. Wer weiß, wie oft die Verkäufer, bevor sie den Laden schlossen, noch Kunden wegräumen mussten, die auf dem langen Weg zur Kasse verendet waren. Nein, Mona wollte nicht zu ihnen gehören. Sie sorgte für Abwechslung.

Optimistisch und gelassen rollte sie unter den missgünstigen Blicken ihrer alten Schlangennachbarn an die Kasse rechter Hand und stellte erfreut fest, dass hier tatsächlich nur noch ein Kunde vor ihr stand.

Als sie gerade beschwingt ihre Waren auf das Band räumen wollte, raunzte die Kassiererin: „Hier nicht mehr!" und über der Kasse leuchtete ein gelbes Schild warnend auf „Letzter Kunde!"

Das durfte doch wohl nicht wahr sein!

„Hier nicht mehr!", wiederholte die Schnepfe an der Kasse mürrisch, während sie dem letzten Kunden, der Mona hämisch angrinste, das Wechselgeld aufs Band warf.

Mona starrte sie sprachlos an und sah zu, wie die Hexe die Kasse abschloss, sich eine Flasche Cola griff und einfach ihren Arbeitsplatz verließ. Sekundenlang konnte sie sich nicht bewegen, dann schließlich trat sie einen Schritt zurück, gab dem Wagen einen wütenden Stoß und klapperte zur Kasse linker Hand.

Glücklicherweise ging es in der linken Schlange zügig voran. Nachdem sie eine Weile angestanden hatte, fiel ihr auf, dass sie in dieser Kolonne die einzige Kundin mit Einkaufswagen war. Alle anderen Kunden standen ohne Wagen da. In den Händen hielten sie eine Flasche Korn oder eine Schachtel Zigaretten.

Sie musterten Mona irritiert und warfen lange Blicke auf ihren vollen Wagen.

Mona ahnte es schon, doch ein Blick auf das Schild über der Kasse gab ihr schreckliche Gewissheit: „Schnellkasse bis zu fünf Artikeln!"

Wie konnte sie nur so blöd sein!

Nur Anfänger und Männer stellten sich aus Versehen an der Schnellkasse an!

Noch bevor andere Kunden hinter ihr sie angiften oder aus der Schlange jagen konnten, trat sie schleunigst den Rückzug an und stellte sich an ihrer alten Schlange ganz hinten an. Das Buch warf sie in einen verwaisten Einkaufswagen vor ihr, den jemand schon mal vorsorglich in die Schlange geschoben hatte, um in Ruhe einzukaufen. Sie gab dem fremden Wagen einen Stoß, dass er bis zu den Tiefkühltruhen rollte und sich dort zwischen Eis- und

Pizzaschränken verkeilte, und stellte sich an den frei gewordenen Platz.

Dann dauerte es glücklicherweise doch nicht mehr so lange, bis sie endlich zur Kasse vorstieß. Sie hatte gerade die dreibändige Winnetou-Biographie ausgelesen und schon einen begehrlichen Blick auf den Schatz am Silbersee geworfen, als sie vor dem Warenband an der Kasse stand. Enttäuscht stellte sie den Wälzer zwischen leere Tetra Paks und Joghurtbecher auf das Regal zurück und begann ihre Einkäufe auszuladen.

Auf dem Rückweg hielt sie noch an einer Imbissbude an, ließ sich einen Döner einpacken und fuhr zurück nach Hause. Bepackt mit drei extrem schweren Plastiktüten, öffnete sie mit dem Ellbogen die Haustür und schleppte sich in den Treppenflur.

Dort war die Hölle los.

Die alte Frau Schulz stand laut zeternd an der Wohnungstür der Familie Lehmann und redete pausenlos auf Frau Lehmann ein, die im Türrahmen lehnte und von Zeit zu Zeit die Augen verdrehte.

Mona stellte die schweren Taschen ab und verschnaufte einen Moment, während sie den köstlichen Monologen von Frau Schulz lauschte, die ab und zu von Frau Lehmanns Einwänden unterbrochen wurden, die wiederum Frau Schulz dann vollkommen aus dem Konzept brachten, sodass sie mit ihren Vorwürfen von vorne beginnen musste. Aus diesem Grund konnte sich Mona schon nach kurzem Zuhören ein Bild von den Geschehnissen machen.

Es stellte sich heraus, dass die Lehmanns-Kinder dem alten Herrn Schulz „Weihnachtssack" hinterhergerufen hatten, so dass dieser hinter ihnen hergelaufen und

bedauerlicherweise nur beinahe die Treppe heruntergefallen wäre. Da nichts weiter passiert war, blieb Frau Lehmann gelassen, nur Frau Schulz wollte den „Weihnachtssack" nicht auf ihrem Mann sitzen lassen.
„Nennen Sie das etwa Erziehung?", regte sich Frau Schulz auf. „Kindern muss man Recht und Ordnung beibringen, und Disziplin und Respekt vor Älteren."
Frau Lehmann verdrehte die Augen.
„Und Anstand und Moral und Sauberkeit und Manieren! Was glauben Sie, was passiert wäre, wenn mein Gatte gestürzt wäre?"
„Es ist doch nichts passiert!"
„Nichts passiert? Nichts passiert?", ereiferte sich Frau Schulz. „Mein Gatte wäre fast die Treppe hinuntergestürzt! Das nennen Sie - nichts passiert?"
„Mein Gott, dann soll er eben nicht hinter den Kindern herlaufen!"
„Ach, mein Gatte darf nicht durch den Treppenflur laufen? Er soll sich beschimpfen und beleidigen lassen, aber durch den Treppenflur laufen..."
„Frau Schulz, das hatten wir doch alles schon."
„... mein Gatte will auch durch den Treppenflur laufen! Und wir möchten nicht, dass mein Gatte beleidigt wird von ihren Kindern, und mein Gatte ist kein Weihnachtssack..."
Augen verdrehen.
„Weihnachtssack! Weihnachtssack!", regte sich Frau Schulz weiter auf. „Eine Unverschämtheit ist das! Eine, eine...", sie suchte nach treffenden, passenden Worten, „eine, eine..., eine Unverschämtheit ist das! Haben Sie schon mal was von Erziehung gehört?"
Augen verdrehen und Mund verziehen.

„Kindern bringt man Respekt vor Älteren bei, nicht Weihnachtssack. Ältere, unbescholtene Nachbarn ärgern, Weihnachtssack rufen, das können ihre Kinder, aber mein Gatte wäre beinahe die Treppe heruntergestürzt!"
„Vielleicht haben die Kinder ja gar nicht Weihnachtssack gerufen!", versuchte Frau Lehmann zu vermitteln. „Ihr Mann kann sich verhört haben. Sie sagten vielleicht etwas, das ähnlich klingt, wie äh", sie überlegte, „Weihnachtswrack", meinte sie zögerlich, „oder Weihnachtspack?"
„Nein, nein", Frau Schulz durchschaute die Finte sofort. Heftig schüttelte sie den Kopf. „O nein, sie riefen Weihnachtssack, nicht Wrack oder Pack, Weihnachtssack haben sie gebrüllt. Ich habe es mit meinen eigenen Augen gehört. So sind ihre Kinder, nämlich schlecht erzogen. Dass Sie sich nicht schämen, dass Sie sich nicht in Grund und Boden schämen, einen armen, alten Weihnachtssack zu beleidigen!"
„Frau Schulz, jetzt regen Sie sich doch nicht so auf!"
„Wir wollen uns aber nicht aufregen!", widersprach Frau Schulz lautstark. „Das müssen wir uns nicht bieten lassen. Eine Frechheit ist das!" Wütend stampfte sie mit dem Fuß auf. „Jetzt sollen sie plötzlich Weihnachtswrack oder Weihnachtspack gerufen haben?", höhnte sie. „Das hätten Sie wohl gerne! Dabei haben wir es mit meinen eigenen Augen gehört!"
„Aber es ist doch letztendlich nichts passiert."
„Nichts passiert? Nichts passiert? Obwohl ihre Gören Weihnachtssack gerufen haben? Das nennen, sie nichts passiert, wenn mein Weihnachtssack beinahe die Treppe heruntergefallen wäre..."

Mona wischte sich die Tränen aus den Augen und griff nach ihren Tüten. Sie hätte der Weihnachtssackgattin noch stundenlang zuhören können, aber der Hunger nagte an ihr und der Geruch des Döners lockte sie. Sie konnte ja später Anke fragen, wie sich die Geschichte weiterentwickelt hatte, denn Ankes Blödmann klebte am Türrahmen vis-a-vis und hörte mit versteinerter Miene zu. Er kicherte nicht, hielt sich nicht den dicken Bauch vor Lachen, sondern lauschte unbewegt, als höre er die Acht-Uhr-Nachrichten.
Ein merkwürdiger Kerl war das.
Mona grüßte kurz und ging an ihm vorbei zur Treppe. Er schien sie gar nicht zu bemerken. Schwer beladen stieg sie die Stufen hoch. Oben im ersten Stock standen Anke und Susanne, rechts daneben beugte sich der Weihnachtssack übers Treppengeländer, um jedes Wort seiner holden Gattin zu erhaschen. Die Hände hatte er grimmig zu Fäusten geballt.
Mona gesellte sich zu ihren Freundinnen und stellte die Taschen ab.
„Na, wie heißt das Unwort des Jahres?", fragte Anke und grinste.
„Wieso Unwort?", fragte Mona zurück, „mir gefällt die Kombination von Weihnachten und Sack gut."
„Weil du ein absolutes Weihnachtsmuffel bist!", schaltete sich Susanne ein. „Die Lehmanns-Kinder sind wirklich frech, aber brutal ehrlich, das muss man ihnen lassen!"
„Das sehe ich auch so!", gab Mona ihr Recht und grinste. Sie dachte daran, dass jene Kinder kürzlich vor Susannes Haustür, „Da wohnt die arrogante Zicke!", gerufen hatten.
Gott sei Dank, hatte Susanne nichts davon mitbekommen.

„Frau Schulz ist einfach nur peinlich!", sagte Susanne leise und warf einen abschätzenden Blick auf den Alten.
„Die sind alle beide peinlich."
„Es sind halt ältere Leute.", flüsterte Anke. „Vielleicht sind wir später mal genau so."
„Du vielleicht", erwiderte Susanne uncharmant, „aber ich bestimmt nicht! Und Mona sicher auch nicht! Nein, nein", sie schüttelte den Kopf, „wenn man sich im Alter so aufführt, dann war man auch früher schon peinlich."
Anke beschloss das Thema zu wechseln. Sie hatte keine Lust sich zu ärgern.
„Hast du Silvester schon war vor?", fragte sie Mona.
„Ich muss arbeiten!"
„Die ganze Nacht?"
„Weiß ich nicht, vielleicht kann ich um ein Uhr nach Hause. Warum fragst du?"
„Weil ich dich auf meine Silvesterparty einladen möchte!"
„O, schade, daraus wird wohl nichts werden."
Ein bisschen heuchelte Mona ihr Bedauern, denn tatsächlich hatte sie wenig Lust auf diese Party. In der Vergangenheit waren die Feste in Ankes Wohnung stinklangweilig gewesen, weil ihr Mann nur seinesgleichen einlud. Für Anke allerdings tat es ihr ein bisschen leid.
„Ja, das ist wirklich schade.", sagte Anke betrübt.
„Susanne kann leider auch nicht kommen. Dabei hätte ich so gerne mit euch beiden Mitternacht angestoßen. Kannst du nicht nach der Arbeit noch dazukommen?"
„Vielleicht", erwiderte Mona und lächelte, „falls ich nicht zu müde bin."
Dann drehte sie sich zu Susanne um. „Und warum kannst du nicht kommen?", fragte sie und war gespannt auf Susannes Ausrede.

„Sie trifft sich mit Christoph und verbringt einen romantischen Abend zu zweit.", antwortete Anke an Stelle ihrer Freundin.
Susanne strahlte.
„Du kannst doch zusammen mit Christoph kommen.", schlug Mona hinterhältig vor.
Susannes Lächeln erstarb augenblicklich.
„Das geht nicht!", erwiderte sie knapp.
„Warum denn nicht?", fragte Mona und gefiel sich in der Rolle der Intrigantin. „Ihr werdet euch sicher amüsieren." Aus irgendeinem Grund gönnte sie ihrer Freundin das Glück nicht.
„Weil die beiden Turteltauben alleine sein möchten!", erklärte Anke ohne Neid und verabschiedete sich von den beiden eilig. Sie lief die Treppe hinunter, weil ihr Blödmann nach ihr gerufen hatte.
„Turtelt ihr neuerdings?", fragte Mona Susanne.
Ihre Freundin verzog den Mund. „Noch nicht", sagte sie, „aber zu Silvester mit Sicherheit!"
„Interessant", erwiderte Mona, „und was macht dich so sicher?"
„Mein Plan!", verkündete Susanne stolz, „Er ist todsicher. Ich habe mir ein atemberaubendes Kleid gekauft, nur Spitze und Tüll, dazu kurz und eng, und Pumps mit solchen Absätzen." Sie spreizte Daumen- und Zeigefinger mindestens zehn Zentimeter auseinander. „Dann habe ich Silvester einen Tisch im Maritim reserviert mit Blick auf das Feuerwerk am Fluss und", sie grinste kaltblütig, „ein Zimmer dazu. Was sagst du jetzt, hm?"
„Ich bin sprachlos."

„Da kann nichts schief gehen.", behauptete Susanne. „Ich bin auf alles vorbereitet. Er wird wie Wachs in meinen Händen sein."
„Du meinst, du schleppst ihn ab?"
„Ich meine, jetzt ist Schluss mit lustig. Enttäuscht oder schüchtern, das ist mir egal. Ich hatte lange genug Verständnis. Schließlich kann ich nichts für die Dinge, die andere Frauen mit ihm gemacht haben."
„Und du glaubst, er lässt sich einfach von dir ins Bett scheuchen, obwohl er dich vorher noch nicht einmal geküsst hat."
„Ich werde ihn vorher küssen, verlass dich drauf!"
„Na gut, dann wünsche ich dir eine tolle Silvesternacht und viel Erfolg." Mona griff nach ihren Tüten und wandte sich der Treppe zu. „Und halt mich auf dem Laufenden!", fügte sie grinsend hinzu.
Susanne lachte. Sie war eine starke Frau, die bekam, was sie wollte. Meistens jedenfalls!

Die Tage zwischen den Tagen laufen außer Konkurrenz. Das alte Jahr ist praktisch zu Ende, das neue Jahr hat noch nicht angefangen, dazwischen liegt eine knappe Woche geschenkte Zeit. Fünf apokalyptische Tage zwischen den Jahren, dem einen nicht mehr angeschlossen und dem anderen noch nicht zugehörig, füllen den zeitlosen Raum. Dämonisch und genusssüchtig, scheinen sie dem Teufel beim Kartenspiel abgewonnen worden zu sein. In diesen Tagen können merkwürdige Dinge geschehen: eine Rose erblüht im Schnee, ein neuer Stern erscheint am Firmament und ein Engel verlässt seinen Weg.

Mona stellte sich auf die Zehenspitzen, um auch die Titel der Bücher in der obersten Reihe des Regals zu lesen. Sie konnte kaum glauben, wie viele Bücher über Engel verfasst worden sind. Kluge Sachbücher über Engelsdarstellungen im Mittelalter, Berichte über den Erzengel Michael und seine himmlischen Kollegen, Bildbände über kunstvolle Engelsstatuen in Kirchen und jede Menge esoterischer Kram von Menschen, denen angeblich ein Engel erschienen ist. Mona las die Klappentexte der Bücher und grinste spöttisch.
Wirklich kaum zu glauben, was die Menschen schrieben. Eine Frau berichtete von ihrem Schutzengel, der jeden ihrer Schritte überwachte und sie vor Unfällen schützte. Da konnte Mona nur lachen! Wie oft war sie im Winter schon im Schnee ausgerutscht und hatte sich auf die Nase gelegt? Da war kein Schutzengel, der sie aufgefangen hätte. Er hatte sie auch nicht davor bewahrt, als sie sich kürzlich an einer Glasscherbe geschnitten hatte. Die Geschichte dieser Frau war doch glatt erfunden. Das zeigte schon ihre Behauptung, ihr Schutzengel hieße Gabriel, obwohl Engel doch gar keine Namen trugen. Dann sprach er angeblich mit großer Weisheit zu ihr, wählte Worte voller Poesie. Haha!
Nichts darüber, dass er auf den Boden starrte und selbst die einfachsten Fragen nicht beantworten konnte oder sich schmutzig und nass auf fremde Betten setzte.
Die Frau war also eine Betrügerin und leicht zu entlarven. Mona stellte das Buch zurück.
Sie zog einen Bildband heraus und blätterte darin. Die Gesichter der Engel wirkten stumpf und leblos. Die himmlischen Gesellen trugen bodenlange Gewänder mit kunstvollen Falten. Manchmal hielten sie ein Buch,

manchmal ein Schwert in der Hand. Und ihre Flügel waren viel zu klein. Sie wirkten wie große Puppen mit ein Paar Federn auf dem Rücken. Eins war klar: die Schöpfer dieser Kunstengel hatten noch nie einen richtigen Engel gesehen.

Mona klappte den Bildband wieder zu und schob ihn zurück ins Regal.

Sie seufzte. Gab es denn keine seriöse Literatur über Engel?

Die Verkäuferin in der Buchhandlung stellte sich neben Mona und fragte, ob sie helfen könne.

„Ich suche ein Buch über Engel."

„Da stehen Sie hier genau richtig." Die Dame nickte ihr zu und wies auf das Regal. „Wir haben eine große Auswahl im Programm."

„Ja, das sehe ich! Es scheint aber nichts Realistisches dabei zu sein!"

„Nichts Realistisches?" Die Verkäuferin zog erstaunt die Augenbrauen hoch. „Wie meinen Sie das?"

Mona starrte auf die Bücher. „Ich schätze, dass die Geschichten fast alle erfunden sind. Es kommt mir unrealistisch vor, was da geschrieben steht. Hier zum Beispiel...", sie zog das Buch der Betrügerin heraus, „hier steht, dass der Schutzengel der Autorin Gabriel heißt!" Sie grinste. „Glauben Sie das?"

„Nein, natürlich nicht." Die Verkäuferin lächelte. „Sie dürfen die Geschichten nicht zu wörtlich nehmen. Sehen Sie es unter dem Gesichtspunkt, dass die Autorin an Engel glaubt. Sie erzählt eine Geschichte darüber und gibt ihrem Engel einen biblischen Namen."

Mona schüttelte skeptisch den Kopf. „Wen interessiert denn so etwas?"

„Nun es gibt eine ganze Reihe von Menschen, die sich für Engel interessieren", behauptete die Verkäuferin und lächelte Mona zu, „Sie zum Beispiel!"
„Moment", Mona hob abwehrend die Hand, „nicht für erfundene!"
„Sondern?"
„Ich möchte Geschichten von Menschen lesen, die einem echten Engel begegnet sind."
„Vielleicht ist die Autorin einem echten Engel begegnet!"
„Das halte ich für ausgeschlossen!"
Die Verkäuferin überlegte kurz, dann zog sie ein anderes Buch aus dem Regal.
„Wie wäre es mit diesem Buch. Es handelt von einem alten Herrn, der sich mit einem Engel über den Sinn des Lebens unterhält."
Mona lachte amüsiert auf. „Entschuldigen Sie, dass ich lachen muss, aber das ist absurd! Total abwegig!"
„Inwiefern?"
„Gegenfrage: Haben Sie schon einmal mit einem Engel gesprochen?"
„Leider nein!"
„Das dachte ich mir, denn sonst wüssten Sie, dass es vollkommen sinnlos ist!"
Die Verkäuferin sah sie einen Moment durchdringend an und spitzte irritiert die Lippen, dann stellte sie das Buch zurück und zog ein anderes hervor. Sie warf einen kurzen Blick darauf und sprach ohne aufzusehen: „Hier berichtet der Autor von seiner Kindheit. Als kleiner Junge hatte er sich in einem tiefen, dunklen Wald verirrt. Da erschien ihm ein Engel."
„Aha", Mona war ganz Ohr, „das klingt gut. Hat der Engel ihn erschreckt und ist dann abgehauen?"

„Nein, im Gegenteil, er hat ihm den rechten Weg aus dem Wald gewiesen!"
„Ach was!"
„So konnte er einem Mörder entkommen, der im Wald sein Unwesen trieb."
„Ist doch total lächerlich!"
„Es ist nur eine Geschichte."
„Sie ist unglaubwürdig!"
Frustriert verließ Mona die Buchhandlung. Hinter ihr sperrte die Verkäuferin die Türe ab.

Von der Buchhandlung aus ging Mona auf direktem Wege in die „Blaue Wolke". Heute durfte sie auf keinen Fall zu spät kommen, denn sie sollte Maria beim Schmücken der Gaststätte helfen. Harald besaß dafür kein Geschick und hielt es sowieso für überflüssig. Er glaubte nicht daran, dass seine Gäste auf solche Dinge Wert legten.
Für Maria hingegen war die wechselnde Dekoration in ihrer Gaststube unverzichtbar. Ereignisse wie Karneval, Ostern, Weihnachten und Silvester erforderten jeweils ihren speziellen Schmuck. Dazu kamen Frühjahr, Sommer, Herbst und Winter, die selbstverständlich ihre Spuren an den Fenstern, über den Türen und der Theke sowie in den vier Ecken des Raumes und auf den Tischen hinterließen.
Des Weiteren gesellte sich das ganze Jahr über die italienische Heimat der Wirtin nicht wirklich unauffällig dazu. Sie kam in Form von hohen, mit Pasta gefüllten Gläsern, unzähligen, schön geschwungenen Olivenölflaschen, gerahmten italienischen Landschaften, Madonnen aus Marmor oder Plastik sowie kleinen Nachbildun-

gen von berühmten Bauwerken Italiens, wie der schiefe Turm von Pisa oder das Kolosseum von Rom.
Die Reliquien ihrer Heimat, darauf bestand die Wirtin, mussten in die jeweils aktuelle Dekoration integriert werden, was nicht immer einfach war.
So trugen zu Karneval die Olivenölflaschen neckische, rote Pappnasen, in den Pastagläsern leuchtete Konfetti und der Vatikan verschwand unter der Last bunter Luftschlangen. An Ostern verbargen sich im Trevi-Brunnen farbenfrohe Plastikeier, jedes mit einer Schleife in den Farben der italienischen Nationalflagge, kleine Hühnchen und Entchen gruppierten sich um den schiefen Turm, während die Osterhasen einen Ausflug in einer Gondel machen durften. Marias Phantasie kannte keine Grenzen.
Bei der Herbstdekoration lugten gläserne Weinreben aus den bogenförmigen Fenstern des Kolosseums, die Madonna dela Rosa trug eine Girlande aus kleinen Filzkürbissen und die Öffnung in der Kuppel des Pantheons verstopften textile Kastanienblätter.
Als Mona die „Blaue Wolke" betreten wollte, stellte sie fest, dass die Tür abgeschlossen war. Sie klopfte ans Fenster. Maria, die gerade den goldenen Weihnachtsschmuck in einen großen Karton räumte, eilte an die Tür und schloss sie geräuschvoll auf.
„Komm schnell rein!", sagte sie und zog Mona am Arm ins Haus. Dann trat sie in den Hauseingang, warf einen Blick nach rechts und links auf die Straße, kam zurück in die Gaststube und sperrte zweimal ab.
„Was ist los?", fragte Mona überrascht. „Werden wir bedroht?"

„Allerdings!", entgegnete die Wirtin verschwörerisch.
„Dieses Völkchen riecht doch, wenn Harald oder ich hier sind, und schon stehen sie vor der Tür und wollen rein."
„Welches Völkchen?"
„Na, Haralds Lieblinge!"
„Ach, die Jungs von der Theke!"
„Natürlich, wer sonst? Der Major hat schon mehrfach an der Tür gerüttelt und Rudi schleicht von einem Fenster zum anderen. Woher wissen die, dass ich hier bin? Das haben die gerochen!"
„Hm, oder gehört, Maria! Adamo singt ziemlich laut!"
„Darf ich jetzt nicht einmal mehr Musik hören, wenn ich die Engel einsammle.", empörte sich die Wirtin.
Mona gab keine Antwort. Sie zog ihre Jacke aus und legte ihre Tasche hinter die Theke. Keinesfalls wollte sie sich auf Diskussionen mit Maria einlassen. Die Wirtin war zwar grundsätzlich nett, musste aber immer das letzte Wort haben.
„Muss ich jetzt auf Strümpfen durch mein eigenes Haus laufen?"
Mona sah sich um. Maria hatte den gesamten Weihnachtsschmuck abgenommen. Auf dem runden Tisch stand ein großer Karton mit der Silvesterdekoration - alles in allem metallisch glänzender Papierkram in Form von Girlanden, Luftschlangen und kleinen Raketen.
Sie kramte ein bisschen in dem Karton.
„Soll ich meine Arbeit in absoluter Stille verrichten, möglichst noch unsichtbar?"
Mona zog eine Lichterkette mit Miniatursektflaschen unter dem schillernden Papier hervor.
„In meinen eigenen vier Wänden wie ein Dieb herumschleichen?"

Sie steckte den Stecker in die Steckdose und die Flaschen begannen zu blinken – immer eine nach der anderen und zum Schluss alle gemeinsam.
Mona zog sich einen Stuhl heran, stieg hinauf und befestigte die bunte Flaschenschar über der Theke. Dann holte sie sich breite, gezackte Luftschlangen und wand sie um die Lichterkette, bis diese über und über mit Schlangen bedeckt war.
Maria mochte es gern etwas üppiger.
Die Wirtin sah ihr dabei zu und es gefiel ihr. Sie reichte Mona kleine goldene Pappraketen an, die an silbernen Bändern hingen und dem Lichterketten-Luftschlangen-Ensemble den letzten Pfiff gaben. Danach widmete sie sich der Tischdekoration, während Mona kleine Schornsteinfeger mit Kleeblättern im Innenhof des Vatikans verteilte.
Es klopfte an der Tür.
„Da sind sie schon wieder!", schimpfte Maria leise.
„Ignorier sie doch einfach!"
„Das kann ich nicht!"
Es klopfte lauter.
„Sie schlagen mir noch die Tür ein!"
„Unsinn Maria, sie klopfen nur!"
„Sie schlagen gegen die Tür, basta!"
Erneutes Klopfen!
„Ich werde noch verrückt!"
„Dann geh ich jetzt an die Tür und schick sie weg!"
„Untersteh dich!"
Eine Weile schmückten die beiden Frauen schweigend weiter.
Mona hatte zwei in allen Regenbogenfarben leuchtenden Buchstabenlichterketten über den Fenstern angebracht.

Während die eine „EINEN GUTEN RUTSCH" wünschte, verkündete die andere grell blinkend „EIN FROHES NEUES JAHR". An die einzelnen Buchstaben hängte sie kleine Sektflöten aus Acryl.
Als Harald die Tür aufschloss, blieb er geblendet im Türrahmen stehen und versuchte sich zu orientieren. Alles blitzte, blinkte, leuchtete und glitzerte. Hatte er sich in der Tür vertan? Während er auf die Silvesterdekoration der beiden Ausnahmekünstlerinnen starrte, rumpelte ihm der Major in den breiten Rücken, der – die günstige Gelegenheit nutzend – blitzschnell durch die offene Tür gesprungen war.
„He, Vorsicht!", brummte Harald.
„Dann geh doch mal weiter!", blaffte der Major zurück. „Warum bleibst du in der Tür stehen?"
„Ich weiß nicht, ob ich hier richtig bin!" Er blickte verwirrt auf die hektisch blinkenden Buchstabenlichterketten. „Sind die vielleicht kaputt?"
„Sie sind vollkommen in Ordnung!", entgegnete Maria streng. „Und sie sind wunderschön. Wir haben uns so viel Mühe gegeben. Ihr habt überhaupt keinen Geschmack."
„So wird es wohl sein!", sagte Harald, der sich lieber nicht auf Diskussionen mit Maria einlassen wollte. Sie wollte immer das letzte Wort haben.
„Wir gehen jetzt in die Küche!", verkündete Maria laut und blickte den Major abschätzig an.
„In Ordnung!", Harald nickte.
„Damit du Bescheid weißt!"
„Okay!"
„Und Finger weg von meiner Dekoration!"
„Natürlich!"
„Gut!"

Maria und Mona verschwanden in der Küche, während sich Harald um die Theke kümmerte. Zuerst schob er alle Figürchen und Raketchen, die sich auf seiner Theke breit machten, rigoros zusammen in die hinterste Ecke. Dann pustete er die metallisch glänzenden Konfetti weg und wischte die Theke mit einem Lappen ab. Der Major sah ihm dabei zu. Dann blickten beide zu den Lichterketten über den Fenstern.
„Das halte ich den ganzen Abend nicht aus!", sagte Harald deprimiert.
„Wir könnten sie außer Gefecht setzen.", schlug der Major vor. „Ich kenn mich damit aus. Wenn du nur einen von diesen Drecksbuchstaben erwischst, ihm den Saft abdrehst, zerquetschst, zu Boden zwingst, dann hast du die gesamte Kette besiegt. Dann ist sie fertig, erledigt, verstehst du?"
„Hm, ich könnte es versuchen!", überlegte Harald, trat ans Fenster und griff nach dem großen I, um es zu rütteln und zu schütteln, während sich der Major sofort auf die zweite Lichterkette stürzte und das F misshandelte. Doch die Buchstaben erwiesen sich als recht widerstandsfähig. Eine ganze Weile trotzten sie Haralds Anschlägen, dann fielen das I und kurz darauf weitere Buchstaben aus. Doch der Torso blinkte, entgegen der Major'schen Theorie, lustig weiter und verkündete höhnisch: EN TEN RUTSCH.
Auch der Major konnte nur Teilerfolge verbuchen. Mit EN ROHES NUS gab er sich schließlich zufrieden. Zurück an der Theke betrachteten die beiden Männer mit gemischten Gefühlen ihr zerstörerisches Werk.
Mona und Maria bereiteten derweil das Silvestermenü vor. Alle Tische waren reserviert und das Essen bereits

vorbestellt worden. Nach und nach trafen die Gäste ein, setzten sich an die Tische, bestellten Getränke und lachten über die lustig blinkenden Worte über den Fenstern.
Endlich mal etwas anderes als die immer gleichen, abgedroschenen Sprüche. Hier hatte sich doch jemand Gedanken darüber gemacht, wie man eben diese Sprüche auf eine Weise verändern konnte, dass sie satirisch, ja fast zynisch daherkamen und intellektuellen Witz versprühten.
Bald waren die Tische bis auf den letzten Platz besetzt, hauptsächlich mit kleinen Gruppen. Lediglich der kleine Tisch am Fenster bildete eine Ausnahme. Denn hier saßen in trauter Zweisamkeit zwei Männer.
Mona steuerte den großen runden Tisch an und servierte den ersten Gang. Die Herren und Damen des Karnevalsvereins „Doof Nüss" hatten zunächst schweigsam am Tisch gesessen und die Umgebung betrachtet, nun ergriff ein Mann im karierten Hemd und Pullunder das Wort:
„Also, was ich sagen wollte. Es kann absolut nicht angehen, dass immer die gleichen den Kaffee zu den Proben mitbringen. Alle wollen Kaffee trinken, aber immer die gleichen sorgen für Nachschub. Das geht nicht so weiter!"
Seine Begleiterin nickte heftig.
„Wie stellt ihr euch das vor?", fuhr der Pullunder fort. „Dass wir ständig für euch Kaffee kochen?"
„Also ich habe kürzlich Würstchen mit Kartoffelsalat mitgebracht!", wehrte sich eine Dame in hochgeschlossener Bluse und Faltenrock.
„Da hattest du ja auch Geburtstag!", giftete die Begleiterin des Pullunders. „Das gilt nicht!"
„Vielleicht sollten wir einen Plan erarbeiten, wer wann was mitzubringen hat.", schlug ein älterer Mann vor. Er

fuhr sich hektisch mit der Hand über seinen kahlen Schädel.
„Wir könnten ihn zu unseren Statuten legen!"
„Otto hat Recht!", pflichtete der Pullunder ihm bei. „Das sollten wir beschließen!"
„Also stimmen wir ab!", sagte ein jüngerer Mann.
„Moment", unterbrach ihn seine Freundin, „wir brauchen noch einen Protokollführer. Wer wird zur Wahl vorgeschlagen?"
Mona wünschte einen guten Appetit, wurde aber nicht weiter beachtet.
Die Herren und Damen wurstelten kleine Zettelchen aus ihren Hosen- und Rocktaschen, um den Namen ihres Wunschkandidaten aufzuschreiben. Während sie den Wahlgang vorbereiteten, eilte Mona in die Küche und betrat schließlich mit weiteren köstlichen Vorspeisen die Gaststube.
Am Ecktisch saß eine Gruppe älterer Herrschaften, die sich lautstark unterhielten. Die Herren bestellten Obstler, die Damen Pflaumenlikör. Mit jeder Runde wurde die Konversation fröhlicher.
Gegenüber vom Tresen hatte Herr Fried mit einer reizenden älteren Dame Platz genommen.
Die beiden Herren vom kleinen Tisch bestellten eine weitere Flasche Rotwein.
Mona rauschte mit dem zweiten Gang ins Lokal, servierte an den Tischen, brachte Herrn Fried und seiner Begleitung die Vorspeise und eilte zurück in die Küche. Während an den Tischen gegessen wurde, nahm man an der Theke nur flüssige Nahrung zu sich. Harald füllte Obstler in Gläser und unterhielt sich mit Uli, der zwischen Rudi und dem Major Platz genommen hatte.

„Am ersten Januar höre ich mit dem Rauchen auf!", verkündete Uli gerade und zündete sich eine Zigarette an. „Schluss mit der Qualmerei!"
„Schön wär's!", meinte der Major, der früher selbst wie ein Schlot gequalmt hatte, aber seit fünf Jahren Nichtraucher war. „Dann hört der Gestank endlich auf!"
„So schlimm ist es ja auch wieder nicht!", schaltete sich nun Harald ein.
„Nicht schlimm?", regte sich der Major auf. „Das geht alles auf unsere Gesundheit. Der Kerl qualmt uns hier krank. Total rücksichtslos!"
„Ich werde doch noch zum Bier eine Zigarette rauchen dürfen!", empörte sich nun Uli.
„Aber nicht auf meine Kosten!", blaffte der Major zurück. „Nicht nur, dass ich den Dreck einatmen muss, ich kann auch noch bezahlen, wenn du mit Lungenkrebs im Krankenhaus liegst!"
„Du musst ja hier nicht stehen", gab Uli frech zurück, „geh doch nach Hause!"
„Eigentlich ist es sowieso verboten in Gaststätten zu rauchen!", ereiferte sich der Major. „Strengstens verboten!"
„Ich habe aber eine Ausnahmegenehmigung", behauptete Harald.
„Aber bestimmt nicht mehr lange, und dann gilt das Rauchverbot auch hier!" Der Major erhob sich und schlug mit der flachen Hand auf den Tresen, „Und wenn es soweit ist, werde ich darüber wachen, dass hier niemand mehr raucht. Ich zeig jeden an, der auch nur eine Zigarette in die Hand nimmt."
Harald verdrehte genervt die Augen und übergab Mona ein Tablett mit einer Rotweinflasche und zwei Gläsern.

Mona servierte am kleinen Tisch. Die beiden Herren unterbrachen kurz ihr intensives Gespräch und warteten, bis Mona wieder verschwand. Dann wandten sie sich einander zu, fast Wange an Wange, und tuschelten leise. Ihre Hände berührten sich.
Harald zog die Augenbrauen hoch. „Was geht denn da vor sich?", fragte er Mona, die gerade an ihm vorbei in die Küche laufen wollte.
„Wo?"
„Am kleinen Tisch!"
Mona drehte sich um und betrachtete die beiden kurz. Sie zuckte mit den Schultern.
„Was soll denn da vor sich gehen?", fragte sie.
„Ja, sieh dir doch mal an, wie eng die beiden zusammen sitzen." Harald putzte sich energisch die Hände an seiner Schürze ab. „Sieht aus, als würden sie Händchen halten."
„Na und!"
„Die beiden sind schwul!"
„Wenn schon!"
Nachdem Mona in der Küche verschwunden war, blickten sämtliche Augenpaare der Theke zum Fenster. Was ging denn da vor sich?

Gegen elf Uhr hatte Mona das Geschirr von den Tischen geräumt und zurück in die Küche gebracht. Der schwierigste Teil des Abends war gemeistert. Nun stand sie hinter der Theke, trank in Ruhe ein Glas Cola und rauchte eine Zigarette. Der Major regte sich eine Weile über den Qualm auf, da Mona ihn aber ignorierte, wandte er sich wieder Harald zu, um mit ihm über das Paar am Fenster zu lästern.

„Was denen einfällt sich einfach hier hinzusetzen und uns zu belästigen!", ereiferte er sich.
„Na, belästigt wirst du ja nicht gerade!", meinte Harald.
„O doch, weil ich mir ansehen muss, dass sich zwei Männer wie ein Liebespaar aufführen."
„Dann guck doch woanders hin!", schaltete sich Uli ein.
„Halt du dich da raus", fuhr der Major ihn an, „du stehst doch mit deiner Nikotinsucht sowieso schon mit einem Bein im Knast!"
„Das hättest du wohl gerne.", grinste Uli und zündete sich eine weitere Zigarette an. Seitdem er wusste, dass er den Major damit ärgern konnte, rauchte er eine nach der anderen.
„Komm, Rudi", sagte er, „wir rauchen noch ein Zigarettchen. Hier, nimm eine von mir. Lass sie dir schmecken, alter Junge!"
Der Major warf ihm hasserfüllte Blicke zu.
„Jetzt hat er ihm über das Haar gestreichelt!", verkündete Harald empört, der das Paar am Fenster nicht aus den Augen ließ.
Die Hand des dunkelhaarigen Mannes ruhte auf der Schulter seines blonden Gegenübers. Er fuhr ihm sanft durch die Haare und streichelte seinen Hals. Der blonde junge Mann sah seinen Begleiter sehr verliebt an. Er spitzte die Lippen.
Harald blieb die Spucke weg. „Ich glaub, die küssen sich gleich!", sagte er heiser.
„Dann musst du sie rauswerfen!", verlangte der Major. „So was kannst du dir nicht bieten lassen. Das ist ein anständiges Lokal!"
„Das geht euch doch gar nichts an!", fuhr Mona dazwischen. „Die beiden können machen, was sie wollen."

„Aber nicht in unserem Lokal!", wütete der Major.
„Wir leben in einem freien Land.", erwiderte Mona barsch.
„Aber nicht hier in unserem Lokal.", beharrte der Major. „Niemand darf aufgrund seiner sexuellen Neigung diskriminiert werden!"
„Aber hier nicht!", schnauzte der Major. „Das ist ein anständiges Lokal!"
Mona drückte die Zigarette aus und ging zu dem runden Tisch.
Die „Doof Nüss" hatten sich auch nach fünf geheimen Wahlgängen nicht auf einen Protokollführer einigen können – jeder hatte sich fünfmal mit verstellter Schrift selbst vorgeschlagen und obwohl zwischen den Wahlgängen immer wieder gesagt wurde, dass man sich nicht selbst erwählen darf, hatten die doofen Nüsse es wieder und wieder getan. Schließlich wurde die Angelegenheit erst einmal vertagt. Immerhin war man einstimmig zu dem Entschluss gekommen noch etwas zu trinken.
„Fünf Bier für die Männer vom Sägewerk!" bestellte der Kahlköpfige und reckte drei Finger in die Luft. Die Frauen kicherten.
„Fräulein Mona!" Herr Fried fasste Mona am Unteram und bremste so ihren schnellen Weg zur Theke. „Wären Sie so freundlich meiner Lebensgefährtin noch einen Cocktail zu bringen?"
„Sehr gerne!" Mona nickte freundlich und ging zurück zur Theke.
Noch bevor sie etwas sagen konnte, äffte Harald die Kundschaft nach: „Meiner Lebensgefährtin, meiner Lebensgefährtin, ha – dass ich nicht lache. Lebensgefährtin für einen Abend!"

„Was ist denn hier für ein Publikum?", ätzte der Major gleich mit. „Schwule, Heiratsschwindler und Knackis", wobei letzterer sich gerade wieder eine Zigarette anzündete und den Rauch in Majors Richtung blies.
Harald zapfte das Bier und mixte mürrisch den Cocktail. Mona servierte und hoffte, dass Herr Fried die Bemerkungen der Theke nicht hörte. Dem war auch so, denn Herr Fried hatte nur Augen für die Dame an seiner Seite. Er lauschte fasziniert ihren Worten, lächelte von Zeit zu Zeit leicht und machte artig Komplimente. Keine Frage, der Mann verstand sein Handwerk.
Es geht doch nichts über Profis, dachte Mona.
Die Dilettanten an der Theke indes kippten sich das Bier in den Rachen und nahmen wieder die beiden Herren am Fenster ins nicht mehr so klare Visier. Sie kannten keine Gnade.
Der Major argwöhnte, dass es sich wahrscheinlich um Künstlerpack handelte, dass bis abends schlief und dann die Nacht zum Tage machte. Uli stellte sich vor, was die beiden so trieben, wenn sie alleine waren, und Harald standen die Haare zu Berge. Als Mona noch eine Flasche Wein zum Tisch trug, war man sich einig, dass die beiden außerdem soffen.
„Alloholiker", nuschelte der Major und hielt sich schwankend an der Theke fest.
Der verrückte Tresen bewegte sich hin und her. Mal kroch er nach vorne, dann schlich er wieder zurück, und der Major musste hinterher tänzeln, um sich festzuhalten. Das machte ihn wütend.
„Alles Alloholiker hier", schnauzte er, „und Weihnachtsschinder!", während sich sein stierer Blick auf den Rücken

von Herrn Fried heftete. „Verdammter Weihnachtsschinder!", brüllte er neidisch.
Gott sei Dank fühlte sich niemand angesprochen.
„Und du bist ein Psychopath!", gab nun auch Uli seinen Senf dazu. Auch er kämpfte mit der eigenwilligen Theke, schaffte es aber immer noch einigermaßen gerade zu stehen.
„Was bin ich?", der Major wandte sich Uli zu und grinste breit, „Ein Psychopath? Haha!". Er lachte so heftig, dass er fast den Halt verloren hätte und in die Tiefe gestürzt wäre.
„Klar bist du einer!", setzte Uli nach, der den Heiterkeitsausbruch seines Hasskumpels nicht verstand.
Der Major wischte sich die Tränen aus den Augen. „Du Idiot!", blaffte er sein Gegenüber an. „Das heißt nicht Psychopath, das heißt Psychologe!"
„Ne, ne, das stimmt nicht!", erwiderte Uli schwerfällig, indem er den ausgestreckten Zeigefinger hin und her bewegte. „Psychologen sind die, die den Kittel tragen!" Er fuchtelte so lange mit dem Finger vor der Nase des Majors herum, bis dieser danach schlug.
Uli flog zur Seite, verlor die Orientierung und riss den Tisch der Kundschaft um. Während die Sektgläser auf dem Boden zerschellten, griff Uli geistesgegenwärtig nach der rollenden Sektflasche. Leider erwischte er sie am Hals, drehte sie um und leerte ihren kostbaren Inhalt über seinem Schoß aus.
Noch bevor Mona und Harald reagieren konnten, sprangen die „Doof Nüss" auf und begannen zu zählen.
Der Countdown begann.
10 – 9 – 8 – das alte Jahr lag in seinen letzten Zügen und niemand bedauerte es, am allerwenigsten Mona.

7 – 6 – 5 – es war ein grauenhaftes Jahr, das man getrost vergessen konnte.
4 – 3 – 2 – es näherte sich seinem Ende, es starb, hingemeuchelt von dem neuen Jahr, das schon hinter der Tür lauerte.
1 – und Schluss.
Prosit Neujahr!
Die Gläser klirrten aneinander, die doofen Nüsse fielen übereinander her. Die Menschheit lag sich in den Armen. Frohes Neues Jahr, ihr Lieben! Die Verliebten küssten sich, die Freunde herzten sich. Wir sind ein Volk! Wir sind eine Theke! So ein Tag, so wunderschön wie heute!
Als die ersten Silvesterknaller auf der Straße explodierten, füllte Mona noch immer Sekt in die Gläser. Dann strömten die Gäste nach draußen und das Feuerwerk setzte ein.
Die Menschen umarmten sich auf den Straßen und begrüßten erleichtert das Neue Jahr, so als wäre es nicht ganz sicher gewesen, dass es kommen würde.
Nach einer Weile folgte Mona ihnen. Sie lehnte sich abseits an eine Hauswand und blickte fasziniert in den bunten, strahlenden Himmel, der von neuen farbenfrohen Sternen erobert wurde. Zahllose Raketen rauschten nach oben und offenbarten unter lautem Getöse ihre Pracht. Wasserfälle ergossen sich über das Firmament, Glimmer und Glitzerfunken strömten herab, Kugelblitze fegten wie Meteoriten über den Himmel und ließen Sterne und Planeten neidvoll im Dunkeln zurück.
Er stand neben Mona und blickte gleichfalls zum Himmel. Er hielt kein Glas in der Hand und hatte niemanden umarmt, aber er schaute sich das Feuerwerk an. Jedenfalls tat er so.

„Frohes Neues", sagte er.
Mona konnte sich nicht erklären, warum sie wusste, dass er da stand. Sie hatte ihn nicht kommen gesehen, aber sie wusste es. Jetzt sah sie ihn an.
„Kannst du nicht mal einen anderen Menschen belästigen?", fragte sie angriffslustig.
„Ich kenne keinen anderen Menschen.", erwiderte der Engel, ohne den Blick vom Himmel abzuwenden.
„Es gibt so viele Menschen und du kennst keinen anderen, außer mir?"
„Es gibt auch viele Engel!", behauptete der Engel, „Kennst du einen anderen, außer mir?"
„Gott sei Dank nicht!" Mona zog die Stirn in Falten und sah missmutig in den Himmel.
Das Feuerwerk machte ihr keinen Spaß mehr. Der Engel hatte ihr die Stimmung verdorben.
Nach einer Weile wurde es Mona kalt. Sie zog den Reißverschluss ihres Anoraks hoch und steckte die Hände in die Taschen. Die Luft war eiskalt. Sie ging auf und ab, um ihre Füße aufzuwärmen. Der Engel fror wie üblich nicht.
„Wenn es so viele Engel gibt", begann sie das Gespräch erneut, „kennst du dann einen der Gabriel heißt und Schutzengel ist?"
„Nein!"
„Oder kennst du einen, der Kinder aus dem Wald hinausführt, wenn sie sich verirrt haben?"
Der Engel überlegte kurz. „Nein!", sagte er dann.
„Oder kennst du einen Engel, der sich mit alten Leuten über den Sinn des Lebens unterhält?"
„Über was?"
„Das dachte ich mir!"

Mona verschränkte die Arme vor der Brust und wippte auf den Zehenspitzen. Sie betrachtete das Profil des Engels. Wie gewöhnlich waren seine Flügel nicht zu erkennen. Er war eigentlich ganz hübsch mit seinen Engelslöckchen und den makellosen Gesichtszügen, kaum größer als Mona, schlank und – wie immer barfuß.
„Bist du mein Schutzengel?", fragte sie plötzlich.
Der Engel sah sie an, mit einem Blick halb überrascht, halb interessiert.
Er schob sich von der Hauswand weg und umkreiste sie langsam, ohne sie aus den Augen zu lassen. Dann stellte er sich vor sie.
„Ja!", sagte er sehr leise.
Mona blickte in seine grünen Augen. „Beschützt du mich?"
„Ja!"
„Seit wann?"
„Seit wir uns gefunden haben!"
„Du bist immer bei mir?"
„Und du bist immer bei mir!"
„Auch wenn ich sterbe?"
„In meinen Armen!"
„Wie ist das, wenn man stirbt?"
„Man schläft ein!"
„Wacht man wieder auf?"
Der Engel zögerte mit der Antwort.
„Sag schon, wacht man wieder auf und ist dann ein Engel, so wie du?"
Der Engel schwieg noch immer. Aber seine Augen weiteten sich, Gedanken blitzten darin auf, seine Hände umschlossen Monas Hände.
„Ja!", sagte der Engel zu sich selbst, „Ja, so ist es!"

Eine Weile standen sie da, Hand in Hand, über ihnen nur das glitzernde Firmament. Die anderen Menschen schienen weit weg zu sein und ebenso die anderen Engel. Sie blickten hinauf in die Sterne und fragten sich nicht, wie es sein konnte.
Vorsichtig löste sich Mona von ihrem Schutzengel.
„Ich muss zurück!", sagte sie leise. „Ich muss zurück in die Blaue Wolke!"
„Ich muss auch zurück!", erwiderte der Engel.
„Bleibst du nicht hinter mir?", fragte Mona überrascht.
„Doch, wir bleiben zusammen!", sagte der Engel.
Er lehnte sich wieder an die Hauswand. Mona ging langsam zurück zur Gaststätte. Sie drehte sich mehrmals um, aber der Engel bewegte sich nicht von der Stelle. Als sie die Blaue Wolke betrat, stellte sie sich vor, dass der Engel hinter ihr war, unsichtbar natürlich. Nun konnte ihr nichts mehr passieren, denn ihr Schutzengel war bei ihr. Harald und Maria standen hinter der Theke und lächelten sie an. „Frohes Neues Jahr!", sagte der Wirt und reichte ihr ein Glas Sekt.
Eigentlich bräuchte ich ja zwei Gläser, dachte Mona amüsiert, eins für mich und eins für meinen Engel. Nachdem sie gemeinsam getrunken hatten, wollte Mona wieder an den Tischen bedienen, doch Maria hielt sie zurück.
„Du machst jetzt Feierabend", bestimmte sie, „und feierst noch mit deinen Freunden. Heute Nacht hast du genug gearbeitet!"
„Gerne!", freute sich Mona. Sie holte ihre Jacke und ihre Tasche, verabschiedete sich und trat erwartungsvoll hinaus auf die Straße. Aber der Engel war verschwunden.
„So", sagte sie laut, „jetzt kannst du dich wieder zeigen!"

Sie drehte sich um, blickte die Straße auf und ab, doch der Engel blieb unsichtbar.

„Bist du da?", fragte sie in die klare Winterluft.

Nachdenklich trat sie den Weg nach Hause an. Es war eine kalte Nacht. Frost zog sich über den Schneematsch auf den Straßen, malte Eisblumen auf die Fenster der Häuser und glitzerte auf den Bürgersteigen wie Kristall. Furchtlos ging Mona unter den spitzen, durchsichtigen Zapfen, die wie kleine Schwerter an den Straßenlaternen hingen, hindurch, überquerte glatte Spiegelpfützen und trat mit Leichtigkeit in den hart gefrorenen Schnee.

Schnell erreichte sie das Haus, in dem sie wohnte.

Im Treppenflur traf sie Herrn Schulz, der in einem grünlila gestreiften Schlafanzug vor Ankes Tür stand. Den Zeigefinger hatte er tief in den Klingelknopf versenkt und lehnte sich mit seinem gesamten Gewicht darauf.

Rrrring!

Anke öffnete die Tür.

„Mona!", rief sie erfreut. „Schön, dass du noch gekommen bist!"

Rrrrring! Herr Schulz versuchte vergeblich seinen Finger aus der Tiefe des Klingelknopfes zu ziehen. Er umfasste mit der linken Hand sein rechtes Handgelenk und zerrte daran. Dabei fluchte er leise.

Merkwürdigerweise ignorierte Anke ihn. Sie lief an dem alten Mann vorbei, als sei er unsichtbar, und umarmte ihre Freundin. „Frohes Neues Jahr, Mona!" sagte sie lachend.

„Frohes Neues Jahr, Anke!", erwiderte Mona. Sie zeigte irritiert auf ihren Nachbarn, dessen Gesicht vor Anstrengung rot anlief. „Hau ruck!", spornte er sich selbst an und zappelte mit der linken Hand hin und her. Doch der Finger steckte fest.

Rrrrring! „Hau ruck!" Rrrrring! „Hau ruck!"
Der Finger steckte für alle Ewigkeiten fest. Der Alte begann wieder zu fluchen.

„Komm schon rein!", sagte Anke und schob Mona an Herrn Schulz vorbei.

Rrrrring! „Hau …" Anke schloss die Tür!

„Was treibt der vor deiner Türe?", fragte Mona entgeistert.

„Ach, der alte Herr Schulz!", antwortete Anke kopfschüttelnd. „Seit zehn Uhr klingelt er alle fünf Minuten an meiner Tür und beschwert sich über den angeblichen Krach in unserer Wohnung. Er hat gemeint, dass ab 22 Uhr nur noch Zimmerlautstärke erlaubt ist. Und das an Silvester! Bei allem Verständnis, aber ab halb elf habe ich dann die Tür nicht mehr aufgemacht. Und um Mitternacht, als wir alle auf die Straße gegangen sind, um uns das Feuerwerk anzusehen, da hat er doch immer noch an meiner Tür geklingelt. Selbst als wir zurückkamen, das gleiche Trauerspiel. Der Mann ist verrückt! Gott sei Dank, habe ich dich durch den Türspion gesehen, sonst hätte ich die Tür gar nicht aufgemacht. So jetzt komm erst mal rein." Sie führte Mona ins Wohnzimmer. „Und rate mal, wer da ist?"

Gemeinsam betraten sie den Raum und Mona brauchte nicht lange zu raten, wen Anke wohl gemeint hatte. Durchgestylt mit silberner Korsage und kurzem schwarzen Rock wirkte sie wie ein Alien zwischen den grünbraunen Cordhosen und den blaurotkarierten Hemden, wahlweise Blusen. In ihren hochhackigen Pumps stand sie verloren an einem Stehtisch, als wäre sie

vom Planeten Jupiter versehentlich hierhin gebeamt
worden. Die Gespräche waberten an ihr vorbei, ohne dass
sie hätte mit einstimmen können. Sie wusste nichts über
die Bestimmungen des Schrebergartenvereins. Sie kannte
sich weder im Fußball aus, noch konnte sie etwas über die
Golden Retriever sagen. Sie kannte die Leute überhaupt
nicht. Selbst bei den Kochrezepten musste sie passen.
Als Mona sich ihrem Tisch näherte, sah sie die Freundin
leicht schwanken.
Oje, Susanne hatte ihre Einsamkeit in Wodka ertränkt.
„Was machst du denn hier?", fragte Mona überrascht.
Susanne sah sie traurig an. Sie schniefte laut und nahm
einen Schluck aus ihrem Glas. Dann zündete sie sich eine
Zigarette an.
„Ja, jetzt red schon!", drängelte Mona. „Was ist los? Hat
Christoph einen Autounfall gehabt oder ist er blind
geworden?"
„Wenn es nur das wäre!", erwiderte Susanne mit belegter
Stimme. Sie presste kurz die Lippen zusammen, ent-
schloss sich dann aber doch zu reden. „Er hat mir abge-
sagt!", bekannte sie noch immer fassungslos. Sie beugte
sich vor und sah Mona in die Augen. „Er hat schon was
vor!" Sie schüttelte den Kopf. „Kannst du dir das vorstellen? Er hat etwas anderes vor! Das kann sich doch
kein Mensch vorstellen!"
Sie lehnte sich wieder zurück und trank erneut an ihrem
Glas. Der Wodka-Lemon dämpfte ihre Trauer ein wenig.
Anke erschien mit zwei Gläsern Sekt, um mit Mona auf
das neue Jahr anzustoßen. Mitleidig blickte sie auf Susanne, die auf den Tisch starrte. Wahrscheinlich war Anke
froh, dass sich nun Mona um den extravaganten Trauer-

kloß kümmern musste und nicht länger sie. Deswegen war sie sehr schnell wieder weg.
Mona wusste nicht so recht, was sie sagen sollte.
„Weißt du denn, was er vorhatte?", fragte sie schließlich.
„Er wollte sich mit einem alten Freund treffen!", antwortete Susanne. „Mit einem alten Freund!", wiederholte sie angewidert. „Für wie blöd, hält er mich eigentlich? Kein Mann trifft sich an Silvester mit einem alten Freund, wenn er die Möglichkeit hat mit einer tollen Frau auszugehen."
„Was schließt du daraus?", fragte Mona weiter.
„Na, dass er eine andere hat!", regte sich Susanne auf. „Das ist doch vollkommen klar. Da ist eine andere Frau im Spiel, die ihn sich geangelt hat. Und er wird noch so dämlich sein und sich heute Nacht von ihr abschleppen lassen." Sie schniefte wieder laut. „Das sag ich dir! Genau so wird's kommen!"
Sie wischte sich mit dem Handrücken über die Nase und trank wieder einen Schluck. „Genau so!", wiederholte sie betrunken. „Diese Schlampe nutzt die Gunst der romantischen Stunde, Silvester und so weiter, dann zack – schleppt sie ihn ab und er ist so dämlich und merkt es nicht!" Sie wischte sich eine Träne von der Wange. „Und ich hab ihn verloren!", schluchzte sie.
„Susanne, das weißt du doch alles gar nicht!", versuchte Mona sie zu trösten. „Vielleicht hat er wirklich einen Mann getroffen und alles ist halb so schlimm. Einen alten Schulfreund oder einen Studienkollegen von früher, der extra aus Kanada angereist ist, um sich mit ihm zu treffen. Ich bitte dich, das kann man doch verstehen."
„Warum hat er mich dann zu dem Treffen nicht mitgenommen?"

„Weil du dich gelangweilt hättest, wenn sie die ganze Zeit über den Lehrer Hempel geredet hätten, den du nicht kennst."

„Den kenn ich aber auch noch!"; schaltete sich ein Mann mit Vollbart ein, der neben Mona stand. „Kennst du den etwa nicht?", fragte er Susanne.

„Wen?", fragte sein Kumpel zurück, der ihm gegenüberstand.

„Na, den Hempels Werner, auf der Kaiser-Wilhelm-Schule. Ich hatte den in der achten, warte mal…", er kraulte sich seinen Vollbart, der sich wie ein grauer, struppiger Streuner um seinen Mund legte, „… in Deutsch und Heimatkunde oder war das Erdkunde!"

„Nein", sein Kumpel schüttelte gewichtig den Kopf, „nein, ganz falsch", sagte er, „das war Mathe und äh, Moment, lass mal Erika fragen." Er wandte sich um und suchte mit den Augen Erika. Sie stand drei Schritte neben ihm.

„Erika!", brüllte er laut. „Du kennst doch noch den Hempels Werner!"

„Wen?"

„Den Werner Hempel, den Studienrat!"

„Ach, der Hempel!"

„In welchen Fächern hatten wir den noch mal?"

„Moment, lass mich überlegen!", sagte Erika und zog wegen der schwirigen Frage die Stirn in Falten. „Die Hirsemann hatten wir in Religion und die Schmitz in Kunst und die Hiller-Pappschul in…"

„Weißt du noch, wie wir sie immer genannt haben?", prustete ihre Freundin los. „Killer-Klappstuhl!", kreischte sie außer sich vor Freude und lachte laut.

Erika stimmte in das Gelächter mit ein. „Ja, das weiß ich noch! Mann, waren das noch Zeiten!"
„Auf die alten Zeiten!", rief der Vollbart und hob sein Glas.
„Auf die alten Zeiten!", prosteten die anderen ihm zu.
„Und auf Killer-Klappstuhl!", gluckste Erika.
„Komm, wir gehen mal rüber ans Fenster.", sagte Mona und zog Susanne vom Stehtisch weg. Die Lücke, die sie hinterließ, schloss sich augenblicklich und es war so, als hätte sie nie dort gestanden.
Mona öffnete das Fenster und lehnte sich auf das Fensterbrett. Die Luft war eisig. Vorsichtig drehte sie sich um und vergewisserte sich, dass genug Platz hinter ihrem Rücken war. Sie wollte nicht, dass einer der Gäste ihren Engel fort schubste. Als sie hinter sich fasste, um seine Hand zu erhaschen, griff sie ins Leere. Der Engel war nicht nur unsichtbar, sondern auch körperlos. Wirklich schade!
„Äh, wo waren wir stehen geblieben?", fragte sie Susanne.
„Du meintest, du wärst dir ganz sicher, dass Christoph die Wahrheit gesagt hat.", erwiderte ihre Freundin, durch den Alkohol zu langsamen Sprechen verdammt.
„A ja, genau so ist es!"
„Es war dieser Studienfreund aus Kanada", sprach Susanne weiter und klammerte sich trunken an den Strohhalm, „du weißt schon, dieser Werner Hempel."
„Richtig, richtig!"
Obwohl die kalte Luft ihre Wangen erfrischte, spürte Mona plötzlich Müdigkeit aufsteigen. Sie sehnte sich nach ihrem Bett, danach die Füße hochzulegen und keine anstrengenden Trostgespräche mehr zu führen.

„Also", begann sie deswegen abschließend, „dann brauchst du dir jetzt auch keine Sorgen mehr zu machen und kannst zufrieden nach Hause gehen. Wahrscheinlich hat Christoph den ganzen Abend an dich gedacht, während er mit dem langweiligen Hempel zusammensaß."
„Warum hat er mich dann nicht Mitternacht angerufen?", fragte Susanne weinerlich, als wäre Mona allwissend.
„Du weißt doch, dass die Verbindung Silvester meistens nicht funktioniert, weil alle Leute telefonieren wollen. Er wird es versucht haben, aber vergeblich."
„Aber Anke hat mit ihren Eltern gesprochen!"
„Dann hat sie eben Glück gehabt! Komm, wir gehen jetzt."
Mona verabschiedete sich von Anke, brachte Susanne heim und stieg dann die Treppe hoch zu ihrer eigenen Wohnung. Sie öffnete die Tür, trat ein und ließ die Tür noch einen Moment auf, um auch ihrem Schutzengel das Eintreten zu ermöglichen. Sie wollte nicht, dass er schnell hinter ihr her sprang und dann womöglich stürzte. Schließlich war er etwas ungeschickt.
Sie schloss die Tür und ging mit ihrem Engel zusammen ins Wohnzimmer, um noch ein wenig zu plaudern. Doch der Engel zog es vor sich nicht zu zeigen. Nachdem sie eine Weile vergeblich auf sein Erscheinen gewartet hatte, stand sie auf, tat so, als wolle sie in die Küche gehen, um dann blitzschnell ins Badezimmer zu springen und die Türe hinter sich zu schließen. Im Badezimmer, wenn sie auf Toilette saß, hatte der Engel nichts zu suchen. Auf dem Klo würde ihr wohl kaum etwas passieren. Außerdem brauchte er seine Nase nicht dabei zu haben, wenn sie sich umzog. Wenn er sich das nächste Mal zeigte, wollte sie ihm erklären, dass das Badezimmer für

ihn tabu war. Hier durften nur Menschen hinein und Engel mussten draußen bleiben.
Kurz danach lag Mona in ihrem Bett und dachte daran, dass der Engel hier irgendwo stand und sie beschützte. Es war ein komisches Gefühl beobachtet zu werden, wenn man schlafen wollte. Sie erinnerte sich daran, dass sie ihn bei ihrer ersten Begegnung für einen Psychopathen, einen irren Einbrecher, gehalten hatte und dass sie ihn bei der Polizei anzeigen wollte.
Mona grinste. Ihren Schutzengel von der Schutzpolizei verhaften lassen – das war doch zum Totlachen.
Ja, zum Totlachen war das, weil die Polizei ihren Schutzengel gar nicht sehen konnte und weil Mona auf ihren Schutzengel nicht verzichten könnte. Ohne ihren Engel würde ihr vielleicht Furchtbares zustoßen. Sie könnte einen Unfall erleiden oder auf andere Weise zu Tode kommen. Sie brauchte ihren Schutzengel. Sie brauchte ihn tatsächlich.

Der Engel stand wieder auf seinem Platz und wachte, wie all die Jahre und Jahrzehnte. Solange er denken konnte stand er hier. Er gab nicht immer Acht auf das, was an seinem Platz passierte. Oft dämmerte er weg – er schlief nicht, aber er wachte auch nicht. Er versank ganz in der Stille, schmiegte sich in die Dunkelheit und fühlte nichts. Nahm er ein vertrautes Geräusch wahr, so zuckte er nicht einmal mit dem Augenlid. Nur das gelegentliche Flüstern von Menschenstimmen irritierte ihn bei Nacht an seinem Platz. Dann öffnete er die Augen und suchte sie. Von seiner Position aus konnte er sie meistens sehen. Er bewegte sich nicht zu ihnen, er verfolgte sie nur mit seinen Blicken.

Manchmal ließ er einen Ast knacken oder einen Stein rollen. Einfach so, ohne sich etwas dabei zu denken. Wenn sie dann angstvoll die Flucht ergriffen, fühlte er nichts.

Der Engel hatte sich niemals Gedanken um sich selbst gemacht. Er hatte sich manchmal gefragt, aus welchem Grund Menschen weinen und warum sie so oft traurig sind, warum sie Angst haben, wenn ein Ast knackt, und weglaufen.

Doch seitdem er damit begonnen hatte seinen Platz hin und wieder zu verlassen, waren seltsame Dinge geschehen. Er hatte seine ersten Worte gesprochen, eine menschliche Hand gespürt und viele neue Dinge gesehen. Er hatte das Unmögliche möglich gemacht und erfahren, dass er die Kraft dazu besaß.

Es war unglaublich mit einem Menschen auf einer Bank zu sitzen, und absolut unvorstellbar einen Menschen an den Händen zu fassen, ihn zu umarmen – einen Menschen, einen echten Menschen.

Ja, er hatte sogar mit Mona gesprochen und sie hatte ihn verrückte Dinge gefragt, wo er denn herkäme und ob er eine Aufgabe hätte. Kein Engel stellte sich solche Fragen. Menschen waren schon sonderbar.

Der Engel öffnete die Augen. Diesmal konnte er nicht wegdämmern. Er war etwas unruhig, stand da mit erhobenen Armen und fragte sich die ganze Zeit, warum er hier stand. Er blickte über den stillen Ort, sah die Lämpchen leuchten und die Kerzen brennen und auf einmal ohne Vorankündigung senkte er die Arme.

Plötzlich war es ein merkwürdiges Gefühl hier zu stehen, auf diesem hohen Podest. Der Engel fragte sich, ob er sich nicht vielleicht setzen sollte.

Kaum gedacht, saß er schon mit eingezogenen Flügeln und ließ die Beine herunterbaumeln.
Er lehnte sich zurück und blickte in den Sternenhimmel. Menschen, dachte er, sind doch sonderbar.
Er kannte sie nicht wirklich, hatte sie nie wichtig genommen, aber auch nie in Abrede gestellt, dass es sie gab. Schließlich konnte er sie sehen. Sie gehörten zu seiner Welt wie die Bäume und die schwarze Erde. Aber wenn man genau hinsah, unterschieden sie sich von Bäumen und Erde, denn sie sahen aus wie Engel, nur ohne Flügel. Ja, das zeichnete sie aus. Sie besaßen keine Flügel, obwohl es doch so viele geflügelte Wesen gab. Das war merkwürdig an ihnen. Aber davon abgesehen sahen sie aus wie Engel, nur waren sie viel geheimnisvoller. Sie gaben allen Dingen einen Namen, sie trugen selbst welche und Mona hatte ihm auch einen Namen gegeben: Schutzengel.
Der Engel lächelte, zog die Beine an und schlang die Arme darum. Er legte den Kopf auf die Knie.
Schutzengel, dachte er und gefiel sich mit einem Namen. Er dachte daran, wie er manchmal nachts durch die dunklen Straßen gezogen war, einfach nur so, um sich umzusehen. Die Menschen bemerkten ihn natürlich nicht. Menschen leben in ihrer eigenen kleinen Welt. Menschen sehen nur Menschen.
Hin und wieder löschte er eine Straßenlaterne, knickte ein Schild um, zerbrach ein Fenster oder ließ einen Menschen stolpern und fallen. Nicht weil er sich daran belustigen wollte - nein, er ging einfach weiter – er tat es so belanglos, ohne Hintergedanken, als reiße man ein Blatt von einem Baum ab. Manchmal ließ er einen Menschen in die falsche Richtung laufen – und manch einer hätte vielleicht Vergnügen daran gehabt – aber nicht er.

Der Engel interessierte sich nicht für die Folgen seines Eingriffs. Er glaubte auch nicht, dass seine Handlungen irgendwelche Konsequenzen hatten. Selbst nicht, wenn hinter seinem Rücken Menschen zusammenliefen und Sirenen ertönten. Selbst nicht, wenn hinter ihm ein Mensch starb.

Der Engel ließ die Beine wieder baumeln und dachte an den Tag, als Mona das erste Mal zu ihm gekommen war. Er lächelte wieder. Sie war ziellos durch die Gegend gelaufen, gerade so wie er, wenn er durch die Straßen der Stadt lief. Dann hatte sie etwas auf ein Kreuz gemalt, einen Engel, aber ohne Flügel – er hatte es sich später angesehen – und ein paar Worte dazu, die er aber nicht verstanden hatte.

Der Engel rutschte von seinem Sockel herunter und schlenderte über einen Kiesweg. Er kannte den Ort noch, weil er einige Male da gewesen war, um sich das Bild anzusehen. Der flügellose Engel gefiel ihm. Er sah ein bisschen wie Mona aus, fand er.

Der Engel wusste, dass hier ein schlafender Mensch lag, ein junger Mann mit sehr hellem Haar. Er hatte ihn wiedererkannt, aufgebahrt in der Kapelle, in der Nacht bevor er vergraben wurde.

Ein paar Tage zuvor war er ihm über den Weg gelaufen. Na ja, sie waren sich nicht direkt begegnet. Der Engel hatte schon eine ganze Weile auf der Bordsteinkante gesessen und die Blätter einer Kastanie fallen gelassen, deren Äste über seinem Kopf hinausragten. Dazu hatte er das Blatt, das er ablösen wollte, kurz fixiert und es dann hinunter segeln lassen. Auf der Straße hatte sich ein hübsches Häuflein an rotem und gelbem Laub angesammelt.

Dann hatte er den jungen Mann gesehen, der auf der anderen Straßenseite auf dem Bürgersteig ging. Warum war er ihm aufgefallen? Der Engel wusste es gar nicht mehr. Vielleicht waren es seine hellblonden Haare gewesen, die seine Aufmerksamkeit auf sich gezogen hatten?
Er hatte ihn eine Weile beobachtet und dann …
Der Engel stand noch immer vor dem Kreuz und betrachtete den flügellosen Engel.
In Gedanken versunken, bewegte er einen Finger hin und her und ließ das Kreuz ein wenig schwanken, so als wiege es sich im Wind.
Ja, dachte er, und dann hatte er den jungen Mann auf seine Straßenseite holen wollen. Es wäre eigentlich ganz einfach gewesen – nur die Straße überqueren. Aber der Engel hatte nicht aufgepasst, er hatte gar nicht mit einem Unfall gerechnet. Vielleicht war er auch zu träge gewesen, um die Situation zu erfassen, und das Auto anzuhalten oder gegen den Baum fahren zu lassen. Er mochte dann nicht mehr auf der Bordsteinkante sitzen und so war er fortgegangen.
Den jungen Mann hatte er erst in der Kapelle wiedergetroffen und da er dort lag und schlief, konnte er sich auch seine Haare noch einmal genauer ansehen. Doch aus der Nähe gesehen fand er sie nicht mehr so interessant und wandte sich ab, um draußen ein paar Kieselsteine zu suchen, die im Mondlicht glänzten.
Der Engel schlenderte den Kiesweg zurück zu seinem Sockel. Im Osten sah er das frühe Morgenrot. Er lehnte sich gegen den Sockel und wartete auf die ersten Strahlen der Sonne. Heute Morgen wollte er sie betrachten. Er konnte sich nicht erinnern, dass er sie jemals hatte am

Horizont aufsteigen sehen, denn er blickte stets nach Westen der untergehenden Sonne entgegen, wenn er auf seinem Sockel stand. Und das tat er um diese Zeit immer, einfach immer, so lange es ihn gab.

An diesem Morgen sah er die Sonne aufgehen, sah, wie sie den Tag weckte und die Erde erwärmte. Er stellte sich vor, wie die Sonnenstrahlen auch ihn wärmten und er lächelte auf seine Weise. Dann sträubten sich seine Federn leicht und wohlig, gerade so, als hätte Mona sie berührt.

5 Geisterhaft fegte der Wind die Schneeflocken durch die Straßen der Stadt. Der Januar blieb eisig. Mona hatte sich schnell an das neue Jahr gewöhnt. Was blieb ihr anderes übrig? Susanne war mit einem Singleclub in den Wintersport gefahren, ohne Christoph, der ihre Freude am Skifahren nicht teilte. Anke machte auf Familie, so dass Mona häufig alleine in ihrer Wohnung herumsaß, wenn sie nicht arbeitete. Dann unterhielt sie sich mit ihrem Engel, führte lange Monologe und wartete darauf, dass er sich zeigte, leider vergeblich. Es war wohl ihre Schuld.

Sie war einige Male im Schnee ausgerutscht und gefallen. Ihr Schutzengel hatte sie weder aufgefangen noch das Ausrutschen verhindert. Wahrscheinlich hatte er selbst im Schnee gelegen, tollpatschig wie er war. Deswegen war sie wütend geworden, hatte ihn einen Trottel genannt und einmal sogar als Idiot beschimpft. Er machte wirklich keinen guten Job. Entweder war er nicht fähig dazu oder schlecht ausgebildet. Mona hatte sich über ihn lustig gemacht und ihm seine Unfähigkeit unter die Nase gerieben. Später war ihr eingefallen, dass er ja die ganze Nacht über sie wachte und dann tagsüber wohl zu müde oder unkonzentriert war. Deswegen hatte sie sich auch bei ihm entschuldigt, aber er zeigte sich trotzdem nicht. Wahrscheinlich war er nachtragend.

Den ganzen Januar über spielte der Engel die beleidigte Leberwurst und blieb unsichtbar.

Anfang Februar erschien wenigstens Susanne wieder. Gleich am nächsten Abend stand Mona bei ihr vor der Tür, um sich auf ein Glas Wein einzuladen.

Sie saß auf der ungemütlichen weißen Couch und ließ sich von Susanne die Vor- und Nachteile eines Single-Gruppenurlaubes schildern.

Eigentlich gab es nur Nachteile: hohe Kosten durch Einzelzimmerzuschlag, kumpelhaftes Benehmen des Reiseleiters und Skilehrers, zickiges Verhalten der weiblichen Gäste (außer Susanne) und Macho-Gehabe der männlichen Gäste (ohne Ausnahme).

„Im Grunde war es eine Katastrophe!", beendete Susanne gerade ihren Bericht. „Es hat nur noch eine Lawine gefehlt, die uns alle überrollt hätte. Dann hätte dieser Urlaub ein würdiges Ende gefunden."

„Warum hast du dich nicht einfach abgesetzt, wenn das Gruppenprogramm so schlecht war?", fragte Mona.

„Einfach abgesetzt?", entgegnete Susanne entrüstet, „Weißt du eigentlich, wie viel Geld ich dafür bezahlt habe? Das Programm war fast genau so teuer wie das Hotel!"

„Aber das Hotel war in Ordnung oder nicht?"

„Doch, doch, wenn man mal von den durchgelegenen Matratzen, der schmuddeligen Dusche, dem kalten Kaffee, den harten Brötchen, dem fetten Abendessen und den arroganten Kellnern absieht!"

Mona grinste. Das war Susanne pur.

„Tröste dich", sagte sie schließlich, „bei deiner schlechten Laune haben die anderen in der Gruppe jedenfalls auch keinen Spaß gehabt. Wie ich dich kenne, ist der Reiseleiter doch jetzt schon einen Kopf kürzer."

„Der Reiseleiter soll sich zum Teufel scheren. Das habe ich ihm auch deutlich gesagt. Und ich habe ihm gesagt, dass er mich nicht duzen soll und dass ich mich nicht nach ihm richte und dass ich im Urlaub morgens

grundsätzlich länger frühstücke und dass ich keinesfalls die hässliche Skibrille anziehe und dass ich seine Hand nicht brauche und er war so unverschämt."
Susanne fuhr sich mit der Hand über die Stirn, als bereiteten ihr die Frechheiten des Reiseleiters noch immer Kopfschmerzen.
„Als ich bei der ersten Abfahrt gestürzt bin, weil die Trottel aus meiner Gruppe", das Wort „Gruppe" setzte Susanne gestenreich in Anführungsstriche, um zu zeigen, dass sie sich keinesfalls als Mitglied dieser erbärmlichen „Gruppe" ansah, „vor mir her trudelten, die kaum geradeaus laufen, geschweige denn sich mit Skiern unter ihren grobschlächtigen Füßen fortbewegen konnten, die komplette Bahn geradezu lebensgefährlich blockierten – glaubst du dieser Blödmann von einem Reiseleiter hätte mir aufgeholfen? Hm, was meinst du?"
Susanne wartete auf ihr Stichwort. Sie war sehr ungeduldig. Doch Mona ließ sich Zeit.
„Hm", überlegte sie laut. „Bevor ich diese schwierige Frage beantworte, müsste ich noch wissen, warum der Reiseleiter mit euch auf die Piste geht. Ist nicht der Skilehrer dafür zuständig?"
„Er war alles in einer Person: Reiseleiter, Skilehrer und Idiot!"
„Gut, dann tippe ich auf: nein, er hat dir nicht geholfen."
„Richtig!"
„Das heißt: Er ist mit den Trotteln einfach weiter geschlittert, ohne dich zu beachten?"
„So ähnlich!"
Mona zog fragend die Stirn hoch. „So ähnlich?"
„Zuerst hat er triumphierend gerufen: Ah, da hat's einen erwischt. Dann ist er zu mir gekommen, hat sich grinsend

gebückt und so getan als wolle er mir aufhelfen. Natürlich wollte er mich nur angrapschen. Ich hab ihm sofort eins mit dem Skistock übergezogen. Der hat den ganzen Tag nicht mehr gegrinst."

„Was hat deine „Gruppe" (Anführungszeichen mit den Händen) dazu gesagt, dass du den Skilehrer schlägst?"

„Die Kerle haben den Kopf eingezogen und gesehen, dass sie wegkommen. Die Weiber haben natürlich lamentiert, um sich einzuschleimen: O Mike (Susanne hob die Tonlage in Trommelfell zerstörende Höhen), hat sie dir wehgetan? Lass mal sehen! Mein Gott, du Ärmster! Und mich (Tonlage wieder normal) haben sie angegiftet, ob ich verrückt geworden wäre und so weiter. Es war furchtbar!"

„Ich kann es mir lebhaft vorstellen."

Mona griff nach ihrem Glas und ließ den Rotwein darin kreisen. Nach einer Weile nahm auch Susanne ihr Glas in die Hand. Fast gleichzeitig tranken sie.

„So einen Urlaub buche ich nie wieder!", sagte Susanne entschlossen.

„Das nächste Mal fährst du einfach zusammen mit Christoph.", schlug Mona vor.

Aber Susanne seufzte nur. „Du glaubst doch nicht ernsthaft, dass Christoph mit mir in den Urlaub fährt!", erwiderte sie leise. „Er entzieht sich mir, wo er kann."

„Und warum?"

„Ich weiß es nicht!" Susanne schüttelte unglücklich den Kopf. „Ich habe ihn letzte Woche mehrfach versucht anzurufen, aber er ruft nicht zurück, obwohl ich ihm auf den Anrufbeantworter gesprochen habe. Als ich gestern zurückgekommen bin, habe ich sofort versucht ihn zu

erreichen, bin sogar bei ihm vorbeigefahren, aber er hat mir die Tür nicht aufgemacht."
„Vielleicht war er gar nicht zu Hause, sondern hat gearbeitet."
„Zuvor war ich natürlich in der Klinik gewesen. Da hieß es, er hätte frei."
„Susanne, er ist nicht verpflichtet seine Freizeit zu Hause zu verbringen."
„Aber er kannte den Termin meiner Rückreise. Ich hatte ihm einige SMS geschickt und mein Kommen mehrfach angekündigt. Er wusste, dass ich beabsichtigte ihn zu besuchen."
„Es kann auch einmal etwas Unvorhergesehenes passieren."
„Natürlich, natürlich, warum ruft er mich dann nicht an und sagt ab?"
„Woher soll ich das wissen? Ich kenne den Mann doch überhaupt nicht!"
„Sei froh!"
Sie schwiegen beide.
Mona dachte daran, dass Susanne nur Probleme, Probleme hatte. Und immer standen sie in Zusammenhang mit Männern. Ein Leben reichte nicht aus, um all ihre Probleme zu schildern, geschweige denn zu lösen. Andere Leute hatten auch Probleme, alle möglichen Probleme, zum Beispiel welche mit Schutzengeln, die nicht mehr erschienen, wenn man sich gerade an sie gewöhnt hatte. Aber Susanne schaffte es jedes Mal in ihren Gesprächen nur über sich zu reden und sie selbst, Mona, war nur Stichwortgeberin für die Monologe ihrer Freundin.

Das nervte gewaltig. Nun gut, sie war gekommen, um sich nach Susannes Urlaub zu erkundigen, aber das war doch nur vordergründig. Wenn Susanne nur ein bisschen sensibler wäre, hätte sie gemerkt, dass sie an der Berichterstattung über einen total verkorksten Urlaub nicht interessiert war, sondern selbst etwas auf dem Herzen hatte. Aber Susanne war so egoistisch und jetzt war es ihr schon wieder gelungen die Rede auf diesen ominösen Christoph zu bringen. Blöderweise hatte sie selbst das Stichwort dazu geliefert.

Susanne lehnte sich zurück, legte die Hände in den Schoß und blickte zur Decke. „Ich verstehe das nicht", sagte sie resignierend, „warum ignoriert er mich? Was ist nur geschehen?"

„Du musst mit ihm darüber sprechen!", entgegnete Mona desinteressiert.

„Ja?", Susanne richtete sich wütend auf. „Ach, danke für den tollen Ratschlag. Das weiß ich selbst. Wie soll ich mit ihm sprechen, wenn ich ihn nicht zu fassen kriege? Seit ich ihn zu unserer kleinen, intimen Silvesterparty eingeladen habe, hat er kaum noch ein Wort mit mir gewechselt, von einem Treffen ganz zu schweigen!"

Mona war über den zornigen Ausbruch ihrer Freundin leicht verstimmt. „Du hast ihn eben überfordert mit deinem eindeutigen Angebot!", behauptete sie barsch.

„Du hast ihn überfordert, du hast ihn überfordert!", äffte Susanne sie nach. „Ein erwachsener Mann ist überfordert, weil eine Frau mit ihm die Nacht verbringen will? Was ist das für ein Mann?"

„Weiß ich doch nicht! Vielleicht ist er schwul?"

„Wie bitte? Bist du verrückt geworden? Christoph ist doch nicht schwul!"

„Das kannst du nicht ausschließen, Susanne. Er quatscht mit dir nur rum und verbittet sich jede Zärtlichkeit!"
„So ist es auch nicht!"
„Sondern?"
Susanne schwieg eine Weile missmutig. „Er ist nicht schwul!", bekräftigte sie noch einmal. „Das hätte ich bemerkt!"
„Wie willst du das bemerken?"
„So was rieche ich!"
Mona ließ die letzte Bemerkung unkommentiert. Sie lehnte sich im Sofa zurück und dachte an ihren Schutzengel, weil sie immer an ihn dachte – 24 Stunden am Tag. Ob er im Raum war? Suchend blickte sie sich um. Dieses Gespräch war sicher nicht für seine Ohren bestimmt. Hoffentlich hatte er nichts mitgehört. Sie hätte das mit dem schwulen Christoph nicht sagen sollen aus Rücksicht auf den Engel.
Verdammt, dachte sie, hoffentlich steht er draußen in der Diele und schaut sich Susannes Garderobe an.
„Was ist?", fragte Susanne, die den suchenden Blick ihrer Freundin sah, „Vermisst du irgendwas?"
„Ich schau mich nur nach meinem Schutzengel um.", erwiderte Mona.
„Ach so!", sagte Susanne, „Ich möchte mal wissen, wo mein Schutzengel ist, wenn bei mir alles schief läuft. Wo dieser Nichtsnutz sich rumtreibt, wenn ich ihn brauche. Wahrscheinlich ist mein Schutzengel ein Mann! Bestimmt sogar!"
„Mein Schutzengel ist tatsächlich ein Mann!", gab Mona zu.
„Woher willst du das wissen?", fragte Susanne gereizt.

„Er sieht aus wie ein Mann!", antwortete Mona, ebenfalls gereizt. Wenn Susanne ihr jetzt unterstellte, dass ihr Engel schwul sei, nur weil sie mit dem schwulen Christoph umherzog, dann war das Maß voll.
„Christoph sieht auch aus wie ein Mann!", sagte Susanne prompt.
„Hat jemand bestritten, dass Christoph ein Mann ist?", fragte Mona patzig. „Auch schwule Männer sind Männer, Susanne. Sie interessieren sich nur nicht für dich! Sieh es ein, du wirst bei Christoph keinen Blumentopf gewinnen. Du bist für ihn nur eine Frau!"
„Du bist so gemein!", blaffte Susanne zurück.
„Ich bin nur realistisch!"
„Ja, natürlich. Du bist realistisch, deswegen suchst du auch deinen Schutzengel.", Susanne lachte böse. „Soll ich dir mal ein Geheimnis verraten? Es gibt keine Schutzengel, weder männliche noch weibliche – gar keine! Bist du jetzt enttäuscht?"
„Warum sollte ich? Du hast doch keine Ahnung, wovon du redest! Ich weiß, was ich weiß!"
„Was willst du denn wissen? Hast du jemals einen gesehen!"
„Allerdings und zwar mehrmals. Meinen eigenen, wenn du es genau wissen willst! Ich habe nämlich einen Schutzengel. Vielleicht hast du ja keinen!"
„Ich habe keinen und du hast keinen!"
„O doch, ich habe einen!"
„Seit wann bist du denn religiös?"
„Was hat das denn damit zu tun?"
„Hat ein Schutzengel vielleicht nichts mit Religion zu tun?"
„Natürlich nicht! Wie kommst du darauf?"

Susanne war sprachlos, was nicht oft geschah. Sie nahm die Flasche Rotwein, schenkte sich großzügig nach und leerte das Glas in einem Zug.
Mona sah ihr missmutig dabei zu. Nicht auszudenken, dass womöglich der Engel im Raum stand und ihrer Freundin dabei zusah, wie sie sich sinnlos volllaufen ließ, nur weil sie es nicht ertragen konnte, dass sie keinen Schutzengel hatte oder Christoph schwul war. Das war, bei Gott, nichts für seine Augen. Hoffentlich stand er bei der Garderobe.
Susanne öffnete rücksichtslos die nächste Weinflasche und goss beide Gläser am Tisch bis zum Rand voll.
„Und", fragte Susanne süffisant, „ist dein Schutzengel im Raum?"
„Ich hoffe nicht!", erwiderte Mona stirnrunzelnd. „diese Gespräche sollte er sich nicht anhören!"
„Ach, ist er so zarten Gemütes?"
„Eher schlicht im Gemüt!"
„Das dachte ich mir!"
„Warum?"
„Weil er ein Mann ist!" Susanne grinste niederträchtig. „Wahrscheinlich ist er sogar schwul!"
Das Maß war voll.
Mona stand wütend auf, ohne Susanne eines weiteren Blickes zu würdigen. Sie trat hinaus in die Diele, gab dem Engel, der sicher an der Garderobe stand, mit dem Kopf ein Zeichen, dass er ihr folgen solle, und verließ die ungastliche Wohnung. Gemeinsam stampften sie die Treppe hinauf. Mona schloss die Tür zu ihrer Wohnung auf, ließ den Engel hinein, trat ein und warf die Türe mit Schwung zu.

Sie hatte eine Stinkwut auf Susanne. Keinesfalls würde sie sich mit dieser Person weiter unterhalten. Sie trank und trieb sich mit zwielichtigen Männern herum. Deswegen war sie einfach nicht der richtige Umgang für sie und ihren Engel. Mona wusste, dass sie nicht nur an sich denken durfte, sie musste bei allem, was sie tat, auch bedenken, dass sie ihrem Engel nicht zuviel zumutete. Er konnte so vieles missverstehen und war zudem so ängstlich. Susanne war bestimmt eine Zumutung für ihn.

Der Engel stand im Treppenflur und blickte auf die angelehnte Tür von Susannes Wohnung.
Nachdem er lange vor Monas Tür ausgeharrt und gehofft hatte, dass Mona erscheinen möge, war er, um sich die Zeit zu vertreiben, die Treppen hinunter und hinauf gewandelt. Als er gerade wieder unten an der Haustüre stand und die Briefkästen betrachtete, hatte er ihre Schritte gehört – schnelle, zornige Schritte. Ohne auf das Licht im Flur zu achten, war er eilig hinauf geschwebt und stand nun vor Susannes Tür. Mona hatte sie nicht hinter sich geschlossen und Susanne saß noch immer im Wohnzimmer. Gerade trank sie Monas Glas leer, da verlöschte das Licht im Treppenflur.
Langsam bewegte der Engel sich fort in seiner fließenden, geschmeidigen Art. Er näherte sich der fremden Wohnung, trat in die Diele ein und blickte durch die geöffnete Wohnzimmertür.
Susanne füllte die beiden Gläser auf dem Tisch randvoll mit Rotwein. Der Engel sah ihr dabei zu. Plötzlich wurde sein Blick starr. Er fixierte sie, ließ sie nicht aus den Augen.

Susanne stand auf, trat wie ferngesteuert ans Fenster, öffnete es, lehnte sich hinaus.
Die Augen des Engels weiteten sich, ein Gedanke blitzte in ihm auf und er lächelte. Dann bewegte er seine rechte Hand so, als streife er die Luft – es war nur eine winzige Handbewegung - und ein Geräusch, als zerbräche Glas, erfüllte kurz den Raum, gefolgt von einem lauten, spitzen Schrei.
Ohne sich noch einmal umzuwenden, entwich der Engel.
Mona horchte auf. Hatte sie einen Schrei gehört? Susanne, schoss es ihr durch den Kopf. Eilig verließ sie ihre Wohnung und eilte die Treppe hinunter.
Die Tür zur Wohnung von Schulz stand auf, ebenso Susannes Tür. Als sie die Wohnung ihrer Freundin betrat, traf sie Frau Schulz in der Diele. Angetan mit einem langen geblümten Nachthemd mit Puffärmeln stand sie da wie ein mächtiges Gespenst. Um ihre Haare wand sich ein grünes Haarnetz.
„Was tun sie denn hier?", fragte Mona erstaunt.
„Das könnte ich sie wohl auch fragen!", entgegnete das Gespenst patzig. „Bei dem Geschrei kann doch kein Mensch schlafen!"
Mona schüttelte verständnislos den Kopf, quetschte sich an Frau Schulz vorbei, die fett im Türrahmen stand, und betrat das Wohnzimmer.
Susanne kniete leichenblass auf ihrem weißen Teppich, auf dem unzählige Glasscherben lagen. Große blutrote Flecken entstellten die teure Auslegware.
„Was ist denn hier passiert?", fragte Mona.
„Sie hat im Vollrausch die Gläser auf den Boden gepfeffert!", antwortete Frau Schulz.

„Mit ihnen rede ich doch überhaupt nicht!", regte sich Mona auf.
Susanne starrte noch immer fassungslos auf den Teppich. „Die Gläser", stammelte sie, „sie sind zersprungen und auf den Boden gefallen!"
„Das geht nie wieder raus!", sagte Frau Schulz zufrieden.
„Du meinst, sie sind auf den Boden gefallen und zersprungen!", entgegnete Mona sanft.
„Der Teppich ist hin!", stellte Frau Schulz fest.
„Nein", flüsterte Susanne, „sie sind über dem Tisch zersprungen und zu Boden gefallen. Ich habe es doch gesehen!"
„Den kann man nur noch in die Tonne werfen!", ließ sich Frau Schulz wieder vernehmen. „Rotweinflecken bleiben ewig. Wenn man sie verreibt, werden sie lila!"
„Meine Güte, Frau Schulz, jetzt gehen sie doch endlich!", schnauzte Mona. „Es reicht! Hier will niemand ihre Kommentare hören!"
Doch Frau Schulz blieb unbeeindruckt. „Der wird mir aber nicht in die graue Tonne vom Haus geworfen.", zeterte sie, „Den dreckigen Lappen müssen sie privat entsorgen. Wer weiß, wie viele eklige Bakterien sich darauf befinden!", sie schüttelte sich. „Das ist Sondermüll, wenn sie mich fragen!"
Mona verlor die Geduld. Wütend stand sie auf und versuchte Frau Schulz aus der Wohnung zu schieben. In der Diele rempelte sie gegen Herrn Schulz, der gerade einen Blick in Susannes Badezimmer warf. Als er Mona sah, echauffierte er sich fürchterlich. „Was ist das für ein Krach hier? Anständige Leute können nicht schlafen. Das geht ja hier zu wie auf dem Bahnhof! Ich rufe die Polizei!"

„Tun sie das und jetzt raus hier, alle beide!" Mona schubste das Paar in Richtung Haustür.
„Das ist also der Dank", schimpfte Frau Schulz, „wenn man sich um seine Nachbarn kümmert!"
„Sie kümmern sich nicht, sie sind nur neugierig!", widersprach Mona laut.
„Das ist doch der Gipfel!", empörte sich Frau Schulz. „Mein Gatte und ich sind niemals neugierig!" Heftig stemmte sie sich gegen Mona, um noch einen kurzen Blick in Susannes Küche zu werfen. „Das ist doch eine Frechheit, als würden wir uns dafür interessieren, ob bei anderen Leuten der Tisch abgeräumt ist!"
„Oder ob im Badezimmer noch Wäsche herumliegt!", pflichtete Herr Schulz ihr bei.
Ärgerlich verließen sie die Wohnung. „Und sorgen sie dafür, dass der schmutzige Fetzen aus dem Haus kommt. Hier herrscht Sauberkeit!", brüllte Frau Schulz noch, bevor Mona hinter ihr die Tür zuwarf.
In der Küche holte sie Handfeger und Kehrschaufel und fegte die Scherben zusammen. Susanne sah ihr dabei zu, noch immer fassungslos. „Ich habe es doch gesehen!", wiederholte sie.
„Es ist doch jetzt egal!", beschwichtigte sie Mona. „Es ist passiert und die Gläser sind kaputt. Du wirst dir sicher noch zwei neue Weingläser leisten können!"
„Sie sind einfach in der Luft zersprungen.", beharrte Susanne. „Ich gehe zum Fenster, drehe mich um und sehe die Gläser förmlich in der Luft schweben und zerspringen!"
„Ach Susanne", meinte Mona müde, „wir haben vielleicht beide ein bisschen viel getrunken. Da sieht man schon mal schwebende Gläser. Ich kenne das aus der „Blauen

Wolke". Was meinst du, was meine Thekenmannschaft da manchmal vorbei fliegen sieht? Ganze Wohnungseinrichtungen! Du gehst jetzt ins Bett und morgen kümmerst du dich um den Teppich. Wenn du ihn der Schulzens in den Briefkasten stopfen willst – ich bin dabei!"

Susanne nickte nur verstört und schlich langsam in Richtung Badezimmer, während Mona die Wohnung ihrer Freundin verließ und die Türe schloss.

Eine Weile noch lag Mona wach im Bett, starrte an die dunkle Decke und dachte über den seltsamen Vorfall nach. Doch die Müdigkeit ließ sie keinen klaren Gedanken fassen. Unnachgiebig drückte sie ihr die Augenlider zu, presste ihren Kopf ins Kissen und stieß sie in einen traumlosen, festen Schlaf, so als sei sie im Bunde mit demjenigen, der niemals schlief. Er trat aus dem dunkelsten Winkel des Raumes und nahm seinen Platz vor Monas Bett ein.

Der Engel lächelte leicht. Es war schön sich hier wieder zu treffen und sie hier liegen zu sehen, bewegungslos und friedlich. Ein leichter Schauer fuhr ihm über seine Federn, als es daran dachte, wie Mona zuvor durch die offene Tür in die Wohnung zurückgestürmt war, wie sie abgenervt und laut die Türe hinter sich zugeworfen hatte. Er hatte sich nicht getraut sie anzusprechen, sondern sich im Schlafzimmer versteckt und abgewartet. Und das Warten hatte sich gelohnt. Nun war sie wieder bei ihm und sie war keine Bedrohung mehr für ihn, denn sie schlief und für eine Sekunde wünschte er sich, sie würde ewig schlafen.

Ja, der Engel mochte Mona. Wäre er ein Mensch gewesen, hätte er das Flattern seines Herzens und die Unruhe im

Bauch gespürt. Vielleicht hätte er geschwitzt und feuchte Hände bekommen, vielleicht einen roten Kopf und leuchtende Augen.
Aber der Engel war kein Mensch und doch wünschte er sich seinen eigenen Menschen, der zu ihm gehörte und immer bei ihm war. Er betrachtete Mona wie eine besonders schöne Blume, die man pflücken möchte, um sie zu besitzen, auch wenn man sie damit von ihren Wurzeln trennte.
Langsam beugte er sich vor und strich ihr sacht mit den Fingerspitzen über die Wange. Er berührte sie gerne, diese weiche, warme Haut, die ganz anders war als seine. Seine Hand an ihrer Wange setzte er sich vorsichtig auf das Bett, beugte sich noch weiter vor, spitzte die Lippen, hauchte einen Kuss auf ihre Lippen, spürte ihren Atem, bewegte seine Fingerspitzen auf ihrer Haut im Rhythmus ihrer Atemzüge, strich ihr über das kurze dunkle Haar, hob ihren Kopf leicht an und lächelte. Er genoss ihre Nähe, weil sie schlief und weil der Schlaf Mona so liebenswert machte, selbst für einen Engel.
Selig bettete er seinen Kopf auf ihr Kissen. Für einen Moment schloss er die Augen, tat, als schliefe er, spielte Mensch nur für einen Augenblick, dann öffnete er die Augen, grinste schelmisch und setzte sich auf.
Eben noch hatte Mona seine ganze Aufmerksamkeit in Anspruch genommen, gerade noch hatte sie seine Gedanken vollends beherrscht und nun?
Der Engel starrte interessiert auf das Kopfkissen. Leicht klopfte er dagegen, bohrte einen Finger nach dem anderen in den weichen Stoff und spürte zwischen den Fingern – was war das?
Eine böse Ahnung erfasste ihn.

Er zog das Kissen unter Monas Kopf weg und zeriss es mit großer Kraft in zwei Teile. Wie bei einer Explosion schossen die Federn hervor, segelten die weißen, zierlichen Daunen durch die Luft, bedeckten das Bett und die Schlafende und ließen sich nieder auf Haupt und Haare eines bis in die Federspitzen erschütterten Engels. Der Schock zerrte an seinen Flügeln, die sich öffnen wollten, Raum greifen wollten in dieser kleinen Kammer. Zitternd erhob er sich, versuchte seine Flügel zu umfangen, zurückzudrängen, schwebte zum Fenster, ohne das grauenvolle Bett aus den Augen zu verlieren. Immer wieder musste er hinsehen, die Augen weit aufgerissen, um jedes Detail zu erfassen. Er öffnete das Fenster in Hast, schwang sich auf das Fensterbrett und stürzte ins Freie. Seine Flügel entfalteten sich vollständig, endlich, und mit starken Stößen entfernte er sich von dem Ort des Entsetzens.

Viele Stunden später erwachte Mona in einer Schneelandschaft, so schien es. Die Federn waren überall – in der Nase, in den Ohren, in den Haaren – grauenhaft. Konsterniert blickte sie auf die Bescherung und so sehr sie sich auch anstrengte, sie kapierte nicht, was sie da sah. Nachdenken am frühen Morgen funktionierte bei ihr nicht. Also stand sie mürrisch auf, schüttelte sich die Federn vom Körper und schlich ins Bad. Eine halbe Stunde später stand sie erneut im Schlafzimmer und betrachtete vorwurfsvoll ihr Bett. Unzufrieden fischte sie die Überreste ihres Kopfkissens vom Fußboden und sah sie durchdringend an. Doch das Restkissen schwieg.

Mona zog die Stirn hoch.

War das Kissen explodiert?

Hatte sie sich in der Nacht so wild darauf geworfen, dass es geplatzt war, und sie hatte nichts, gar nichts davon bemerkt? Schlief sie denn wie eine Tote, benahm sich aber beim Umdrehen wie ein wildgewordener Elefant? Schlief sie ihre Kissen in Grund und Boden?
Das war merkwürdig, sehr merkwürdig und schlimm, denn Mona besaß nur dieses eine Kopfkissen. Sofakissen gab es in ihrer Wohnung nicht, auch keine Sitzkissen, nichts dergleichen. Welches Kissen sollte sie denn in der nächsten Nacht kaputt schlafen? Sie würde sich wohl eins von Susanne leihen müssen.
Ach ja, Susanne, dachte sie und raufte sich die Haare. Hoffentlich geht es ihr wieder besser. Was war das für ein Theater, gestern Nacht! Schwebende Gläser, die in der Luft zerspringen, und Kissen, die explodieren. Unglaublich!
Mona zog sich an und ging die Treppe hinunter, um nach ihrer Freundin zu sehen. Als sie auf den Klingelknopf drückte, öffnete sich die Tür gegenüber einen Spalt. Dann öffnete auch Susanne die Tür und sah sie überrascht an.
„Du bist schon auf", fragte sie, „an einem Sonntagmorgen?"
„Ich habe mir Sorgen um dich gemacht!", erwiderte Mona und trat ein.
„Wegen der Gläser?", lachte Susanne, während sie voraus in die Küche ging.
„Nein, wegen des Teppichs!", behauptete Mona. „Ich befürchtete, du hängst dich am Türrahmen auf, wenn du die Flecken auf dem Teppich siehst."
„Welche Flecken?"
„Na, die Rotweinflecken!"

„Ach, die habe ich doch gestern Nacht noch ausgewaschen!"
„Was?"
„Ja, es ging ganz leicht! Ich habe vielleicht zwei Stunden gebraucht, höchstens!"
„Und die Gläser, hast du die auch wieder zusammengesetzt?"
„Haha, sehr witzig!"
Die beiden Freundinnen setzten sich an den Küchentisch und Susanne bediente ihren hypermodernen Kaffeeautomaten, der anstatt einer Blumenvase oder Kerze mitten auf dem Tisch stand.
Die Maschine köchelte und röchelte und spie schließlich kochendheißen Kaffee in zwei Tassen aus.
„Na, bist du wieder auf Kaffee umgestiegen?", frotzelte Mona, „kein Wein mehr im Haus?"
„Ich glaube, wir haben beide letzte Nacht ein bisschen zu tief ins Glas gesehen.", erwiderte Susanne.
„Ich habe aber keine schwebenden Gläser gesehen!"
„Ich auch nicht!", entrüstete sich Susanne, „meine Güte, ich hatte eine Halluzination. So etwas kommt vor!"
Sie griff nach ihrer Tasse und trank einen Schluck. Der heiße Kaffeedampf umnebelte ihre Lippen.
„Ich habe heute Morgen im Internet recherchiert und herausgefunden, dass ich zu viel Stress habe."
„Das stand im Internet?"
„Ja, ich bin überlastet und überarbeitet. Der Stress sucht sich ein Ventil!"
„Entschuldige mal, du kommst doch gerade erst aus dem Urlaub!"
„Urlaub?", Susanne riss die Augen auf und starrte ihre Freundin an, als gäbe sie absurde Laute von sich.

„Du willst doch diese verkorkste Reise nicht als Urlaub bezeichnen? Bei einer Skala von eins bis sechs lag mein Stressfaktor bei sieben." Sie trank erneut aus ihrer dampfenden Tasse.
Mona stellte sich vor, wie ihr das heiße Gebräu die Speiseröhre hinunter fauchte. Mutig berührte sie ihre eigene Tasse. Zack, die erste Brandblase kassiert!
Susanne schob eine Haarsträhne, die ihr ins Gesicht gefallen war, nach hinten und sah Mona eindringlich an.
„Im Ego-Forum hat man mir sofort gesagt, dass ich wie ein Hamster im Rädchen laufe. Ich funktioniere doch nur noch. Jeden Tag stehen Horden von kranken Kindern und überforderten Eltern vor meiner Tür. Alle soll ich wieder gesund machen, alles auf meinen Knochen!"
„Na ja, du bist Kinderärztin!" wandte Mona ein.
„Na und", erwiderte Susanne heftig, „was hat das denn damit zu tun? Es ist doch egal, in welchem akademischen Beruf man sich kaputt schuftet! Die User vom Ego-Forum haben mir gesagt, dass ich ein typischer Fall des Burn-out-Syndroms bin!"
Glucksend trank sie den Kaffee aus und mit einem letzten Knistern erlosch die Glut in der Tasse. „Und, was sagst du jetzt?"
„Ego-Forum", wiederholte Mona irritiert, „was ist das für ein merkwürdiger Name."
Susanne verdrehte die Augen. „Es ist nur eine Abkürzung für: Stärke-dein-Ego-und-werde-glücklich-Forum!"
„Hört sich irgendwie bescheuert an!"
„Absolut nicht! Es trifft den Nagel auf den Kopf. Außerdem sind dort nur studierte Leute, wie Rechtsanwälte usw., tätig. Mit deren Rat kann man wirklich etwas anfangen."

„Aber wozu muss du dein Ego stärken?"
„Weil ich vielleicht mittlerweile unter dem Perserteppich spazieren gehe?"
Mona schwieg und schlürfte vorsichtig Kaffee aus ihrer Tasse, ohne sie anzufassen. Das Gebräu schmeckte nur heiß. Geschmack konnte sich gar nicht entfalten. Susanne sah ihr angewidert zu.
Mona blickte in ihre rabenschwarze Tasse und zuckte mit den Schultern. „Ist mir noch nicht aufgefallen, dass du so wenig selbstbewusst bist.", meinte sie dann.
„Vielleicht, weil du immer nur an dich denkst?"
„Natürlich, Susanne, deswegen bin ich ja auch jetzt hier, nicht weil ich mir deinetwegen Sorgen gemacht habe, sondern weil ich Kaffee, gespeist aus einem Geysir, trinken wollte!"
„Siehst du, ich käme gar nicht auf die Idee bei anderen Leuten zu frühstücken."
„Wie bitte?", regte sich Mona auf, „das Höllengebräu kannst du doch nicht Frühstück nennen! Wenn ich frühstücken möchte, gehe ich zu Anke. In deinem Kühlschrank ist noch weniger drin als in meinem!"
„Darum geht es doch gar nicht!", behauptete Susanne, obwohl sie das Thema Frühstück auf den ungastlichen Tisch gebracht hatte. „Es geht darum, dass du in den Tag hinein lebst und dabei glücklich bist, während ich das Burn-out-Syndrom habe und total unglücklich bin."
Sie stellte ihre Tasse in den Automaten und drückte auf den Startknopf. „Möchtest du auch noch einen Kaffee?", fragte sie mit einem Blick auf Monas volle Tasse. „Dieser ist doch sicher kalt!"

„Nein, danke!" Mona schüttelte den Kopf. „Ich möchte nicht, dass du für mich arbeitest. Wenn ich Kaffee will, drücke ich selbst auf den Knopf!"
Susanne verdrehte verständnislos die Augen, schnappte sich die heiße Tasse und trank sofort.
„Also", begann sie, „können wir jetzt wieder vernünftig miteinander reden, ohne dass du direkt beleidigt bist."
Sie musterte Mona, die wieder in ihre Tasse starrte. „Es geht hier ausnahmsweise mal nicht um dich. Was ich sagen wollte ist, einer unserer User vom Ego-Forum – er nennt sich Dr. No, weil er auch mal nein sagen kann, wenn alle etwas von ihm wollen- aber der Name spielt ja jetzt hier keine Rolle. Tatsächlich heißt er Dr. Schnurz. Ich weiß das deswegen, weil wir uns mittlerweile private E-Mails schreiben, und äh…", Susannes Redefluss verebbte plötzlich. „Jetzt weiß ich nicht mehr, was ich erzählen wollte!"
Mona sah auf. „Er heißt Dr. Schnurz?", fragte sie ungläubig.
„Äh ja, wieso?"
„Wie schnurzpiepegal?"
„Mona, bitte, sei nicht albern!"
Mona kicherte. „Was hat er dir denn geschrieben, der Doktor Schnurzpiepe?"
„Schnurz, nur Schnurz!", sagte Susanne kurz und grimmig.
„Vielleicht heißt seine Frau Piepegal und er trägt einen Doppelnamen!", prustete Mona und lachte laut.
„Er ist nicht verheiratet!"
„Oh, so weit seid ihr schon!"
„Was soll das denn heißen?"

„Ich hatte es so verstanden, dass du erst heute Morgen dieses Forum und Herrn Schnurzpiepe im Internet gefunden hast. Und jetzt weißt du schon, dass er nicht verheiratet ist. Das ist doch ein rasantes Tempo."
„Keineswegs, liebe Mona", erwiderte Susanne schnippisch, „wir haben fast Mittag. Viele Stunden sind vergangen, die ich sinnvoll mit Gesprächen verbracht habe. Gespräche mit Inhalt, wohlgemerkt, da kommen auch solche Dinge zur Sprache. Du hast in dieser Zeit fest geschlafen und bist wahrscheinlich nur durch Zufall aufgewacht."
Mona lehnte sich in ihrem Stuhl zurück und gähnte laut. Dann beugte sie sich vor und trank einen Schluck Kaffee, der nun soweit abgekühlt war, dass man ihn vorsichtig schlürfen konnte, natürlich ohne die Tasse anzufassen. Susanne sah weg.
„Mal was anderes…", sagte Mona und dachte an ihr verstorbenes Kissen. „Rate mal, was mir heute Nacht passiert ist. Da kommst du nie drauf!"
„Wie, was anderes?", fragte Susanne konsterniert zurück. „Wir sprachen doch gerade von Dr. No!"
„Ja, ja, vergiss mal nicht, was du sagen wolltest. Ich muss dir nämlich was erzählen!"
„Aber ich will dir auch etwas erzählen!"
„Also, ich wache heute Morgen auf …"
„O ja, sehr interessant! Können wir jetzt das Thema wechseln."
„… und mein Kissen ist kaputt!"
„Ach, sag bloß! Hat das Schnäppchen den Geist aufgegeben. Friede seiner Asche! Ich würde jetzt ganz gerne zum Thema zurückkommen!"

„Aber das Kissen war total zerfetzt. Im ganzen Raum lagen die Federn!"
„Hast du die Schweinerei beseitigt oder sieht es in deinem Schlafzimmer immer noch so aus. Sag nichts, sag nichts! Es sieht immer noch so aus!"
„Ist dir so etwas schon mal passiert, dass du aufwachst und dein Kissen ist explodiert?"
„Mona, entschuldige bitte, du weißt doch, dass ich nicht auf billigen Sonderangeboten liege. Ich könnte darauf nicht einschlafen. Bei dem Druck, den ich Tag für Tag aushalten muss, brauche ich natürlich für meinen Rücken und meinen Nacken erstklassige Ware. Ich besitze ein Baby-Gänsedaunen-Massagekissen aus feinstem zweifädigen Tibet-Kaschmir, dass mir einen halbwegs erholsamen Schlaf ermöglicht."
„Hm, hast du vielleicht davon noch ein zweites Kissen?", fragte Mona nachdenklich.
„Was?", Susanne begann zu zittern, als hätte der Blitz in sie eingeschlagen. Sie erlitt wahrscheinlich gerade einen Stressanfall mit dem Faktor neun. Sie zitterte so stark, dass Mona befürchtete der Kaffee schwappe ihr gleich wieder aus dem Mund.
„Nein, nein!", jammerte Susanne und hielt sich an der Tischkante fest. „Weißt du eigentlich, was so ein Kissen kostet? Dafür gehst du einen Monat in deiner…", sie stockte, suchte ein abfälliges Wort, schluckte es dann aber doch herunter, „Gaststätte arbeiten. Ach, was sag ich, einen Monat, zwei, drei!"
„Ach, komm schon, du hast bestimmt ein zweites Kissen. Ich kenne dich doch! Solche Sachen kaufst du immer auf Vorrat!"

„Selbst wenn ich ein zweites hätte, könnte ich es dir nicht geben. Du siehst doch selbst, was du mit einem armen, unschuldigen Kissen anstellst. Es wäre zu schade dafür!"
„Ich habe lediglich darauf geschlafen!"
„Ja, aber all die vielen Stunden, die du darauf schläfst. Das hält das beste Sonderangebot nicht aus!"
„Deswegen will ich ja ein gutes Kissen von dir. Du sagst doch selbst, dass ich es mir nicht leisten kann."
„Ja, aber…"
„Ich will es mir nur leihen, bis ich das Geld zusammengespart habe, um mir selbst ein gutes zu kaufen!"
„Mona, Kissen kann man nicht verleihen, Sie saugen Schweiß und Körpergeruch auf und müffeln – und wenn dann nicht richtig gelüftet wird…"
„Es wird nicht lange dauern, bis ich das Geld zusammen habe. Was hast du gesagt, wie lange es dauert? Drei Monate vielleicht, höchstens! Jetzt gib deinem Herzen einen Stoß!"
Susanne quälte sich aus ihrem Stuhl und ging ins Schlafzimmer. „O mein Gott", jammerte sie, „warum lasse ich mich überreden? Warum gebe ich ihr mein armes, teures Kissen?"
Mit hängenden Schultern kam sie in die Küche zurück und überreichte Mona ihr zweitwertvollstes Gut, die es dankbar annahm.
Doch kaum hielt sie das Kissen in den Händen, stand sie schon auf und verabschiedete sich von Susanne. „Schon dich ein bisschen, meine Liebe!", sagte sie grinsend und verschwand.

Der Februar war ein ruhiger Monat, mit kühlen Tagen und langen, frostigen Nächten. Die Schneeflocken mutierten zu Regentropfen und ganz allmählich brach hier und da ein Sonnenstrahl durch die Wolken. Schneeglöckchen sprossen und verblühten, Krokusse erschienen in den Vorgärten und Parks. Die ersten Mutigen unter den Gefiederten ließen sich auf den kahlen Ästen der Bäume blicken und zwitscherten leise. Erstes Grün wuchs ungesehen unter dem Laub vom Vorjahr. Die Menschen witterten die Frühlingsluft, erfreuten sich an jedem Sonnenstrahl, ebenso die Engel.
Ruhig und gelassen verließ der Winter das Land, wie jedes Jahr, und es hätte keinen bunten und lauten Narrenaufstand gebraucht, um ihn zu vertreiben. Er wäre sowieso gegangen.
Doch wie jedes Jahr erbebte die Stadt am Fluss unter den Tanzschritten der Mariechen und Husaren, die im Takt der Blasmusik alles in Grund und Boden stampften, und es schob sich zähflüssig die lange Reihe der Karnevalswagen durch die Straßen, umjubelt vom Volk der Pappnasen und komischen Hüte.
Während draußen die Süßigkeiten vom Himmel fielen, aufgefangen von kleinen, verwöhnten Bälgern, die nur rote Bonbons mochten und die orangen grundsätzlich in den Dreck traten, bediente Mona im rauschenden Engelskostüm die Narren an den Tischen der „Blauen Wolke".
Rosenmontag in der Stadt und alle waren sie hier: die Clowns, die Zauberer und Feen, die Engel und die Teufel, die Hexen, die Vampire und alle Tiere dieser Erde. Versammelt um die Theke und die Tische tranken sie, was Mona ihnen vorsetzte.

Harald schien am Zapfhahn festgewachsen zu sein. Er hatte sich seit Stunden nicht mehr fortbewegt und ließ das Bier in Strömen fließen.
Maria bediente die Theke, was sie äußerst ungern tat, denn sie teilte den rheinischen Frohsinn nicht. Mona kämpfte an den Tischen.
Die Gaststätte war rosenmontagsvoll, in jeder Hinsicht. Dicht an dicht stand das Kamel neben dem Panzerknacker neben der Sonnenblume neben dem Urzeitmenschen. Wer hier Berührungsängste hatte, der löste sich besser in Luft auf.
Mona schob einen dicken Indianer beiseite und trat mit dem vollen Tablett an den großen runden Tisch, an dem eine Elefantengruppe saß. Augenscheinlich hatten die Dickhäuter ihre Herde verlassen und waren aus dem Umzug ausgebrochen, um hier aufzutanken. Als sie das Bier sahen, trompeteten sie vor Glück. Sofort regte sich die Priesterschaft am Nachbartisch auf: „Moment mal, Liebchen, wir haben zuerst bestellt!" – „Pass mal auf, Engelchen, für uns auch zehn Bier!"
Mona eilte zurück zur Theke, fiel fast über einen kleinen Maikäfer mit Matsch-Apfelsine im Haar, und holte die Getränke. Der Wahnsinn nahm seinen Lauf.
Mona stolperte zu den Kirchenmännern, knallte ihnen die Gläser auf den Tisch, hastete zur Theke, holte Nachschub, zurück zu den Marsmännchen, den Erdmännchen, den Supermännchen. Die Teufel zogen ihr an den Flügeln, die Vampire stellten sich ihr blutrünstig in den Weg und die Nashörner schubsten sie.
Das Bedienen war die Hölle für einen Engel im weißen Kleid.

Erst am frühen Morgen kehrte Ruhe ein. Wer noch nicht gegangen war, schlief auf dem Stuhl oder unter den Tischen. Es gab nichts mehr zu tun. Mona verabschiedete sich von den Wirtsleuten, die müde und abgekämpft hinter der Theke standen. Kaum hatte sie die Gaststätte verlassen, kehrte Harald die letzten Hanseln auf die Straße und schloss ab.
Mona schlenderte nach Hause. Die kühle Nachtluft erfrischte sie angenehm. Obwohl sie müde war, ging sie ohne Eile. Denn sie genoss die Stille und die Einsamkeit der leeren Straße.
Plötzlich dachte sie an Tim und daran, wie glücklich sie im Frühling des letzten Jahres gewesen war, und wie schnell das Glück zerbrach, ohne Vorahnung oder ein Zeichen, und wie stark sich alles veränderte, von heute auf morgen.
Tim war als wäre er nie gewesen, als hätte es seine Stimme und sein Lachen niemals gegeben, als wäre sein Leben nie geschehen. Er war nicht nur fort, er hatte sich aufgelöst und ließ nichts zurück, nur seinen Namen auf einem Holzkreuz in einem Meer von Kreuzen, irgendwo am Rande der Stadt, vertrieben, verloren, vergessen.
Mona war unendlich traurig. Lange hatte sie nicht mehr um Tim geweint. Nun kämpfte sie mit den Tränen. Sie stand vor der Treppe, die hinauf zu ihrer Haustüre führte, und konnte sich nicht entschließen hinein zu gehen. Sie vermisste Tim, stärker als je zuvor, und so intensiv, dass die Tränen alleine die Wangen hinunter rannen, nutzlos vergossene Tränen.
Wozu leben, wenn nichts zurückbleibt von dir? Wozu blühen, wenn alles verwelkt? Wozu weinen, wenn du es nicht mehr siehst?

Mona wandte sich um und überquerte die Straße.
Langsam ging sie durch die Nacht. Auf dem Bürgersteig entlang, an Ampeln vorbei, Schritt für Schritt näherte sie sich dem Ort, an dem Tim gestorben war. Sie kannte ihn genau, denn sie war einige Male mit dem Auto daran vorbeigefahren. Niemand hatte dort Blumen niedergelegt oder eine Kerze aufgestellt als Erinnerung, auch Mona nicht.
Als sie in die Straße einbog und den Blick schweifen ließ, sah sie ihn plötzlich. Überrascht blieb sie stehen. Er hockte auf dem Bürgersteig unter den kahlen Ästen einer Kastanie wie ein flügellahmer Raubvogel, abgestürzt und versteckt. Natürlich hatte er sie sofort bemerkt, obwohl er so tat, als interessiere sie ihn nicht. Er sah in ihre Richtung, aber haarscharf an ihr vorbei. Wie üblich trug er sein Engelskostüm. Die letzten Kneipenbesucher schlenderten an ihm vorbei, ohne ihn zu beachten.
Mona überquerte die Straße und ging langsam auf ihn zu. Der Engel beobachtete sie und in seinen grünen Augen spiegelte sich das Licht der Laternen.
Es war kein magischer Moment, nur ein unendlich einsamer. Schweigend ließ sie sich neben ihm nieder. Gemeinsam blickten sie auf die Straße. Ein Betrunkener wankte vorüber und sah sie nicht.
Und was gab es auch zu sehen?
Zwei Engel, übrig geblieben vom Rosenmontagszug, fanden den Weg nicht mehr nach Hause. Mona fröstelte. Die Straße war kalt und der Engel neben ihr hatte keine Wärme. Er war so kühl wie die dunkle Nacht. Und das Bewusstsein darüber, dass er kein Mensch war, der sie in die Arme nehmen und wärmen konnte, ließ sie stärker frieren als es der eisige Wind vermocht hätte.

„Ich habe dich lange nicht gesehen.", sagte Mona leise.
Der Engel schwieg. Er dachte an all die ausgerupften Federn in ihrem Kopfkissen, und er rückte ein wenig ab von ihr, da sie auf einem solchen Kissen schlief.
„Für einen Schutzengel bist du verdammt selten da!", sprach Mona weiter. „Ich glaube, du bist gar kein Schutzengel!"
Der Engel zog die Augenbrauen hoch, sagte aber nichts.
„Bist du überhaupt ein Engel?", fragte sie zweifelnd.
„Bist du ein Mensch?", fragte er zurück.
„Wie bitte?", Mona war einen Moment sprachlos. „Sieh mich an", forderte sie ihn auf und breitete die Arme aus, „sehe ich vielleicht nicht aus wie ein Mensch?"
Der Engel betrachtete sie eine Weile. Sachte berührte er ihre künstlichen Flügel.
„Das sind Federn!", stellte er fachmännisch fest.
Es grauste ihn ein bisschen, denn er wusste, dass Mona keine eigenen Federn besaß.
„Die sind doch nicht echt!", regte sich Mona auf.
„Nicht echt?", wiederholte der Engel begriffsstutzig.
„Die Flügel sind nicht echt!", gab Mona zurück. „Du weißt doch, dass Menschen keine Flügel haben!"
„Wem gehören sie dann?", fragte der Engel und gruselte sich weiter.
„Die Federn sind von Gänsen oder Enten!", klärte Mona ihn auf, „und das Flügelgerüst ist aus Plastik. Hier, schau es dir an, ich kann sie ausziehen!". Und sie streifte sich das Flügelpaar ab.
„Ohne Federn können die Gänse und Enten nicht fliegen!", sagte der Engel vorwurfsvoll.
„Sie haben nicht mehr gelebt, als sie ihre Federn ließen!", antwortete Mona kleinlaut. „Sie waren vorher gestorben!"

Der Engel wandte sich von ihr ab und sah auf die Straße. Er dachte an das Kopfkissen – Federn von Enten und Gänsen.
Mona legte das Flügelpaar weg und starrte den Engel an. Sie musste ihn immer wieder ansehen, um sich zu vergewissern, dass es ihn tatsächlich gab. Es war so verrückt, so unverständlich und unwirklich.
„Warum sitzt du hier eigentlich auf dem Bürgersteig?", fragte sie vorwurfsvoller als sie wollte. Sie mochte den Engel, aber seine bloße Anwesenheit, sein Starren und Schweigen, regten sie auf.
„Ich betrachte die Menschen!", erwiderte der Engel schlicht.
„Du betrachtest die Menschen!", wiederholte Mona spöttisch und grinste. „Du sitzt mitten in der Nacht auf dem Bürgersteig und schaust dir Menschen an, die gar nicht da sind? Oder siehst du hier irgendjemanden, außer mir natürlich?"
Der Engel gab ihr keine Antwort. „Was machst du hier?", fragte er stattdessen.
Mona sah ihn verständnislos an. Was sollte diese dämliche Frage? Einerseits ging ihn das gar nichts an, und andererseits hatte sie, bei Gott, einen guten Grund hier zu sein. Sie besuchte Tim, der an dieser Stelle verunglückt war. Gab es noch andere Gründe diesen grauen, tristen Ort aufzusuchen?
„Ich will nicht darüber reden!", sagte sie.
„Hast du mich gesucht?"
„Bestimmt nicht! Woher sollte ich auch wissen, dass du hier bist?"
„Du hast es geahnt."
„Nein!"

„Du hast mich gesucht und gefunden!"
Der Engel wollte, dass es so ist. Er wünschte sich, dass sein Mensch ihn suchte und mit ihm zusammen war. Er wollte ein besonderer Engel sein, ein Engel, der seine Zeit mit seinem Menschen verbrachte.
„Ich habe dich nicht gesucht!", widersprach Mona heftig. Was bildete sich dieses Geflügel ein? Als hätte sie nach einem langen Arbeitstag nichts Besseres zu tun, als sich das Gestammel eines Engels anzuhören. „Ich bin aus einem ganz anderen Grund hier!"
Der Engel schwieg. Er konnte es nicht glauben. Den ganzen Abend hatte er gehofft und auch ein bisschen gefürchtet, dass sie kommen würde, weil sie doch manchmal erschien, wenn er an sie dachte. Seit sie sich das erste Mal getroffen hatten, spürte er diese Zugehörigkeit. Und war nicht sie bei diesem ersten Mal zu ihm gekommen und hatte ihn angesehen, ihm zugelächelt, ja ihn aufgefordert ihr zu folgen? Immer wieder hatte sie ihn gesucht – auf dem Friedhof im Schnee und auf der Straße unter dem bunten Sternenhimmel. Sie hatte ihm gezeigt, dass sie zusammen gehörten, dass er einen Menschen besaß, einen eigenen Menschen. Oft spürte er ihre Anwesenheit, auch wenn er sie nicht immer sehen konnte. Sie war doch da und er war nicht mehr allein. Denn er und sein Mensch hatten zusammen gefunden. So etwas geschah nur ganz selten, dachte er, dass ein Engel seinen Menschen fand.
„Bist du jetzt beleidigt?", fragte Mona, die das Schweigen des Engels missverstand.
Der Engel dachte nach. Welchen Grund sollte sie haben hierhin zu kommen, wenn sie ihn nicht treffen wollte? Es gab keinen anderen Grund! Sie war doch sein Mensch

und er war ihr Engel. Sie hatte es selbst gesagt. Mein Schutzengel, hatte sie gesagt. Er hatte sie herbeigesehnt und sie war erschienen – endlich.
„Also gut, dann sage ich dir eben den Grund. Ich bin hier, weil mein Freund letztes Jahr an dieser Stelle ums Leben gekommen ist. Verstehst du?"
Der Engel blickte sie irritiert an, denn er spürte die Wehmut in ihrer Stimme.
„Er wurde von einem Auto überfahren!", sagte Mona traurig. Für einen Moment schmiegte sie sich an ihren Engel, weil sie sich so verlassen fühlte, aber er zitterte wie ein ängstlicher Vogel, und sie rückte wieder von ihm ab. Beide starrten auf die Straße.
Der Engel sah einen jungen Mann mit blondem Haar die Straße überqueren und dann ein heranfahrendes Auto, hupend, mit kreischenden Bremsen. Er hörte den dumpfen Knall. Er erinnerte sich an jede Kleinigkeit. Nichts von dem, was er je erlebt hatte, vergaß er.
„Er ist einfach über die Straße gelaufen.", flüsterte Mona und versuchte die Tränen zurückzuhalten.
Der Engel betrachtete sie aus dem Augenwinkel, sah, wie sie das Gesicht verzog und die Lippen aufeinander presste. Für einen kurzen Moment streifte ihn die Erkenntnis und er empfand Schuld, weniger weil er den Tod eines Menschen verursachte hatte (es gab doch so viele Menschen), sondern weil Mona traurig war. Er wollte etwas Tröstliches sagen, doch sein Wortschatz war gering, und so fiel ihm nichts ein.
Beide schwiegen sie eine Weile. Dann putzte sich Mona geräuschvoll die Nase und stand auf. Auch der Engel erhob sich.

„So", sagte Mona, die das Schweigen nicht länger ertragen konnte, „dann will ich dich nicht länger aufhalten, damit du noch in Ruhe Menschen beobachten kannst!"
„Das können wir doch zusammen tun!", schlug der Engel vor.
„Danke, kein Bedarf!", lehnte Mona ab. „Menschen habe ich heute genug gesehen! Wenn du mir ein paar Engel zeigen könntest, dann wäre ich natürlich dabei."
Sie lächelte leicht und wandte sich zum Gehen. „Mach's gut, mein Engel!", sagte sie.
Doch der Engel war schon neben ihr.
Mona ging zügig, aber der Engel blieb an ihrer Seite.
„Was soll das?", fragte Mona. „Warum rennst du hinter mit her? Du bist doch sonst auch nicht da, wenn ich dich brauche!"
„Wofür brauchst du mich denn?", fragte der Engel.
Gute Frage, dachte Mona.
„Ich weiß nicht, was kannst du denn für mich tun?", fragte Mona zurück.
Gute Frage, dachte der Engel ratlos. Dann fiel ihm doch etwas ein.
„Ich kann dir andere Engel zeigen!", behauptete er.
„Wie bitte?", fragte Mona und blieb stehen. „Es gibt doch gar keine anderen Engel!"
„Natürlich gibt es sie!"
„Ach, und wo sollen sie sein? Siehst du hier einen Engel, außer dir?"
„Hier sind auch keine Menschen, außer dir, und doch gibt es sie!"
„Ja, weil sie in ihren Betten liegen! Schlafen die Engel etwa auch?"
„Nein!"

„Oder sitzen sie oben in den Wolken und schauen auf uns herab?"
„Nein!" Der Engel stellte sich einen Moment vor, wie die anderen versuchten in einem Wolkengebilde Platz zu nehmen.
„Wo sind sie dann?"
„Sie sind überall!"
„Ach, sie sind überall, nur zufällig nicht hier! Ich verstehe!"
„Ich kann sie dir zeigen!" Der Engel nickte Mona aufmunternd zu und nahm vorsichtig ihre Hand. Wieder fühlte es sich merkwürdig an, eine menschliche Hand zu berühren, doch er traute sich. Er glaubte plötzlich, dass er sich alles trauen würde, mit seinem Menschen an der Hand.
Gemeinsam gingen sie durch die hell erleuchteten Straßen der Stadt und weder Mensch noch Engel begegnete ihnen. Es war, als wären sie die einzigen Wesen in dieser riesigen Stadt, zurückgelassen von Ihresgleichen, die sich zu Fuß oder per Flügel aus dem Staub gemacht hatten. Ihr Weg endete schließlich vor der großen Pforte einer mächtigen Kirche.
Mona kam sich vor wie in einem Horrorfilm. Sie hörte in ihrem Kopf die Stimme des Moderators einer Sendung, die mysteriöse Kriminalfälle behandelte: „Zuletzt wurde Mona S. in Begleitung eines verrückten Engels auf dem Kirchhof gesehen. Danach verschwand sie spurlos!"
Was tat sie hier? Was trieb sie hier mitten in der Nacht? Warum ließ sie sich von diesem wahnsinnigen Wesen hierhin führen, mit der fadenscheinigen Begründung, es gäbe noch weitere Engel zu sehen?

Der Engel ließ Monas Hand los und öffnete die schwere Holztür. Gemeinsam blickten sie in die schwach beleuchtete Halle. Vermutlich lagen darin in Sarkophagen verborgen die Gebeine von Heiligen, die nur darauf warteten, dass ein Engel hereinkam und sie aus ihrem ewigen Schlaf erlöste. Sie würden sich aus ihren Särgen erheben und durch das Kirchenhaus geistern. Wollte sie wirklich dabei sein, wenn das geschah?
Nein, Mona hätte am liebsten auf dem Absatz kehrt gemacht, um nach Hause zu laufen. Auch auf die Gefahr hin, dass der Engel sie verfolgte, fliegend einholte und sie mit seinen gefährlichen Klauen packte, um sie zurückzuschleppen in das dunkle Gemäuer.
Wieder hörte sie die Stimme des Moderators: „Niemand weiß, was in jener Nacht geschah, als Mona S. vom Erdboden verschwand!"
Der Engel bemerkte Monas Zögern und sah sie erwartungsvoll an. Sein Blick sagte: Lass uns hineingehen.
Doch Mona ignorierte ihn. Wie angewurzelt stand sie im Eingang und starrte in die Kirche.
Kein Laut war zu hören und keine Bewegung zu sehen. Still und friedlich lag die Kirchenhalle da, wie ein Friedhof.
Der Engel neigte den Kopf zur Seite. Sein Gesichtsausdruck war unergründlich. Was hatte er vor?
Mona überlegte, wie lange sie noch so bewegungslos im Türrahmen stehen konnte, bis der Engel die Geduld verlor und sie mit einem Fußtritt in die gruselige Halle beförderte.
Hatte sie überhaupt noch eine Chance zu fliehen?

Der Engel legte ihr vorsichtig seine Hand auf die Schulter und versuchte sie sachte in die stille Kirche hinein zu schieben. Doch Mona stemmte sich dagegen und blieb stehen. Nicht einen Zentimeter bewegte sie sich nach vorne. Der Engel war ratlos. Er wollte nach ihrer Hand greifen, doch sie verschränkte die Arme vor der Brust.
„Was ist los?", fragte er überrascht.
„Nichts!", erwiderte Mona und versuchte ihrer Stimme einen belanglosen Klang zu geben.
„Warum gehen wir nicht hinein?", fragte der Engel weiter.
„Ich nehme an, dass es um diese Zeit nicht erlaubt ist die Kirche zu betreten!", gab Mona zu bedenken. „Ich möchte mich nicht strafbar machen!"
„Aber die Tür ist doch auf!", versuchte der Engel sein Vergehen zu bagatellisieren.
„Es könnte trotzdem sein, dass es verboten ist!", beharrte Mona.
„Komm, lass uns schnell hineingehen!", probierte der Engel sie zu verführen. „Niemand sieht uns!", und mit zwei, drei Sprüngen stand er in der Kirche und ließ Mona einfach draußen allein zurück, so als wären sie nicht gemeinsam gekommen, sondern hätten sich hier nur zufällig getroffen.
Mona stand verlassen auf dem Kirchhof. Das einzige vertraute Gesicht war in der Kirche verschwunden. Für einen Moment stockte ihr der Atem, aber dann sah sie die ausgestreckte Engelshand vor sich, griff danach und ließ sich Schritt für Schritt in die Halle ziehen. Hinter ihr schloss der Engel die Tür.
Dann standen sie wieder nebeneinander.
„Wo sind die Engel?", flüsterte sie.

Der Engel lächelte. „Siehst du sie nicht?"
Mona blickte in die Halle.
Die unzähligen Bankreihen vor ihr grenzten den hinteren, heiligen Bereich der Kirche ab. Dort erhob sich auf einer durch Stufen erreichbaren Plattform ein mächtiger Altar aus Stein, hell beleuchtet und von üppigen Blumengestecken und eindrucksvollen Kerzenständern mit hohen, schlanken Kerzen flankiert.
Ein atemberaubender Schein umgab den archaischen Opfertisch als Teil christlicher Zeremonien, die den Kontakt und die Nähe zum Allerhöchsten ermöglichen sollten. Hinter dem Altar war nur in Schemen das Kreuz zu erkennen mit dem Abbild des Menschen, der vor 2000 Jahren ermordet worden war.
„Menschen", flüsterte der Engel, „schauen stets ins Licht. Sie halten Ausschau nach dem Strahlenden, dem Glänzenden. Willst du Engel sehen, such den Schatten, den das Licht wirft. Dort findest du uns. Wir treten nicht gerne ins Licht, aber wir möchten in der Nähe sein."
„Warum versteckt ihr euch?", flüsterte Mona zurück.
„Wir verstecken uns nicht!", erwiderte der Engel. „Die Dunkelheit ist unser Element! Für uns ist die Nacht das, was für euch der Tag ist, doch wir lieben die Abenddämmerung und das Morgengrauen, weil dann das Licht nicht fern ist."
Mona ließ ihren Blick über die dunklen Seitenschiffe der Kirche schweifen, die nur durch brennende Kerzen ein wenig Licht erhielten. Im Schatten erkannte sie schemenhafte Konturen, große und kleine Gestalten, die an Säulen lehnten oder auf dem Boden saßen.
Sanfte, zarte Gebilde schwebten über den Kirchenbänken, von der Dunkelheit fast völlig eingehüllt.

Mona konnte ihre Augen nicht sehen und doch spürte sie ihre Blicke. Es war dieses Gefühl, beobachtet zu werden, ohne das auch nur ein einziger Mensch in der Nähe war. Diese merkwürdige Ahnung, die Menschen abends unter dem Bett nachsehen oder in Schränke schauen lässt, weil sie herausfinden wollen, ob sich nicht doch irgendjemand im Raum befindet. Es ist die Gewissheit, gesehen zu werden, ohne selbst zu sehen.
Ein unheimliches Gefühl erfasste die junge Frau beim Anblick der Kreaturen. Sie stand da mit großen Augen und hängenden Armen, unfähig sich zu bewegen.
Und ihr Engel?
Kerzengerade stand er hinter Mona mit entfalteten Flügeln. Er war sehr stolz und mutig legte er seine Hand auf ihre Schulter. Ein grandioser Moment!
Die anderen blickten überrascht zurück. Die kleinen Engel, die gewöhnlich die Kirchendecke zierten oder sich ins hohe Gebälk drückten, sanken nieder und flatterten aufgeregt mit den Flügeln. Die größeren Engel, die auf dem Boden gesessen hatten, erhoben sich ungläubig. Da stand einer der ihren und hatte einen eigenen Menschen dabei, der sich sogar vor ihn stellte.
Einem an einer Säule lehnenden Engel entglitt das Schwert aus der Hand. Es fiel klirrend zu Boden.
Mona schreckte zusammen. Die Engel waren bewaffnet. Würden sie angreifen? In ihrer Angst spürte sie die schützende Hand ihres starken Engels auf der Schulter und beruhigte sich ein wenig. Sie schaffte es schließlich, einfach zu verharren und den Gegner zu fixieren.
Der ungeschickte Engel bückte sich und hob das Schwert wieder auf.

Mona fragte sich, ob ihr Engel bei ihr bleiben oder mit fliegenden Fahnen zu seinesgleichen hinüberschweben würde. Letzteres sähe ihm ähnlich, denn die anderen hatten Schwerter.
Aber ihr Engel bewegte sich nicht. Erhaben stand er hinter ihr und blickte in die Gesichter der anderen Engel. In ihren Mienen wich das Erstaunen der Anerkennung. Sie bewunderten ihn, weil er es geschafft hatte einen Menschen für sich einzunehmen, weil er einen Menschen besaß, der ihm vorausschritt und für ihn die Wege in die Welt öffnete. Es war unfassbar!
Dann löste sich ein kleiner Tapferer aus der Reihe der Engel und schwebte selbstbewusst auf Mona und ihren bewundernswerten Engel zu. Er machte sich keine Mühe Schrittbewegungen vorzutäuschen, so wie es Monas Engel immer tat. Das tapfere Engelein war mindestens zwei Köpfe kleiner als Mona und hatte niedliche goldene Löckchen. Es postierte sich einen halben Meter vor ihr und blickte neugierig nach oben.
Monas Herz machte tausend kleine Sprünge. Sie starrte nach unten auf das kleine Geschöpf mit den flirrenden Flügeln. Es hatte ein Puppengesicht und große, blaue Kulleraugen. Ein kurzes helles Spitzenkleidchen bedeckte seinen kindlichen Körper. Das Engelchen war die perfekte Weihnachtsdekoration, so wie man sie in den Kaufhäusern zur Adventszeit sah. Große geflügelte Puppen, die „Ihr Kinderlein kommet" schmetterten, wenn man auf irgendeinen Knopf drückte.
Ein weiterer Engel näherte sich. Er war fast so groß wie Mona und trug ein langes, plissiertes Gewand. Die langen Haare hatte er zu einem Pferdeschwanz zusammen-

gebunden. In seinen Händen hielt er einen kleinen Krug. Auch er trat sehr nah an Mona heran.
Engel hatten offensichtlich keinerlei Berührungsängste oder kein Gefühl für ihre Körper.
Mona spürte ein mulmiges Gefühl im Magen. Es wurde Zeit, dass ihr Engel eingriff.
Wieder lösten sich Engel aus dem Verbund. Diesmal waren es gleich drei von ihnen die ihr gefährlich nahe kamen. Einer hob sogar die Hand und berührte ganz kurz ihren Arm.
Mona zuckte zusammen. Die anderen Engel betrachteten interessiert den Finger des Engels, der sie angefasst hatte. Eine Weile geschah nichts. Dann zog ihr eine kleine Putte, die mit Ihresgleichen unbemerkt heran geflogen war, an den Haaren. Mona verzog das Gesicht und fasste sich an den Hinterkopf. Die kleinen Biester flatterten einen halben Meter zurück.
Weitere Engel schwebten heran. Sie kamen aus allen dunklen Winkeln der Kirche, lösten sich aus dem Schatten von Säulen und erhoben sich von den Kirchenbänken. Sie umringten Mona, kreisten sie ein. Ausgestreckte Arme umschlangen sie, Hände wollten sie berühren, ertasten. Wie ist das einen lebendigen Menschen anzufassen, seine Haut, sein Haar, wenn er lebt, wie fühlt sich das an? Alle wollten sie Mona berühren, nur für einen Moment, ganz kurz, aber alle zur gleichen Zeit.
Den ersten zögerlichen Händen konnte Mona noch ausweichen. Sie wandte sich ab, wich vor und zurück. Doch die Handgriffe der Engel wurden dreister. Frech griffen sie ihr ins Haar, kniffen ihr in die Arme und zogen an ihrer Kleidung. Mona wehrte die fremden Arme ab und schlug nach den gierigen Händen. Aber sie hatte keine

Chance sich zu befreien. Hilfesuchend drehte sie sich um, konnte ihren eigenen Engel nicht mehr sehen, der längst abgedrängt am Rande des Tumultes stand und mit großen Augen das Geschehen beobachtete.
Nie hatte er die Seinen so aufgewühlt gesehen. Wann immer er in der Vergangenheit die Kirche betreten hatte, war er stets nach nur kurzer Zeit, vom friedlichen Nebeneinander der Engel gelangweilt, wieder aus der Kirche geflohen. Sie hatten Kerzen entzündet und gelöscht, sich in den Kirchenbänken niedergelassen, die Gebetsbücher zu hohen Bergen gestapelt, waren um den Altar oder um das Taufbecken gewandelt und hatten minutenlang dem Treiben des Wassers in der Weihwasserschale zugesehen, wenn sie zuvor eine kleine Kerze hineingeworfen hatten. Niemals zuvor hatte er sie in Aufruhr gesehen.
Und jetzt?
Er konnte Mona gar nicht mehr erkennen, sah nur Köpfe und Flügel der fremden Engel. Er schwebte ein bisschen höher, blickte über die Köpfe hinweg und sah trotzdem nichts, denn Mona krümmte sich schon auf dem Boden und hielt die Hände schützend vor ihrem Gesicht.
Der Engel war irritiert. Er schob seine neugierigen Zeitgenossen beiseite und fand Mona schließlich auf dem Boden hockend. Sie wirkte verängstigt, hatte sich ganz klein gemacht und wollte wohl gar keine Engel mehr sehen.
Der Engel ergriff vorsichtig ihre Hand und zog sie aus dem Kreis der Gaffer und Grapscher. Mona stolperte hinter ihm her und zusammen verließen sie die Kirche.
Die anderen Engel blickten ihnen mit großen Augen nach. Der Verlust war ihnen ins Gesicht geschrieben. Sie standen noch eine Weile herum und starrten auf das

Kirchentor. Doch es blieb geschlossen. Niemand betrat mehr diesen einsamen Ort.

Jahraus, jahrein waren die Engel nachts durch die Kirche gewandelt, ohne jemals mehr gewollt zu haben. Sie hatten die hohen Hallen, die heiligen Ecken und Winkel tausendfach durchmessen, die Kirche wieder und wieder in Besitz genommen – und nun?

Der kleine, tapfere Engel war der Erste, der sich wieder bewegte, nachdem das Glück durch die Tür entschwunden war. Er schwebte zu den großen, bunten Fenstern, die das Eingangstor flankierten und sah nach draußen in den Kirchhof. Ganz fest presste er seine Nase an das Glas und seine Augen weiteten sich. Zum ersten Mal erblickte er eine Welt außerhalb der Kirche mit Häusern, Straßen und Bäumen. Und weil er sich nicht losreißen konnte von dem wunderbaren Anblick, drängten auch die anderen Engel an die Fenster der Kirche. Alle, alle sahen sie hinaus und erschauderten freudig, angeregt und erwartungsvoll. Welch großartiger, ungeahnter Ausblick! Was für eine Nacht!

Klirrend fiel wieder ein Schwert zu Boden. Doch der ungeschickte Engel bückte sich nicht mehr. Was sollte er auch mit diesem Schwert anfangen? Es behinderte ihn nur beim Hinaussehen. Bald lag auch der Krug auf dem Boden und andere Habseligkeiten, die die Engel eine Ewigkeit mit sich herumgetragen hatten, ohne etwas mit ihnen anfangen zu können.

Plötzlich war nichts wie es gewesen war, weil sich zwei Welten begegnet waren.

Und ein Hauch von Abenteuer wehte durch die stille Halle, bemächtigte sich der gefiederten Wesen und trieb sie zum Kirchentor der Freiheit entgegen.

Der Engel mit dem Pferdeschwanz öffnete die Tür und hielt die Hand nach draußen in die Dunkelheit. Langsam schwebte er über die Schwelle in den Kirchhof und blickte nach oben.

Der Himmel war so hoch und so weit. Die Sterne funkelten verführerisch. Es gab kein Kirchendach mehr, das ihn zurückhielt, und keine Wände, die ihn einengten, nur einen grenzenlosen Horizont. Ein Zittern und Sträuben glitt durch seine Federn. Rauschend entfalteten sich seine mächtigen Flügel und er erhob sich wie ein Falke in den Himmel und verschwand.

Auch die anderen Engel drängten nach draußen, überwältigt vom Anblick der fremden Welt. Sie versammelten sich auf dem Kirchhof, noch eng aneinander geschmiegt, und betrachteten die Umgebung. Zögerlich reckten sie die Arme nach oben.

Die kühle Nachtluft fuhr ihnen zwischen die Federn und ließ ihre Flügel langsam schwingen. Zitternd fassten sie sich an den Händen, so wie sie es bei dem Engel und seinem Menschen gesehen hatten. Sie schwebten ein wenig nach oben, nur zögerlich, denn sie fühlten sich der Erde noch zugehörig.

Der kühle Wind gab ihnen Auftrieb, nahm ihnen die Bodenhaftigkeit und kappte ihre unsichtbaren Fesseln. Der kleine Goldgelockte war wieder der Erste unter ihnen, der sich traute. Er löste seine Hände von den Händen der Kameraden und schwebte langsam und glücklich nach oben, den Sternen entgegen. Einer nach dem anderen folgte ihm nach in die Schwerelosigkeit der Nacht. Und wäre es ihre Art gewesen zu sprechen, dann hätten sie laut gejubelt und vielleicht sogar frohlockt, aber Engel sind stille, schweigsame Wesen, jedenfalls die meisten von ihnen, und so flogen sie in ewiger Ruhe einfach davon.

Zurück blieben ein paar Federn auf dem Kirchhof und ein vertrautes Paar, das nebeneinander auf der niedrigen Mauer des Kirchhofes saß und sprachlos in die Lüfte starrte.

Der Engel schwieg, weil ihm zur Kommentierung dieses seltsamen Spektakels nicht die passenden Worte einfielen, und Mona brachte vor lauter Staunen kein Wort heraus.

Nicht Weihnachten, nicht Ostern, nicht Pfingsten, nein, in der Rosenmontagsnacht versammeln sich die Engel auf dem Kirchhof, um die Welt zu verlassen. Im Karneval, wenn die Ängstlichen mutig sind und die Biederen freizügig, werden Kirchenengel zu Himmelsstürmern.

„Sie sind weg!", stellte Mona schließlich fest.
„Ja!", bestätigte der Engel. Wer wollte es abstreiten?
„Aber wo sind sie hin?", fragte Mona.
Der Engel wies mit dem Kopf nach oben.
„In den Himmel?"
Der Engel nickte leicht.
„Ins Universum?"
Wieder leichtes Kopfnicken.
„Zu einem anderen Planeten, oder wie?"
Der Engel betrachtete die sich im Morgengrauen abzeichnenden Wolken, als stünde dort die Antwort geschrieben. Tatsächlich hatte er keine Ahnung, wohin die anderen Engel geflogen waren. Er hatte auch nicht mehr gesehen als Mona. Sie waren weg – fertig!
Nun zum Beginn des Morgens fühlte der Engel das Verlangen zu seinem Ort zurückzukehren, zu dem er gehörte. Er wollte nicht den Tag in der Stadt verbringen,

auch wenn sein Mensch bei ihm war. Aber vielleicht könnte er Mona ja mitnehmen und sie würden gemeinsam …
Zögerlich sah er zu ihr hinüber und blickte in ihr nachdenkliches Gesicht. Gerade als er sie fragen wollte, sagte Mona: „Ich muss jetzt nach Hause. Ich bin so müde, dass ich kaum noch die Augen aufhalten kann!"
Sie erhob sich schwerfällig und ging ein paar Schritte. Dann blieb sie stehen und bückte sich nach einer kleinen, weißen Feder, die vor ihren Füßen lag. Vorsichtig hob sie das Relikt auf und strahlte ihren Engel an, der ihre Freude nicht verstand.
Eine Feder, dachte er, na und? Es gab unzählige Federn, sogar ihr Kissen hatte Federn – gehabt.
Mona steckte die Feder ein und wandte sich zum Gehen. Dann aber drehte sie sich noch einmal um und winkte ihrem Engel zu. „Wir sehen uns!", versprach sie und verließ den Kirchhof.
Der Engel stand noch ein wenig verloren da. Dann schwebte er gehend zu der mächtigen, von allen Engeln verlassenen Kirche und im Schatten des alten Gemäuers erhob auch er sich in die Luft. Auf seiner Reise mit dem Wind bedauerte er, sie nicht gefragt zu haben, ob sie mit ihm käme. Er hatte die Gelegenheit verpasst und fühlte sich nun so allein gelassen. Mit leeren Händen kam er zurück zum Ort seiner Bestimmung.
Lustlos schlenderte er über den Friedhof. Den ganzen Tag würde er hier verbringen und den Menschen zuschauen, wie sie ihresgleichen unter die Erde brachten. Jeden Tag ereignete sich das gleiche Spiel und unaufhörlich, jahraus, jahrein, starben die Menschen ohne Pause, wurden beerdigt und vergessen.

Und er sah ihnen dabei zu!
Warum eigentlich, dachte der Engel und setzte sich auf seinen Sockel. Unzufrieden starrte er auf den Boden. Hinter ihm erschien die Sonne am Horizont, aber er drehte sich nicht um.
Vielleicht sollte ich auch verschwinden, dachte er, so wie die Kirchenengel, aber wohin? Auf einen anderen Planeten? Und ohne Mona?
Der Engel verwarf den Gedanken. Ohne seinen Menschen wollte er nicht fortgehen. Dann hockte er lieber einsam auf dem Friedhof und hoffte, dass Mona irgendwann wieder erschien, so wie die Sonne. Natürlich war er nicht ganz alleine. Es gab andere Engel hier, die die Gräber bewachten und sich die Zeit vertrieben beim Kieselsteine sammeln. Sie rupften Blumen aus, stießen Gießkannen um und warfen Zweige und Blätter auf die Gräber. Aber sie fragten nicht, ob er ein Schutzengel sei, und sie hatten auch keine Ahnung von anderen Planeten. Sie wussten gar nichts und langweilten ihn nur mit ihrem nächtlichen Einerlei.
Der Engel stellte sich auf seinen Sockel und hob schon mal prophylaktisch die Arme. Denn in der Ferne sah er die ersten Menschen zu den Gräbern kommen, um neue Blumen zu pflanzen, Gießkannen aufzuheben und hinter den Engeln herzuräumen, als hätten sie nichts Besseres zu tun.
Wäre nicht schlecht, dachte der Engel, wenn Mona das Grab ihres Freundes besuchen würde. Dann könnten wir uns treffen. Mona könnte Fragen stellen und ich würde ihr zuhören. Das wäre doch herrlich.
Und der Engel blickte über den Friedhof.

Als die Sonne hoch am Himmel stand, bewegte sich ein Bestattungszug langsam über den Kiesweg. Ein Priester im langen Gewand schritt voran mit einem Weihwassergefäß in den Händen, gefolgt von einem Sarg auf Rädern und einer Gruppe von Menschen. Der Engel sah in trauernde, verweinte Gesichter und in gelangweilte, ausdruckslose Mienen. Am Ziel angekommen, verschwand der Sarg im Erdboden, Blumen und Tränen folgten ihm. Die Gruppe stand noch eine Weile am offenen Grab, dann kehrte sie um und verließ eiliger, als sie gekommen war, den stillen Ort. Andere Menschen kamen, füllten das Grab mit Erde, legten Kränze und Sträuße darauf und verschwanden wieder.
Der Engel senkte die Augenlider.
Nieselregen setzte ein, benetzte sacht die frischen Blumen und schenkte ihnen für kurze Zeit das Wasser des Lebens. Erde färbte sich schwarz am Fuße von glänzenden Grabsteinen. Feuchte Kiesel glitzerten am Rande von Pfützen und nasse Grashalme beugten sich tief herab.
Wasser rann an unbewegten Gesichtern mit langen gewellten Haaren, an Schultern, Brust, Armen und Beinen hinab auf den Boden. Es tropfte von Augenlidern und Nasenspitzen, von dunklen Locken und schmalen Fingern, herab auf die Gräber.
Es regnete im Reich der Engel und der Toten. Und weder die einen noch die anderen schüttelten die Nässe ab, sondern ertrugen sie gleichmütig und ergeben. Auch den mächtigen Friedhofsengel auf seinem Sockel, der mit ausgebreiteten Armen und Flügeln das Feld der ewigen Ruhe beherrschte, störten die Regentropfen nicht. Er wirkte in sich gekehrt und friedlich, doch in seinem Inneren brodelte es. Die Trägheit, die ihn oft auf seinem

Platz erfasste und ihn über den Tag hinwegdämmern ließ, wenn er die immer gleichen Rituale der Menschen verfolgte, war verschwunden. Stattdessen wirbelten Gedanken durch seinen Kopf und versetzten ihn mehr und mehr in Unruhe.

Gedankenverloren bewegte er seine Finger, so als versuche er einige Regentropfen fortzustoßen.

Gut, dass heute einer jener Tage war, an denen auf dem Friedhof nichts los war. Es hätte die Menschen wohl sehr verwundert einen mit den Händen zappelnden Bronzeengel zu sehen, der vor lauter Unruhe auf seinem Sockel nicht mehr still stehen konnte. Eine so eindrucksvolle Kreatur war natürlich ein Blickfang in dieser an Sehenswürdigkeiten so armen Gegend.

Der Engel verlagerte sein Gewicht auf das rechte Bein und wischte mit dem linken Fuß das Wasser von seinem Sockel. Dann hob er hob den Kopf und blickte über das menschenarme, aber engelsreiche Terrain.

Überall standen sie, seine himmlischen Kameraden, ungleich kleiner und zierlicher als er. Sie trugen lange oder kurze Gewänder, hatten Locken oder glatte Haare und ihrem Körper angemessene Flügel.

Mit ihren nackten Füßen standen sie an den Rändern der Gräber zwischen den Grabsteinen und wirkten so starr und massiv wie diese. Doch wenn man sich die Mühe machte und eine Weile in ihre Gesichter blickte, so zuckten dort ein Augenlid und hier ein Mundwinkel. Denn die kleinen Gefiederten liebten es nicht beobachtet zu werden und wenn ein Mensch sie berührte, erstarrten sie vor Schreck. Dann verharrten sie minutenlang, als hielten sie die Luft an, wenn sie denn jemals Luft geholt hätten.

Die kleinen Engel standen unverwandt an ihren Plätzen und wirkten wie Grabsteine. Doch ihre Augen waren weit geöffnet und ihre Blicke auf den großen Engel gerichtet, der sich mal wieder merkwürdig benahm. Sie beobachteten, wie er von einem Fuß auf den anderen trat, die Arme sinken ließ und ein Schütteln und Beben durch seine mächtigen Flügel fuhr. Es war gerade so, als wollte er wieder verschwinden, fortfliegen, so wie er es seit geraumer Zeit fast jede Nacht tat. Doch bisher hatte er stets die Dunkelheit abgewartet, manchmal auch nur die Abenddämmerung, wenn er seinen Platz verließ. Dann war er, scharf beobachtet von allen Engeln, unauffällig von seinem Sockel gesprungen und hatte sich im Schatten eines alten, riesigen Baumes in die Luft erhoben.
Würde er diesmal von seinem Sockel aus starten?
Die Spannung legte sich knisternd über den Friedhof und auch die Engel, die mit dem Rücken zum großen Engel standen, verspürten sie. Unmerklich und unendlich langsam begannen sie den Kopf zu wenden, um an dem Spektakel teilzuhaben.
Der Engel verscheuchte einen kleinen Vogel, der sich auf seine Schulter setzen wollte. Im letzten Moment registrierte er, dass es eine kleine Putte war, die, aus der Kirche geflohen, nun kopflos auf der Suche nach einem Platz war, an dem sie sich niederlassen konnte. Sei es drum, auf seiner Schulter hatte sie nichts zu suchen. Viel lieber hätte der Engel Mona neben sich gehabt. Dann hätte er ihre Hand nehmen oder seinen Arm um ihre Schultern legen können, auch wenn sich ihr Rücken ein wenig befremdlich anfühlte, so ohne Flügel.

Der Engel lächelte bei dem Gedanken Monas flügellosen Rücken zu berühren und die Engelsschar hätte gerne gewusst, worüber er sich amüsierte.

Die kleine Putte war derweil weiter geflattert und am Rande eines Urnengrabes gelandet, das mit einem aufgeschlagenen steinernen Buch geschmückt war. Das Buch erinnerte sie wehmütig an die Gebetsbücher in der Kirche und so gefiel ihr die Grabstelle. Ein winziger, weißer Engel saß auf der Grabumrandung und beäugte die Putte misstrauisch. Eine Weile betrachteten sie sich gegenseitig. Dann schwebte die Putte näher und setzte sich neben den Winzling. Sie suchte die Gesellschaft. Früher in der Kirche war sie niemals alleine gewesen. Im Schwarm mit den anderen Putten hatten sie die heiligen Hallen unsicher gemacht, sehr zum Leidwesen ihrer Mitengel. Denn die Putten waren meist aufdringliche und lästige Gesellen, die immer dann auftauchten, wenn man sie überhaupt nicht gebrauchen konnte. Zudem wirkten sie unsympathisch mit ihren pausbäckigen Gesichtern und den heruntergezogenen Mundwinkeln.

Nachdem in der letzten Nacht die größeren Engel die Kirche verlassen hatten, waren auch die Putten nach draußen geschwärmt. Irritiert von den Eindrücken der Außenwelt, hatten sie versucht den anderen Engeln zu folgen, die mit mächtigen Flügelschlägen in der Dunkelheit verschwunden waren. Innerhalb weniger Minuten aber hatten sich die dummen Putten aus den Augen verloren und irrten nun verloren und allein durch die unbekannte Welt.

Die kleine Putte brauchte also einen neuen Schwarm und der winzige Engel schien ihr wenigstens ein Anfang zu sein. Allerdings schien dem die neue Bekanntschaft nicht

zu behagen. Sein Blick blieb abweisend, so sehr auch die Putte freundlich tat. Zunächst versuchte er sie zu ignorieren, doch das störte die Fremde überhaupt nicht. Je desinteressierter er schaute, umso aufdringlicher wurde sie. Immer wieder stupste sie ihn mit ihren unförmigen, dicken Fingern an, um seine Aufmerksamkeit auf sich zu ziehen. Er rückte ein wenig von ihr ab und sie rückte sofort hinter her.
Der kleine Engel zog einen Schmollmund. Er war die Vertrautheit mit einem anderen Engel nicht gewohnt. Die größeren Engel (und auf diesem Friedhof waren alle Engel größer als er) kümmerten sich nicht um ihn. Meistens übersahen sie ihn einfach. Wenn sie an seiner Grabstelle vorbeischwebten, musste er aufpassen, dass sie ihn nicht versehentlich von der Grabumrandung fegten. Kamen sie in Gruppen, duckte er sich schnell hinter das steinerne Buch und wartete bis die Schar vorüber war. Dann kletterte er wieder auf seinen Platz und bewachte das Grab weiter bis zum nächsten Ausweichmanöver. Niemals hatte ein Engel ihn beachtet, geschweige denn sich neben ihn gesetzt. Er fragte sich, was die Fremde von ihm wollte. Sie sah nicht so aus wie die Friedhofsengel und gehörte hier offensichtlich nicht hin. Der kleine Engel befürchtete schon, dass sie ihm seine Grabstelle wegnehmen wollte, da zog die Putte aus einem Ärmel ihres Gewandes eine kleine Kerze hervor, die sie zuvor aus der Kirche entwendet hatte. Mit der Kraft ihrer Gedanken entzündete sie die Kerze und überreichte sie dem kleinen Engel, dem vor lauter Staunen der Mund offen stand. Zögerlich nahm er sie an und hielt sie mit beiden Händen fest in seinem Schoß. Dankbar und stolz lächelte er die Fremde an und die Putte grinste zurück.

Der erste Schritt zum neuen Schwarm war getan.
Der Tag wollte nicht vorübergehen. Der Engel stand auf seinem Sockel und langweilte sich. Er fragte sich, wo Mona jetzt ist und was sie gerade macht. Vielleicht war sie in ihrer Wohnung oder in diesem Haus, in dem sie sich häufig abends aufhielt. Er hatte sie oft hineingehen und nach langer Zeit wieder hinauskommen gesehen. Dann war sie meist so schnell nach Hause gelaufen, dass er keine Zeit gehabt hatte sie anzusprechen. Sie verschwand ständig hinter Türen und war unerreichbar für ihn, so dass er viel Geduld brauchte, um einen günstigen Moment zu erwischen sich ihr zu nähern. Dabei war sie doch sein Mensch.
Vielleicht, dachte der Engel, ist sie ja trotzdem bei mir, auch wenn ich sie nicht sehe.
Er war so vertieft in seine Gedanken, dass er die ältere Frau, die an seinen Sockel herangetreten war, erst jetzt bemerkte. Gestützt auf ihren Stock stand sie da und hob mit Mühe den Kopf, um die schöne Statue zu sehen. Der Engel verharrte still und blickte auf die gebückte Gestalt. Die Frau bewegte den Mund, als würde sie zu ihm sprechen, doch der Engel verstand kein Wort. Am liebsten hätte er nachgefragt, doch er ließ es bleiben. Am Ende interessierte es ihn dann doch nicht, was dieser fremde Mensch zu ihm sagte. Schließlich kannte er die Frau nicht.
Seitdem der Engel gelernt hatte zu sprechen, faszinierte ihn die Sprache der Menschen. Er fand es großartig mit Hilfe von Lauten zu kommunizieren, anstatt nur über Blicke und Gedanken. Es war der Klang, der ihm Freude bereitete, die ganze Palette von den hohen bis zu den tiefen Tönen. Seit er die Sprache beherrschte, lauschte er

auch intensiver den Geräuschen der Natur, so dem Klang des Windes, wenn er durch die Blätter der Bäume fuhr, oder dem Ton der Regentropfen, wenn sie auf das Dach der Friedhofshalle trommelten.

Die ältere Frau stand noch immer vor dem Sockel und blickte hinauf in das Gesicht des Engels, der eine abweisende Miene aufgesetzt hatte. Sie fixierte ihn mit ihren trüben Augen und der Engel begann sich zu ärgern. Er war in letzter Zeit oft unzufrieden, ein Gefühl, dass er früher nicht gekannt hatte. In der Vergangenheit hatte er stets gleichgültig darüber hinweggesehen, wenn die Menschen ihn anstarrten, aber heute war so ein Tag, an dem es ihn störte.

Die Frau war festgewachsen vor dem Sockel und gaffte ihn schamlos an. Dabei murmelte sie einige, unverständliche Worte.

Der Engel schickte ihr einen Schwall Wasser, das sich auf seinem Sockel gesammelt hatte, nach unten. Die alte Dame schrie auf und wischte sich schimpfend das Wasser aus dem Gesicht. Dann machte sie auf dem Absatz kehrt und trat, gestützt auf ihren Stock, den Rückweg an, vorbei an grinsenden Engelsfiguren, die sorgsam wachend an den großen, alten Gräbern standen.

6 Unendlich einsam wirkte der Engel auf seinem Sockel, als sich endlich der Abend näherte.
Dichte Nebelschwaden erhoben sich von den feuchten Gräbern und verhüllten den stillen Ort. Dann lösten sich Gestalten, undeutlich, fast unsichtbar in der Dämmerung, und bewegten sich fließend fort. Wenn sie die Gräber streiften, flackerten rote Grablichter auf und erhellten kurz Namen von längst Verstorbenen, spendeten nur für einen Moment Erinnerungen an die Vergessenen.
Hatte man sie zurückgelassen oder waren sie vorausgegangen?
Die Kreaturen, die ihre Grabstätten passierten, interessierte es nicht. Sie warfen nicht einmal einen Blick auf die Kreuze und Steine. Was sind schon Namen für Wesen, die keine tragen?
Der Engel zog die Flügel ein und sprang von seinem Sockel. Langsam schlenderte er über den Friedhof. Ihm fiel auf, dass er sich auch dann wie ein Mensch fortbewegte, wenn er alleine war. Das war eigentlich nicht nötig, aber er hatte sich daran gewöhnt zu gehen. Die anderen Engel registrierten zwar seine Bewegungen, enthielten sich aber wie üblich jeglichen Kommentars.
Der Engel suchte die Grabstätte von Monas Freund auf und betrachtete lange den flügellosen Engel auf dem Kreuz, der so ein bisschen aussah wie Mona. Wieder las er den Satz darunter, dessen Worte er nicht verstand: „Möge die Erde dir leicht sein".
Was für ein merkwürdiger Spruch, dachte der Engel. Es klang gerade so, als solle er erwachen, die Erde abschütteln und zurückkehren. Aber genau das, wollte der Engel nicht. Mona sollte ihm alleine gehören und er wollte sie mit niemandem teilen. Und obwohl er wusste, dass seit

Engelgedenken auf diesem Friedhof noch kein Schlafender erwacht war, sammelte er Steine ein und verteilte sie auf dem Grab. Dann löschte er die Grableuchten der benachbarten Gräber, damit die Dunkelheit schwer auf dem Stückchen Erde lastete, für immer und ewig.
Im Schutze einer alten Kastanie erhob der Engel sich schließlich in die Luft. Er wollte nach Osten in die Stadt und den Ort finden, an dem sein Mensch sich gerade aufhielt.

Mona hatte den ganzen Tag in ihrer Wohnung verbracht und gezeichnet. Sie hatte den Entschluss gefasst, ihre Geschichte von dem bösen Fremden, der den Menschen Unglück bringt und von Astrowoman zur Strecke gebracht wird, zu vergessen und stattdessen eine neue zu schreiben, die Tims Wunsch entsprach.
Astrowoman sollte sich verlieben, aber nicht in einen Menschen, schließlich war sie selbst ein überirdisches Geschöpf, sondern in einen Engel mit grünen Augen und dunklen Locken. Die Liebe würde sie überwältigen, so dass sie tatsächlich die Fähigkeit zu fliegen verlor und darauf angewiesen war, dass ihr Engel sie auf seinen Flügen mitnahm.
Mona hielt einen Moment inne.
Hatte sie nicht anfangs gewollt, dass Astrowoman ein geflügeltes Pferd besitzen sollte? Und Tim war dagegen gewesen, obwohl Mona –wie sich nun herausstellte- sehr vorausschauend gedacht hatte.
Tim war also schuld, dass Astrowoman nun ohne Gaul zurechtkommen musste und darauf angewiesen war, dass sie bei ihrem Engel mitfliegen durfte. Dieser sprühte

nur so vor Intelligenz und Witz, denn er war ein gebildeter und charmanter Zeitgenosse, dazu noch ausgestattet mit Superkräften.

Ein starkes Team also, das sich nun der schwierigen Aufgabe stellte, die Zeit zu beherrschen, denn so hatte es Tim gewollt.

Mona konstruierte in groben Zügen eine Geschichte, in der sich die Engel eines anderen Planeten zusammenschlossen, um die Herrschaft auf der Erde zu übernehmen. Da sie wie die Vampire das Licht fürchteten, griffen sie nur in den Nächten an. Wie ein Überfallkommando stießen sie dann auf die Erde, jagten und töteten die Menschen, wo immer sie ihrer habhaft werden konnten. Doch sie hatten nicht mit Astrowoman gerechnet, die als Beschützerin der Menschheit längst am Start war. Entschlossen kämpfte sie gegen die übermächtige Schar mit List und Kraft. Bei einem ihrer Einsätze lernte sie schließlich den Superengel kennen, der sich, angewidert von der Gewalt seiner Mitengel, ihr anschloss, um die Menschen zu retten. Sie vereinigten ihre Superkräfte, hielten den Lauf der Erde und mit ihm die Zeit an, und ließen dort, wo die Engel angreifen wollten, den Tag nicht enden. Zogen die kriegerischen, geflügelten Wesen weiter, dann drehte sich auch die Erde so, dass das Tageslicht ihr ständiger Begleiter wurde. Wie in einem Lichtkegel bewegten sich die Engel fort und waren am Schluss von der Sonne Getriebene. Nach kurzer Zeit gab das lichtscheue Gesindel seine Eroberungspläne auf und flüchtete zurück auf seinen finsteren Heimatplaneten. Astrowoman und ihr Superengel hatten gesiegt und lagen sich in den Armen. Doch ihr Glück währte nicht lange, denn der Superengel musste zurück in die dunklen

Weiten des Universums und Astrowoman war als Einzelkämpferin dazu verdammt alleine Abenteuer zu bestehen. Und so trennten sie sich, weil es wichtigere Dinge gab als die Liebe.

Immer wenn Mona an ihrem Comic zeichnete, vergaß sie die Zeit, und sie besaß keinen Superengel, der die Zeit für sie anhielt, um sie ihr zu schenken.

So brach der Abend herein, früh wie an jedem Tag im Februar, nur Mona merkte es nicht. Sie ließ Astrowoman gegen die Kriegsengel kämpfen, bis das Telefon sie aus ihren himmlischen Gedanken riss.

Die Erde meldete sich zurück und Susanne war dran.

„Wo, zum Teufel, bleibst du?"

„Wie bitte?"

„Ich warte seit einer Stunde auf dich!"

„Wo?"

„In der „Bärenhöhle"! Hast du vergessen, dass wir heute feiern wollten?"

„Nein, nur verdrängt!"

„Jetzt komm endlich!"

„Bin schon unterwegs!"

Mona legte auf und starrte vor sich hin. Die Karnevalsfeier in der „Bärenhöhle" hatte sie komplett vergessen. Susanne hatte sie schon vor Wochen dazu überredet mit ihr dort zu feiern. Und obwohl Mona kein Karnevalsjeck war, hatte sie zugesagt. Leichtsinnigerweise, wie sich jetzt herausstellte, denn sie hatte keine Lust den ganzen Abend banale Karnevalsmusik zu hören und von anderen zum Schunkeln gezwungen zu werden. Sie hasste solche Veranstaltungen, die man nur im Vollrausch ertragen konnte. Aber nun war es zu spät. Susanne wartete bereits

auf sie und es hatte sich so angehört, als wäre ihre Freundin so richtig schlecht gelaunt.
Mona öffnete das Fenster und rauchte in Ruhe eine Zigarette. Sie war noch nicht so richtig zurück in der Realität, schwebte noch eine Weile mit dem Superengel über der Erde auf der Suche nach den Bösewichtern.
Außerdem spielte Zeit jetzt keine Rolle mehr. Sie kam sowieso zu spät.
Hätte sie gewusst, wie der Abend endet, so wäre sie sicher zu Hause geblieben, hätte bis in die Nacht hinein gezeichnet und wäre dann auf dem Sofa eingeschlafen. Aber weil sie nichts ahnte, ging sie aus dem Haus ohne zum Abschied einen Blick zurückzuwerfen.

Eine halbe Stunde und fast das ganze Leben später betrat sie die „Bärenhöhle". Im großen Saal der Gaststätte steppte der Bär im wahrsten Sinne des Wortes, denn ein ganzes Bärenrudel belagerte die Theke. Die Musik dröhnte wie das harmonische Pulsieren eines Presslufthammers, was auch seinen Vorteil hatte, denn dann konnte man die Texte nicht verstehen. Karneval war eben gnadenlos.
Mona drängte sich zwischen den Braunpelzen durch und fand Susanne an einem Stehtisch nahe der Tanzfläche. Sie war als Schneekönigin verkleidet mit einer weißen, langhaarigen Perücke aus echtem Engelshaar und einem sensationellen Kleid, gewebt aus Schneekristallen. Neben ihr stand eine waschechte Hexe, die ihr gerade etwas ins Ohr schrie, während Susanne ein gequältes Gesicht zog.
Jetzt erst fiel Mona auf, dass sie sich nicht verkleidet hatte. Ihr Engelskostüm lag zu Hause auf dem Bade-

zimmerboden. Gut, dann konnte sie eben heute nicht fliegen.

Als sie den Stehtisch erreichte, wurde sie von der Schneekönigin dankbar umarmt. Auch die alte Hexe fiel ihr um den Hals. Mona kannte sie nicht.

„Wie konntest du mich nur vergessen?", schrie Susanne vorwurfsvoll. „Und wie siehst du überhaupt aus? Warum bist du nicht verkleidet?"

„Ich habe mich beeilt!", versuchte Mona gegen die laute Musik anzusprechen. „Zum Verkleiden war keine Zeit mehr oder hätte ich dich hier noch länger allein lassen sollen!"

„Bloß nicht!"

Susanne war auch kein Karnevalsjeck. Trotzdem musste sie jedes Jahr zu einem Kostümfest rennen und immer schleifte sie Mona mit. Wenn man in dieser Stadt lebte, war es wie ein Zwang dieses Narrenfest zu feiern und nur wenige hatten den Mut sich darüber hinwegzusetzen. Mona dachte neidisch an die Kirchenengel, die sich Rosenmontag aus dem Staub gemacht hatten, frei nach dem Motto: „Und nicht für Kuchen bleib ich Karneval hier …"

Schade, dass sie nicht auch wegfliegen konnte.

Susanne stoppte einen Kellner in voller Fahrt und entriss ihm zwei Sektcocktails „Blauer Engel", warf dem Empörten das Geld aufs Tablett und wandte sich ungerührt ab. Schließlich war sie die Schneekönigin und konnte sich alles herausnehmen. Sie reichte Mona ein Glas und stieß mit ihr an.

„Und was ist mit mir?", zeterte die Hexe, aber Susanne beachtete sie nicht.

Die beiden Freundinnen steckten die Köpfe zusammen.

„Wer ist das überhaupt?", fragte Mona.
„Wenn ich dir das erzähle, fällst du in Ohnmacht!"
„Sag schon!"
„Das ist Dr. No!"
Es stellte sich heraus, dass sich Susanne mit ihrer neuen Internet-Bekanntschaft hier verabredet hatte, weil sie den berühmten Dr. Schnurz endlich kennen lernen wollte. Doch anstatt eines gut aussehenden Akademikers, war die alte Hexe hereinspaziert, die im Ego-Forum eine falsche Identität angenommen hatte. Sie hatte wahrscheinlich aufgrund des lächerlichen Namens nicht damit gerechnet, dass ihr irgendjemand glaubt, aber sie kannte Susanne ja nicht.
„Ich habe fast einen Nervenzusammenbruch erlitten, als mit klar wurde, dass diese Betrügerin sich als Dr. Schnurz ausgegeben hat.", sagte Susanne wütend. „Ich hätte Lust sie anzuzeigen!"
„Jetzt übertreibe doch nicht so!", beschwichtigte Mona ihre Freundin. „Du weißt doch selbst, dass Internetkontakte mit Vorsicht zu genießen sind. Und ganz ehrlich Susanne, bei diesem Namen hättest du merken müssen, dass etwas nicht stimmt."
„Was stimmt denn an dem Namen „Schnurz" nicht?", fragte Susanne allen Ernstes.
Mona lachte nur.
Die Hexe, die nicht wusste, worüber gesprochen wurde, lachte herzlich mit. Sie war wirklich grausig anzuschauen in ihrer Fetzenkluft. Sie trug ein eigenwilliges Gewand aus ausgefransten Stoffresten, die wahllos aneinander genäht worden waren. Ihre Haare waren toupiert und in verschiedenen Farben gefärbt. Ein alter, verbeulter Hut mit breiter Krempe bildete den krönenden Abschluss.

Wenn sie lachte, sah man ein Gebiss mit schwarzen, fauligen Zähnen, sicher eine Attrappe.

„Das ist kein künstliches Gebiss!", behauptete Susanne, die Monas Gedanken ahnte. „Das sind ihre eigenen Zähne!"

„Susanne, du bist verrückt.", erwiderte Mona. „So sieht doch kein Mensch aus!"

„Natürlich sind es ihre Zähne!", beharrte Susanne. „Sie hat einen extrem widerwärtigen Mundgeruch, wegen der Zähne. Ein künstliches Gebiss riecht nicht!"

„Ja, natürlich!", sagte Mona ironisch, „Es sind ihre faulen Zähne und es ist auch ihre ganz normale Kleidung, weil sie in Wirklichkeit eine böse Hexe ist!"

„Ich habe nicht gesagt, dass sie tatsächlich eine Hexe ist, obwohl ich es ihr zutrauen würde."

„Du meinst, sie lebt in einer kleinen, windschiefen Hütte im Wald!"

„Ich möchte nicht wissen, in welcher Absteige sie haust, aber eine eigene Hütte hat sie bestimmt nicht!" Susanne gefiel der Gedanke nicht, dass die Hexe Hausbesitzerin sein könnte und auf eigenem Grund und Boden lebte. „Schau dir doch mal ihre Klamotten an! Das ist doch eindeutig eine Obdachlose!"

„Eine Obdachlose mit Internetanschluss?" Mona lachte laut. „Susanne, es ist Karneval und sie trägt ein Kostüm!"

„Was?", regte sich ihre Freundin auf. „Das ist doch kein Kostüm!" Sie stellte sich vor Mona und präsentierte ihr sündhaft teures Kleid. „Das ist ein Kostüm!"

„Wenn sie dein Kleid tragen würde, wäre sie keine Hexe!"

„Sie sieht in jedem Kostüm aus wie eine Hexe!"

Ein Bär tanzte an ihrem Tisch vorbei. Er riss die Vorderbeine hoch und ließ den Unterkörper anzüglich kreisen. Mit lauter Stimme sang er ein undefinierbares Karnevalslied mit. Dabei versuchte er die Schneekönigin mit seinen Tatzen auf die Tanzfläche zu ziehen. Johlend ging die alte Hexe dazwischen und warf sich Meister Petz an den Hals. Er wankte zwei Schritte zurück und versuchte sich aus dem Klammergriff des bösen Weibes zu befreien, doch vergeblich. Die Hexe bugsierte ihn zurück auf die Tanzfläche und begann ausgelassen mit ihm zu tanzen. Nach einer Weile waren sie im Gewühl verschwunden.
„Dr. Schnurz hat sich für dich geopfert!", sagte Mona grinsend. „Und du hast nur mies über sie geredet. Hoffentlich hast du jetzt ein schlechtes Gewissen!"
„Pah, schlechtes Gewissen!", schnaufte Susanne. „Die Alte hat sich nicht geopfert, die ist scharf auf den Bär. Das war doch eindeutig!"
Sie mussten beide lachen, laut und befreiend.
Es war einfach grotesk: ein Saal voller verrückter Wesen, die zu gruseliger Schunkelmusik tanzten, ein Dr. Schnurz, der in Wirklichkeit ein Hochstapler war, und ein Tanzbär, der anstatt der Schneekönigin eine Hexe erwischte. Es versprach ein amüsanter Abend zu werden, und damit es auch tatsächlich lustig wurde, holte Susanne erst einmal eine Flasche Sekt von der Theke.
Zufrieden schenkte sie die beiden Gläser ein und stieß mit Mona an. Während sie tranken, beobachteten sie das Treiben im Saal. Eine Gruppe von Turbanträgern hatte sich um eine korpulente Haremsdame versammelt und schaute ihr beim Bauchtanz zu. Während die Zuckerpuppe ihre Speckrollen kreisen ließ, lachte sich die orientalische Schar schlapp. Als ihr Anführer „Bier her"

brüllte, zog die Karawane weiter an die Theke. Dort stand der Teufel mit einer Spinnendame im Arm und betrachtete interessiert die Schneekönigin.

„Siehst du den da!", fragte Susanne ihre Freundin verschwörerisch.

„Wen, den Sultan?", fragte Mona ratlos zurück.

„Nein, doch nicht den besoffenen Proleten", regte sich Susanne auf, „natürlich den gut aussehenden Gentleman-Teufel an der Theke!"

Mona stand mit dem Rücken zur Theke. Gerade wollte sie sich umdrehen, als Susanne schrie: „Nein, nicht umdrehen, sonst merkt er, dass wir über ihn reden!" Und sie zerrte Mona an der Schulter zurück.

Mona schüttelte verständnislos den Kopf. „Wenn ich mich nicht umdrehen darf, kann ich ihn auch nicht sehen!"

„Natürlich darfst du dich umdrehen, aber nicht so auffällig! Wenn du dich umdrehst, während wir reden, weiß er gleich Bescheid!"

„Worüber?"

„Dass wir uns für ihn interessieren!"

„Ich interessiere mich nicht für Männer, die ich noch nie gesehen habe, und für Teufel gleich zweimal nicht!"

„Er sieht toll aus!"

„Ich kann es leider nicht bestätigen!"

„Lass uns eine Weile schweigen und dreh dich dann ganz zufällig um!"

Sie schwiegen drei Sekunden und schauten planlos durch den Saal. Dann wandte sich Mona extrem beiläufig um und nahm den Teufel ins Visier. Er stand dort, lässig an die Theke angelehnt, mit der Spinne im Arm.

Mona fand, dass er gar nicht so übel aussah für einen Teufel. Er war groß und schlank, hatte seine Haut rot gefärbt und aus seinen kurzen, schwarzen Haaren ragten zwei Hörnchen empor. Der Teufel trug ein rotes T-Shirt und schwarze Jeans. Er wirkte ein bisschen verwegen mit seinem spitzen Dreizack in den Händen.
Obwohl eigentlich sonnenklar war, wen Susanne meinte, fragte sie: „Meinst du den Roten, der gerade die Spinnenfrau umarmt?"
„Es sieht wohl mehr danach aus, als würde sie ihn umarmen!", behauptete Susanne. „Also, wie findest du ihn?"
Mona zuckte mit den Schultern: „Nicht übel!", sagte sie betont abfällig. Susanne sollte mich so etwas nicht fragen, dachte sie. Schließlich genieße ich die Bekanntschaft von wunderschönen, wenn auch manchmal etwas merkwürdigen Engeln, da muss so ein Teufel natürlich einen der hinteren Ränge besetzen. Wenn man tagtäglich mit Engeln umgeht, kann man mit Teufeln nichts anfangen. So einfach ist das!
„Nicht übel?"
„Na ja, er ist ein Teufel!"
„Na und, das ist doch nur ein Kostüm!"
„Das sagst du! Ich wiederum finde, dass er wirklich aussieht wie der Teufel!"
„Du meinst wohl, er sieht teuflisch gut aus!"
„Susanne, der Teufel sieht von weitem immer gut aus!"
„Er sieht fantastisch aus!"
„Was ist los mit dir? Du willst dich doch nicht etwa mit dem Teufel einlassen?"
„Doch, will ich!"
„Und was machst du dann mit Spidergirl?"

Susanne zog die Mundwinkel herunter und dachte nach. Dann schenkte sie sich und Mona Sekt nach, bis die Flasche leer war. „Ich glaube nicht, dass die Spinnenfrau zum Teufel gehört.", meinte sie schließlich. „Vorhin hat sie den Tod umarmt. Das habe ich genau gesehen. Ich nehme an, dass sie sich jedem an den Hals wirft und mit meinem Teufel gar nichts zu tun hat!"
„Mit deinem Teufel?", wiederholte Mona verblüfft.
Susanne verdrehte die Augen und schnaufte theatralisch. „Du weißt doch, wie ich das meine!", behauptete sie. Mit einer eleganten Bewegung schnappte sie sich die leere Flasche und sah Mona bedeutungsvoll in die Augen. „Dann werde ich für uns zwei Hübschen jetzt mal an die Theke gehen und eine neue Flasche Sekt holen!" Sie setzte ihr Siegesgrinsen auf und marschierte los.
„Ja, scher dich zum Teufel!", rief Mona ihr hinterher.
Die Königin rauschte durch den Saal wie eine fleischgewordene Schneeflocke und stellte sich neben den Teufel an die Theke, natürlich nur um eine Flasche Sekt zu bestellen. Der Teufel musterte sie aufmerksam, während seinem Spinnentier die Gesichtszüge einfroren.
Susanne erhielt ihre Flasche Sekt und ließ sich aus Versehen drei Gläser geben. Etwas hilflos blickte sie dann auf Gläser und Sekt und sah sich außerstande alles zusammen alleine wieder zu ihrem Stehtisch zu tragen. Ungeschickt versuchte sie die zerbrechliche Ware in ihren zarten, kleinen Händen zu balancieren – vergeblich.
Da griff der Teufel ein. Fürsorglich nahm er ihr die schwere Flasche aus der Hand, ergriff auch eins der Gläser, klemmte sich seinen Dreizack unter den Arm und ging zum Entsetzen seiner Spinnenfreundin hinter der Schneekönigin her. Natürlich musste sich Susanne, die

gut erzogen war, bei ihrem Retter bedanken und lud ihn auf ein Glas Sekt ein. Der edle Teufel ließ sich das gerne gefallen.

„Ich bin übrigens Susanne!", sagte Susanne.

„Hallo, schöne Schneekönigin!", erwiderte der Höllenbewohner, der offensichtlich keine Lust hatte seinen Namen zu nennen. „Ich bin der Teufel!"

Dann wandte er sich Mona zu und grinste teuflisch.

„Und wer bist du?", fragte er.

„Ich bin nicht der Teufel!", sagte Mona und setzte ebenfalls ein höllisches Grinsen auf.

„Das ist meine Freundin Mona!", schaltete sich Susanne ein und stellte sich zwischen die beiden. Sie wollte nicht, dass sich ihr Teufel näher mit Mona befasste, schließlich hatte sie ihn eingefangen und abgeschleppt.

Aber Mona hatte sowieso keine Lust auf den Teufel. Sie interessierte sich nur für himmlische Geschöpfe und hatte für das Höllengesindel nichts übrig.

Während Susanne mit dem Teufel im Bunde stand, leerte Mona in aller Ruhe ihr Glas und schenkte sich sofort nach, bevor Susanne es merkte.

Dann zündete sie sich eine Zigarette an und betrachtete die tanzenden Hanseln. Unter ihnen befand sich auch die Spinnenfrau, die eng umschlungen mit einem Clown tanzte, ihren Teufel aber nicht aus den Augen ließ. Dann wollte Susanne auch tanzen. Sie ergriff seine Hand und versuchte ihn auf die Tanzfläche zu ziehen, doch der Teufel winkte ab. „Ich bin Nicht-Tänzer!", sagte er.

„Ach, tanzt du nicht nachts ums Feuer herum?", fragte Mona provozierend.

Der Teufel grinste wieder. „Nein", erwiderte er, „ich lasse andere tanzen und wenn sie erschöpft sind, schubs ich sie mit meinem Dreizack in die Flammen!"
Mona glaubte ihm jedes Wort. Unauffällig schielte sie nach unten, um zu sehen, ob er vielleicht einen Pferdefuß hatte, aber der Teufel hatte das verräterische Körperteil in schwarzen Turnschuhen versteckt.
Mona wandte sich angewidert ab, doch der Rote ließ sie nicht in Ruhe. Er piekste ihr mit seinem Dreizack in den Oberschenkel.
„Hör sofort auf damit!", schnauzte Mona ihn an, aber der Teufel lachte nur. „Ich rieche Menschenfleisch!", sagte er anzüglich und kam ganz nah an Mona heran.
Die junge Frau trat einen Schritt zurück. „Pass auf", sagte sie, „bei mir bist du an der falschen Adresse. Ich interessiere mich ausschließlich für Engel! Hast du das verstanden?"
Der Gehörnte zog abfällig die Mundwinkel herunter. „Engel", sagte er böse, „stehen bei mir ganz oben auf der Speisekarte! Und Menschen, die sich mit Engeln abgeben, leben gefährlich!"
Susanne reichte es. „Schluss jetzt!", sagte sie wütend. „Hört auf euch zu streiten! Ich will jetzt tanzen!" Und sie versuchte erneut den Teufel auf die Tanzfläche zu ziehen. Doch der Höllenherrscher hatte keine Lust mehr auf die Schneekönigin. Mona hatte ihn gründlich verärgert. Grob befreite er sich aus Susannes Griff und stieß die Schneekönigin zur Seite. Dann griff er nach der Sektflasche, setzte sie an die Lippen und soff sie leer. Einfach so!
Susanne schaute entsetzt zu, wie er die leere Flasche auf den Tisch knallte und laut rülpste. Dann kam auch noch die Spinnenschlampe, die mittlerweile ihren Tanz beendet

hatte, herüber geschlendert, hakte sich bei ihrem roten Rüpel unter und grinste Susanne hämisch ins Gesicht. Endlich zogen sie von dannen.
Das Böse war gebannt – vorerst!
„Was fällt dem Mistkerl ein?", regte sich Susanne auf. „Schubst mich weg und säuft meinen Sekt aus? Unglaublich!"
„Was hat du denn von einem Teufel erwartet?", fragte Mona. „Gute Manieren?"
„Er sah aus wie ein Gentleman!"
„Er sieht aus wie der Leibhaftige!"
Susanne verdrehte genervt die Augen. Dann schob sie Mona die leere Flasche zu. „Wir haben nichts mehr zu trinken!", quengelte sie. „Du bist dran!"
Mona ließ die Flasche stehen und ging zur Theke. Sie bestellte zwei Whiskey-Cola, weil sie den Sekt offenbar nicht vertrug. Er benebelte ihre Sinne und ließ ihren Schritt schwanken. Als sie mit den beiden Longdrinks zurück zu ihrem Stehtisch kam, unterhielt sich Susanne gerade mit einem in die Jahre gekommenen Cowboy. Während sie die beiden Gläser auf den Tisch stellte, zog er seinen Revolver und sagte „Peng!". Dabei lachte er albern. Mona hätte ihn am liebsten vors Schienbein getreten.
Was für eine furchtbare Feier, dachte sie. Wäre ich doch bloß zu Hause geblieben. Der Abend ist die reinste Katastrophe.
Sie fühlte sich schlecht. Der Alkohol tobte in ihrem Körper, die Musik betäubte ihre Ohren und alle schienen Spaß zu haben, nur sie nicht. Sie stand an einem Stehtisch mit ihrer abgenervten Freundin und einem betrunkenen, alten Cowboy, der nach jedem Satz lachte und so erbau-

liche Dinge sagte, wie „Lasst uns feiern und fröhlich sein!".
Es war zum Erbrechen!
Nach einer Weile verzog sich Susanne endlich mit ihrer Wildwest-Bekanntschaft auf die Tanzfläche. Mona sah ihnen nach, wie sie im Gewühl der maskierten Tänzer verschwanden.
Der Saal war ein einziger Hexenkessel. Wer nicht mit dem Glas in der Hand an der Theke stand und sich unterhielt, drückte sich mit seinem Partner in eine der dunklen Ecken des Saales oder tanzte ausgelassen zu den Klängen irgendeines banalen Liedes. Die meisten der Gäste sangen natürlich mit. Solche Texte konnte sich jeder merken und wer falsch sang, tat es ungehört. Die Hauptsache war, dass die Stimmung kochte.
Dann ging auch noch eine Polonaise im Saal herum und alle schlossen sich begeistert an das Ende der Schlange an, um dabei zu sein und gemeinsam das Lied von der Polonaise zu brüllen. Alle freuten sich, auch die, denen auf die Füße getrampelt oder das Bier in den Ausschnitt gekippt wurde.
Es war unbeschreiblich!
Die Schlange kam an Monas Stehtisch vorbeigestampft und warf zwei Drag-Queens ab, die sich sofort neben Mona stellten. Sie hatten praktischerweise ihre Getränke während der Polonaise mitgenommen und konnten sie nun sofort genießen. Mona warf ihnen einen kurzen Blick zu und wandte sich dann betont ab. Sie wollte keine Unterhaltung, schon gar nicht mit den zwei aufgedonnerten Transen. Sie waren stark geschminkt, trugen langhaarige Lockenperücken und lange, sehr figurbetonte Kleider. Die große Dunkelhaarige hielt die kleinere

Blonde im Arm und tuschelte mit ihr. Die Blonde lachte affektiert und fuhr sich immer wieder geziert durch ihre künstlichen Haare.

Monas Laune sank in ungeahnte Tiefen. Nicht nur, dass sie keinerlei geistigen Anschluss an die feiernden Karnevalisten fand (sie hatte vergessen ihr Gehirn an der Garderobe abzugeben) und sicherlich die Einzige im Saal war, die sich nicht amüsierte, nun fühlte sie sich auch noch wie eine graue Maus neben diesen durchgestylten, falschen Weibern. Sie fühlte sich so elend, dass sie sich nicht mehr wehrte, als die große Dunkelhaarige sie einfach unterhakte, um mit ihr und der kleinen Blonden zu schunkeln.

„Es war einmal ein treuer Husar, der liebte seine Mädchen ein ganzes Jahr, ein ganzes Jaaaahr und noch viel meeehr. Die Liebe nahaaam keine Ende mehr", sang der Saal mit einer Stimme und auch Mona würgte ein paar Worte hervor, um nicht weiter aufzufallen, aber sie hasste sich dafür. Und auf dem Gipfel ihrer Selbstverleugnung rief sie - und das war nur der verheerenden Wirkung des Alkohols zuzuschreiben - „Lasst uns Spaß haben und lustig sein, denn Karneval ist nur einmal im Jahr". Die beiden exzentrischen Schönheiten lachten zustimmend, prosteten ihr zu und umarmten sie so, als sei sie eine von ihnen. Dann sangen die drei neuen Freundinnen gemeinsam aus voller Kehle: „Da sind wir dabei, das ist prihiimaa …".

Die Schneekönigin kam mit eiskalter Miene an den Stehtisch zurückgeschneit, stellte sich neben Mona und blickte sie streng an. Noch bevor sich ihre Freundin rechtfertigen konnte, zeterte sie los: „Was ist denn mit dir

los? Du trinkst wohl zuviel Alkohol!" Sie griff nach ihrem Whiskey und schüttete ihn in einem Zug herunter.
Mona löste sich von ihrer Schunkelpartnerin und wandte sich Susanne zu. „Wo ist denn dein Cowboy?", fragte sie verwirrt. Sie war noch immer ein bisschen benommen von ihrem Ausflug in die Untiefen der Narrenwelt. Ihr Gehirn hatte sich planmäßig abgeschaltet, aber Susanne hatte natürlich kein Verständnis dafür.
„Wo ist denn dein Cowboy!", äffte Susanne sie nach. „Ich nehme an, dass er sich langsam von der Tanzfläche wieder hochgerappelt hat, wenn er nicht eingestampft wurde!"
„Wieso hochgerappelt? Lag er denn auf dem Boden?", Mona verstand kein Wort. Sie befürchtete, dass ihre grauen Zellen beim Singen und Schunkeln implodiert waren.
„Er lag da, wo er hingehört!", schnauzte Susanne. „Das muss man sich mal vorstellen! Dieser komplett verblödete Penner hat versucht mich zu küssen, während wir tanzten!"
„Und dann hast du ihn geschubst?", fragte Mona unschuldig.
„Geschubst?", Susanne lachte böse. „Ich habe ihm einen Tritt verpasst, den er in seinem ganzen Leben nicht vergessen wird. Er ging sofort zu Boden, die Memme!"
„Geschieht ihm recht, dem geilen Sack!" Monas graue Zellen nahmen endlich ihre Arbeit auf.
Susanne sah sie erleichtert an. Gott sei Dank, das Niveau stimmte wieder.
Dann fiel ihr Blick auf die liebe Gesellschaft ihrer Freundin, die Händchen haltend neben Mona stand, und

Susanne erstarrte. Ungläubig riss sie Augen und Mund auf, brachte aber kein Wort hervor.
Mona glaubte schon, ihre Freundin fiele in Ohnmacht, da sagte die große Dunkelhaarige: „Hallo Susanne, so trifft man sich wieder!"
„Chris-toph?"
Den ersten Versuch seinen Namen auszusprechen, unternahm Susanne noch leise stotternd. Doch nach einer Zehntelsekunde meldete ihr Gehirn Gewissheit und sie kreischte seine unsägliche Bezeichnung empört heraus: „Christoph!"
Die Dunkelhaarige nickte leicht verschämt, legte aber demonstrativ den Arm um die kleine Blonde, um jedes Missverständnis auszuschließen. „Darf ich dir Michael vorstellen?"
„Nein!", brüllte Susanne und schlug mit der Faust auf den Tisch, dass die Gläser wackelten.
Dann ergriff sie Monas Arm und zerrte die verstört um sich Blickende an die Theke.
„Was war das denn?", fragte Mona entgeistert, als Susanne zwei Doppelkorn bestellte.
„Das hast du doch gehört, oder?", gab Susanne barsch zurück, stellte Mona den Hochprozentigen vor die Nase und trank ihr eigenes Glas augenblicklich aus.
Mona schwankte schon ganz bedenklich. Sie hatte den Whiskey offenbar nicht vertragen. Ihr Gehirn hatte so kleine Aussetzer, nichts Bedenkliches, für „Und dann geht's Humba Humba Humba Täterääääää…" hätte es noch gereicht, aber tiefgründige Diskussionen mit ihrer Freundin über deren Verhalten waren nicht mehr drin. Diese kleinen, aber feinen Filmrisse waren wohl schuld daran, dass sie fragte: „Wer, zum Henker, ist Christoph?"

Susanne versuchte nicht noch einmal die Contenance zu verlieren. Tief atmete sie ein und aus, probierte den richtigen Rhythmus zu finden, wie sie es beim autogenen Training gelernt hatte. Als sie sich wieder beruhigt hatte, drückte sie ihrer Freundin das Glas in die Hand und zwang sie zu trinken, damit sie ihr dummes Maul hielt. Erst als Mona ganz ausgetrunken hatte, sagte Susanne: „Jetzt denk mal scharf nach! Du kennst doch Christoph!"
Mona dachte eine Weile nach, nicht scharf, eher schwammig. Überraschenderweise fiel ihr nichts ein. Nach drei Minuten hatte sie vergessen, worüber sie nachdenken sollte.
„Christoph? Sagt der Name dir gar nichts?", fragte Susanne nachdrücklich. „Hörst du mir eigentlich nicht zu, wenn ich dir etwas erzähle?"
Mona versuchte sich an der Theke festzuhalten, während Susanne ihr Ratetipps gab: „Die Niete im Fitnessstudio? Der Versager im weißen Kittel? Der Aufschneider mit dem Metzgermesser?"
Mona hatte einen Geistesblitz. „Meinst du etwa den Typen, auf den du so scharf warst?"
„Pah, scharf!", schnaufte Susanne abfällig. „Ich habe mich mal vor Ewigkeiten peripher für ihn interessiert!"
„Du wolltest ihn doch Silvester verführen!", erinnerte sich Mona. „Hat er dich nicht abblitzen lassen?"
„Das kann man so nicht sagen!", behauptete Susanne.
„Ja, klar! Du warst stinksauer!"
„Überhaupt nicht!"
„Und die große Dunkelhaarige ist …"
„Lass uns nicht mehr darüber reden!"
„… ist Christoph?"
„Mona, bitte!"

„Hihi!"
„Was willst du trinken?"
„Das ist Christoph! Haha! Ich lach mich schlapp!"
„Was trinkst du?"
„Hoho! Ich schmeiß mich weg!"
„Mona! Hör sofort auf zu lachen!"
Mona hielt sich die Hand vor den Mund und versuchte das Lachen zu unterdrücken. Es glückte nur teilweise. Immer wieder gluckste es hinter ihrer vorgehaltenen Hand und ihre Augen tränten vor Schadenfreude.
Susanne versuchte sie zu ignorieren. Verärgert sah sie zur Seite. Der Clown neben ihr machte ein paar Faxen und lächelte sie an und Susannes Ärger verrauchte langsam. Amüsiert lächelte sie zurück. Wenige Minuten später waren die beiden in ein Gespräch vertieft.
Mona hatte inzwischen aufgehört zu lachen. Trotzdem hatte die böse Schneekönigin ihr den Rücken zugedreht und unterhielt sich nun mit dem netten Clown. Sie wollte von ihrer Freundin nichts mehr wissen. Also suchte sich Mona auch andere Gesellschaft. Sie drehte sich um und lächelte bierselig dem Erstbesten zu, der neben ihr stand. Der Mann war ganz in Schwarz gekleidet mit Hut und Umhang. Seine Augen und seine Lippen waren schwarz umrandet, seine Gesichtshaut weiß gefärbt. In der Hand hielt er eine riesige Sense.
„Hallo!", sagte Mona und drehte sich schnell wieder um. Dann drängelte sie sich neben Susanne und versuchte den Ausführungen des Clowns zu folgen, der gerade von seiner bevorstehenden Nasenoperation erzählte. Susanne hatte das Gesicht der kompetenten Ärztin aufgesetzt, obwohl auch ihr der Alkohol zu schaffen machte. Der Clown fingerte an seiner Knubbelnase herum, um zu

zeigen wie und wo sie korrigiert werden sollte. Susanne nickte fachmännisch.

„Wieso Nase reparieren?", lallte Mona dazwischen. „Für den Zirkus ist sie doch okay!"

„Für den Zirkus?", fragte der Clown irritiert.

„Ja!", Mona nickte heftig. „Im Zirkus, wenn du über deine großen Füße fällst!"

„Mona", fuhr Susanne sie an, „du bist betrunken!"

„Na und!", wehrte Mona sich. „Ist das etwa kein Clown?" Sie torkelte näher an den Witzbold heran.

„Bist du kein Clown?", fragte sie ihn von Angesicht zu Angesicht. „Bist du etwa auch ein Chrirug, ein Chrikrug oder wie das heißt?"

„Wie bitte?", fragte der Clown einfältig.

„Ein Chirurg!", kam Susanne ihrer Freundin zu Hilfe. „Sie will wissen, ob du ein Chirurg bist. Aber wenn du einer bist, das sag ich dir gleich, kannst du direkt zu deinen schwulen Freunden gehen."

„Nein", behauptete der Clown, „ich bin kein Chirurg. Aber ich kenne einen!"

„Ach, ja!", Susanne war ganz Ohr. „Wie sieht er aus? Groß, schlank, dunkle Haare?"

„Langes, enges Kleid?", quatschte Mona dazwischen.

„Schwul?", fragte Susanne.

„Stöckelschuhe?", wieder Mona.

„Nein, nein!", ruderte der Clown sofort zurück. „Ich kenne gar keinen Chirurgen. Ich habe mich vertan!" Er wandte sich um. „Ah, da ist ja meine Frau!" Er winkte einer imaginären Person am anderen Ende der Theke zu. „Sie wartet schon auf mich!", entblödete er sich nicht zu sagen und weg war er.

Die beiden Freundinnen blieben allein zurück. „Komm", sagte Susanne, „lass uns tanzen!"
Arm in Arm wankten sie auf die überfüllte Tanzfläche. Susanne stieß grob ein paar Funkenmariechen zur Seite und drängelte sich bis in die Mitte der Tanzfläche vor. Dann legten die beiden los. Mit beiden Armen wild rudernd, erfassten sie den Rhythmus des Liedes und stampften den Takt in Grund und Boden. Wer sich ihnen in den Weg stellte, wurde gnadenlos weggerempelt. Sie fassten sich an den Händen und drehten sich im Kreis, bis sie grün im Gesicht wurden. Dann ließen sie sich ruckartig los und stolperten orientierungslos in die Menge. Eine als Großmutter verkleidete Frau – oder war es tatsächlich eine Oma? – konnte Susanne nicht auffangen und wurde von der mächtiger Schneeköniginnenperücke, die sich selbstständig gemacht hatte, fast erschlagen. Der böse Wolf setzte sich dreist die weiße Haarpracht auf den eigenen Kopf und wurde von Susanne fast erschlagen. Mona zog ihre mordslustige Freundin vom heulenden Wolf weg, der um sein Leben winselte. Die Perücke wie eine Stola um den Hals gelegt, wandte sich Susanne widerstrebend von dem Vierbeiner ab. Als dieser die Flucht ergriff, versuchte sie noch nachzutreten, verfehlte ihn aber und rutschte aus. Mit den Armen Halt suchend, schlug sie Charly Chaplin den Hut vom Kopf und landete erneut auf dem Boden.
Mona bemerkte es nicht einmal. Sie versuchte gerade einen schwierigen Cha-cha-cha-Schritt und stampfte der hinter ihr tanzenden Löwin auf die Pranken. Wütend keilte die Raubkatze zurück und trat Mona ganz gemein in die Kniekehlen. Mona knickte ein, kippte nach vorne und krallte sich in den Pelz eines Braunbären, der sie

galant auffing und wieder auf die Füße setzte. Doch schon im nächsten Moment hatte sie sich umgedreht und der Löwin blitzschnell die Ohren abgerissen. Johlend warf sie ihre Beute in die Luft, während das ohrenlose Vieh entsetzt aufjaulte. Noch bevor es sich auf Mona stürzen konnte, um sie zu zerreißen, ging der Braunbär dazwischen und federte tapfer den heftigen Prankenhieb mit seinem Bauch ab.
Susanne hatte sich vom Boden wieder aufgerappelt und nun keine Lust mehr zu tanzen. Übellaunig hakte sie sich bei Mona unter und zog sie von der Tanzfläche. Gemeinsam stiegen sie über einen sich am Boden krümmenden Braunbär und strebten der Theke entgegen. Dort trafen sie auf Anke. Sie trug wie jedes Jahr zu Karneval ihre weite Clownshose und eine bunte Bluse.
„Anke, schön dich zu sehen!", rief Mona und fiel ihr um den Hals.
Anke wehrte die stürmische Begrüßung verhalten ab und lächelte nüchtern.
„Ihr habt aber gut getankt!", sagte sie.
„Was machst du denn hier?", fragte Susanne uncharmant.
„Ich amüsiere mich!", behauptete Anke.
„Bist du alleine hier?", fragte Susanne weiter.
„Nein, ich bin mit Jens gekommen!", erwiderte Anke.
„Mit dem Blödmann? Hast du nicht gesagt, dass du dich amüsieren willst?", Susanne blickte ehrlich überrascht.
„Wen meinst du mit Blödmann?", fragte Anke zurück. Sie schien leicht verärgert und Mona torkelte sofort dazwischen. „Susanne ist voll!", belehrte sie Anke und hielt sich dabei an ihr fest. „Schau sie dir an, total blau!" Dann kicherte sie albern und blies Anke den Alkoholgehalt von zwei Litern Sekt ins Gesicht.

„Mein Gott, Mona, du kannst ja kaum noch stehen!", empörte sich Anke. „Ich wollte euch eigentlich eine Neuigkeit mitteilen, aber ich weiß nicht, ob ihr noch aufnahmefähig seid!"
„Gut oder schlecht?", fragte Susanne misstrauisch.
„Neuigkeit ist immer gut!", behauptete Mona und grinste selig.
„Gut!", bestätigte Anke und lächelte wieder. Ihre Augen strahlten, als sie ihre Neuigkeit verkündete: „Wir bekommen ein Baby!"
Ihre beiden kinderlosen Freundinnen starrten sie entgeistert an. Mona grinste dämlich, wusste nicht was sie sagen sollte, und Susanne fragte tatsächlich: „Wer ist wir?"
„Na, Jens und ich natürlich!", erwiderte Anke. „Wer denn sonst?"
„Ist Jens auch schwanger?", prustete Mona heraus und lachte laut. Neben ihr stand ein echter Außerirdischer mit grüner Hautfarbe und einem riesigen Kopf. Er stupste Mona in die Seite und lachte mit.
Nur Susanne lachte nicht. Ihr war nicht zum Scherzen zumute.
„Wie ist denn das passiert?", fragte sie Anke entsetzt.
„Das muss ich dir ja wohl nicht erklären!"
„Ich meine, es war doch sicher ein Unfall?"
„Keineswegs!"
„Anke, du bist 38 Jahre alt!"
„Deswegen wird es auch langsam Zeit!"
„Du bist Spätgebärende, Risikopatientin …"
„Ich bin keine Patientin. Ich bin nur schwanger!"
„… und übergewichtig!"

„Jetzt reicht es aber langsam!", schimpfte Anke. „Ich nahm an, dass ihr euch für mich freut!" Sie funkelte Mona und Susanne böse an.
Mona schaute schuldbewusst, obwohl sie nur die Hälfte verstanden hatte. Auch E.T. blickte verschämt zu Boden.
„Kinder sind furchtbar anstrengend, Anke!", ätzte Susanne weiter, die zwar Kinderärztin war, aber die kleinen Bälger nicht leiden konnte. „Du hast keine Ahnung, was du dir damit antust. Sie tanzen dir auf der Nase herum und glauben, die ganze Welt dreht sich nur um sie."
„Du meinst, dass sie das Leben bereichern!"
„Ich meine, dass sie nur nerven und dauernd krank sind!"
„Dann ist ja dein Lebensunterhalt gesichert!"
„Darum geht es nicht!"
Der Außerirdische bestellte zwei Bier, damit der Lebensunterhalt des Wirtes gesichert war.
„Hast du ein einziges Mal an die Geburt gedacht?", fragte Susanne.
„Ich habe noch ein bisschen Zeit bis zur Geburt!"
„Ach, sag bloß! Neun Monate sind schnell vorbei, meine Liebe!"
„Wenn es soweit ist, werde ich das Kind auf die Welt bringen! Was ist daran so schwierig?"
„Stell es dir nicht zu einfach vor!"
„Susanne, jeden Tag werden Kinder geboren. So kompliziert kann es nicht sein!"
„Aber nicht jede Mutter ist wie du! Denk an deine Risikofaktoren: dein Alter, dein Gewicht, dein Mann!"
Mona hielt ein Bier in der Hand und stieß mit ihrem neuen Freund, dem Grünen, an. Sie verfolgte das Gespräch der beiden Frauen nicht mehr. Es war einfach

zu kompliziert. Viel leichter zu verstehen, waren die Worte ihres Gegenübers. Er war nämlich mit einem Raumschiff auf der Erde gelandet und suchte nun Anschluss an die Lebensformen dieses Planeten. Zudem wollte er noch eine Zeitmaschine bauen, um in die Vergangenheit zu reisen oder in die Zukunft. Er lud Mona ein mitzukommen, doch sie lehnte aus Zeitmangel ab. Sie musste sich um ihren Schutzengel kümmern, der alleine nicht zurechtkam. Das verstand der Außerirdische natürlich.
„Wann ist der Geburtstermin?", fragte Susanne in einem Ton, als säße sie in ihrer Praxis und erkundigte sich gerade nach dem letzten Stuhlgang.
„Das sage ich dir nicht!", gab Anke patzig wie ein bockiges Kleinkind zurück.
„Weißt du etwa nicht, seit wann du schwanger bist?"
„Natürlich weiß ich das! Ich weiß es sogar ganz genau!"
„Hm, das kann ich mir denken!"
„Was soll denn das schon wieder heißen?"
„Na ja, so viele Zeugungstermine werden ja wohl nicht in Frage kommen, oder?"
„Jedenfalls mehr als bei dir!", gab Anke zurück und grinste hinterhältig.
„Immer gleich unter die Gürtellinie!", regte sich Susanne auf. „Kaum führt man ein vernünftiges Gespräch, haust du unter die Gürtellinie!"
„Das stimmt doch überhaupt nicht! Im Übrigen hast du damit angefangen!"
„Natürlich, natürlich! Nur weil ich nach dem Geburtstermin frage!"
Während sich ihre Freundinnen stritten, quatschte Mona pausenlos von ihrem Engel und der Außerirdische verlor

langsam die Lust an ihren Lügengeschichten. Er selbst kam kaum zu Wort, weil Mona kein Ende fand. Sie sprach anhaltend und so undeutlich, dass er nur die Hälfte verstand. Resigniert blickte er in sein Glas, während Mona mit ungelenken Worten und dauernden Wiederholungen zum zwanzigsten Mal ihren Engel beschrieb:

„Groß, also für einen Engel groß, für einen Mann nicht so groß, vielleicht wie eine Frau, also eine größere Frau, jetzt nicht wie Susanne, oder doch wie Susanne mit hohen Absätzen, aber nicht zu hoch, mit Haaren, ähm mit so dunklen, äh ja so Haaren halt, also so lang, ungefähr so, also nicht genau, nur so wie ein Engel eben. Und Arme und Beine, ach so und natürlich …", sie lachte über sich selbst, weil sie es vergessen hatte, „… Augen, Nase und Mund. Ist ja klar, ähm, und äh Füße? Habe ich schon Füße gesagt? Also Füße hat er auch, klar. Und schlank, ja kann man sagen, schlank schon, nicht dünn und nicht dick, eher schlank. Soll ich ihn dir mal aufmalen?"

E.T. gab keine Antwort, weil er längst abgeschaltet hatte. Er sehnte sich nach einem Telefon, um zu Hause anzurufen. Das ellenlange Genuschel über einen Engel, der Kopf, Körper, Arme und Beine, aber anscheinend keine Flügel besaß, wirkte einschläfernd. Deshalb reagierte er auch nicht schnell genug, als Mona nach seinem Bierdeckel griff, um ihren Engel aufzumalen. Leider stand das Bier noch auf dem Deckel, jedenfalls die eine Sekunde, die es brauchte, um zu kippen und sich über den Raumanzug des Außerirdischen zu ergießen. Einige Spritzer landeten zudem auf den Füßen der bösen Schneekönigin, die laut aufkreischte und mit einem „Pass doch auf, du Penner!" wütend gegen den Barhocker des Außerirdischen trat, bis auch dieser umkippte und seine Last auf den nassen Fußboden beförderte.

Mona bückte sich und hielt dem grünen Männchen den Bierdeckel vor das Gesicht. Er blickte auf ein krummes Strichmännchen mit Vollmondgesicht, Strichkörper und unterschiedlich langen Beinen. Die Arme hatte Mona vergessen, dafür aber zwei Flügel gemalt, die aussahen wie hässliche, abstehende Segelohren.

Der Außerirdische wollte nur noch weg. Er machte sich nicht einmal mehr die Mühe aufzustehen. Er krabbelte einfach auf allen Vieren davon. Susanne versuchte ihm noch in den Hintern zu treten, verfehlte ihn aber und traf stattdessen einen vorbei eilenden Kellner, der, aus dem Tritt gebracht, nach vorne stolperte und das Tablett nicht mehr halten konnte. Der klebrige Inhalt von sieben Cocktails entleerte sich über den zu Füßen des Kellners kriechenden Fremdling, bevor auch der Kellner höchstpersönlich auf den Unglücksraben stürzte.

Mona und Susanne lachten schadenfroh, während Anke missbilligend den Kopf schüttelte.

„Es ist doch nur ein Marsmännchen!", sagte Mona herzlos.

„Und er ist nicht ganz dicht!", fügte Susanne ebenso herzlos hinzu. „Sieh dir das an, der läuft ja aus, das Ferkel!"

Sie blickten alle drei auf den pudelnassen Außerirdischen, der sich vor Scham schnell wegbeamte.

„Was soll das denn sein?", fragte Susanne und entriss Mona den Bierdeckel. „Der Mond auf zwei Krücken?"

„Das ist mein Engel!", erwiderte Mona empört und versuchte vergeblich ihr Kunstwerk zurückzuholen.

„Dein Engel?", fragte Anke interessiert. „Was soll das denn heißen? Hast du etwa einen netten Mann kennen gelernt, Mona?"
Noch bevor Mona antworten konnte, sagte Susanne: „Kennen gelernt hat sie niemanden, schon gar keinen Mann und erst recht keinen netten. Aber sie glaubt plötzlich einen Schutzengel zu haben! Wenn du mich fragst: typischer Fall von Einbildung!"
„Aber ich habe wirklich einen Schutzengel!", begehrte Mona auf.
„Du hast keinen!", beharrte Susanne stur. „Niemand passt auf dich auf, wenn du über die Straße rennst oder mit dem Auto fährst. Das ist so! Schutzengel gibt es nicht!"
„Woher willst du das wissen?", fragte Anke, die für den Themenwechsel dankbar war.
„Glaubst du, dass ich so viel Pech an den Hacken hätte, wenn es Schutzengel gäbe?", erwiderte Susanne heftig. „Denkst du ernsthaft, ich würde auf einen Dr. No oder einen Christoph –oder soll ich lieber Christina sagen– hereinfallen, wenn mein Schutzengel seiner Arbeit nachkäme und diese Leute erst einmal kontrollieren würde, bevor sie mir über den Weg laufen! Und ganz ehrlich, Anke. Kannst du dir vorstellen, dass du in deinem Alter noch schwanger werden würdest, wenn es achtsame Schutzengel gäbe?"
„So, jetzt reicht es!", fuhr Anke sie wütend an. „Das höre ich mir nicht länger an! Du bist doch nur neidisch!" Sie warf ihren beiden Exfreundinnen noch einen giftigen Blick zu und verschwand.
Mona und Susanne sahen ihr überrascht nach.
„Habe ich was Falsches gesagt?", fragte Susanne.

„Weiß nicht!", erwiderte Mona.
„Das sind bestimmt die Hormone!"
„Meinst du?"
Susanne nickte. „Das müssen wir jetzt neun Monate aushalten!"
„Oh, mein Gott!"
„Und danach wird es auch nicht besser!"
„Schrecklich!"
„Komm, lass uns tanzen!", schlug Susanne vor.
Nein", Mona schüttelte den Kopf, „ich kann nicht mehr. Ich geh jetzt nach Hause!"
„Warum trinkst du auch so viel!", fragte Susanne vorwurfsvoll.
„Auch nicht mehr als du!", wehrte sich Mona.
„Warum verträgst du nichts?"
„Ich bin den Alkohol nicht gewohnt!"
„Das wüsste ich aber!"
„Mach's gut, Susanne!"
„Tschüss Mona, pass auf dich auf!"
Die beiden umarmten sich ein letztes Mal.
Abschied nehmen fällt leicht, wenn man nicht ahnt, dass es für immer ist. Und so lösten sie sich voneinander ganz unbeschwert, ohne zu klammern und festzuhalten, verloren den Kontakt von einer Sekunde auf die andere, hoben noch einmal die Hand zum letzten Gruß: Man sieht sich, irgendwann vielleicht in einem anderen Leben.
Mona verließ die Bärenhöhle weit nach Mitternacht. Langsam trottete sie die nassen, dunklen Bürgersteige entlang. Hier und da kam ihr ein Betrunkener entgegen getorkelt, dem sie ungeschickt auswich. Der Wind blies ihr ins Gesicht und versuchte sie wach zu halten. Doch

ihre Schritte wurden zunehmend unsicherer. Ein Auto fuhr vorbei.
Mona blieb stehen und lehnte sich gegen eine Hauswand. Sie hatte es ja nicht weit, vielleicht eine Viertelstunde zu Fuß, länger nicht. Schwankend ging sie weiter, fuhr mit der Hand an den Häusern entlang, um die Orientierung zu behalten. Sie konnte schon von weitem die „Blaue Wolke" erkennen. Die Lichtreklame war noch eingeschaltet, also war die Gaststätte geöffnet. Sie überlegte, ob sie noch kurz hineingehen sollte, um Harald und Maria zu begrüßen. Vielleicht könnte sie noch etwas essen. Sie hatte Hunger auf Pizza. Mona lächelte, als sie sich Marias Gesicht vorstellte, wenn ein Gast um diese Zeit noch Pizza bestellte. Dann sah sie eine Bewegung auf der anderen Straßenseite, gleich gegenüber der „Blauen Wolke". Sie versuchte die Gestalt zu fixieren, starrte nach drüben und erkannte schließlich ihren Engel.
Mona lächelte wieder. Sie freute sich, weil ihr Schutzengel da war. Er würde sie sicher nach Hause geleiten. Notfalls konnten sie auch fliegen. Warum nicht? Heute Nacht war alles möglich, glaubte sie.
Mona hob die Hand und winkte ihm zu. Er stand nur da, blickte zu ihr hinüber und machte keine Anstalten die Straße zu überqueren.
Mona stieß sich von der Hauswand ab und stolperte auf die Straße. Ihr Blickkontakt galt ausschließlich dem Engel. Sie sah weder zur einen noch zur anderen Seite, lief einfach von jetzt auf gleich geradeaus auf die Fahrbahn! So hörte sie das Auto nicht kommen, verspürte nur erstaunt den unendlich harten Schlag gegen ihren Körper. Das Wirbeln durch die Luft und Aufschlagen auf der Straße fühlte sie nicht mehr. Sie sah auch nicht, wie das

Auto wendete und mit quietschenden Reifen davon preschte, wie ihr Engel mit großen Augen und entsetztem Gesicht auf seinen Menschen starrte.

Wie fühlt man sich in den letzten Sekunden davor? Langsam wie in einem Traum schwebte der Engel zu Mona, die am Straßenrand lag. Er hob sie hoch und sie war so wunderbar leicht in seinen Armen. Sie war ihm so nah, jetzt da sie losgelöst von allem Irdischen war. Wie ein Geist entführte er sie und obwohl sie ihm endlich gehörte, fühlte er sich unendlich einsam.

Mit Mona im Arm erhob er sich in die Luft. Es war ganz leicht mit einem Menschen zu fliegen. Hätte er das nur früher gewusst. Es war ein kurzes Stück, nicht mehr, kaum des Fliegens wert, ein Katzensprung, und der Engel landete auf dem Dach eines Hauses. Er öffnete das angelehnte Dachfenster und trug Mona in die Wohnung. In ihrem Wohnzimmer legte er ihren leblosen Körper vorsichtig auf das Sofa und kniete sich daneben.

Sie sah nicht so stark verletzt aus. Ihre Kleidung war schmutzig und sie blutete aus Nase und Mund, aber sie wirkte noch ganz intakt. Sie sah aus, als könnte sie die Augen öffnen und ihm zulächeln. Und obwohl der Engel wusste, dass Mona nie wieder die Augen öffnen würde, wünschte er sich nichts sehnlicher. Er fixierte sie, er blickte sie flehentlich an, aber vergeblich. Mona war tot und niemand konnte sie ins Leben zurückholen.

Der Engel schluchzte lautlos und weinte unsichtbare Tränen. Er küsste sie auf die kühlen Wangen und strich ihr zärtlich über das zerzauste Haar. Laut wollte er schreien und anklagen, aber er beherrschte die Sprache der Menschen nicht mehr.

Alles war mit Mona gestorben, seine Fähigkeit zu sprechen und seine Kraft in die Geschicke der Menschen einzugreifen.
Und er fühlte sich schuldig. Hätte er nicht auf der anderen Straßenseite gestanden, wäre sie nicht über die Straße gelaufen. Und wäre er nicht in ihr Leben getreten, wäre sie auch nicht gestorben.
So einfach war das! So unerträglich einfach!
Ach, wären wir uns doch nie begegnet, dachte der Engel traurig und schaute in Monas Gesicht, das ihm so süß und zart erschien wie nie zuvor. Nein, er konnte sich nicht von ihr trennen. Er wollte für den Rest seines Daseins hier neben ihr verharren und sie anschauen. Lange kniete der Engel auf dem Boden neben dem Sofa und trauerte um seinen Menschen.
Die Sekunden wurden zu Stunden, zu Tagen, zu Wochen und ließen die Nacht niemals enden. Denn so lange der Engel trauerte, stand die Erde still wie erstarrt und die Welt verharrte in Finsternis, atemlos und bewegungslos. Weil ein Engel einen Menschen beweinte, wurde die Zeit zur Illusion.
Ewigkeiten oder einen Wimpernschlag später erhob sich das geflügelte Wesen, warf der jungen Frau einen letzten, liebevollen Blick zu und verließ die Wohnung. Draußen in der Nacht stürzte er sich in den Wind und ließ sich treiben. Er sah die Stadt unter seinen Flügeln in der Dunkelheit leuchten und kam herab am Rande einer breiten Straße. Unter einer alten Kastanie, die ihre kahlen Äste in die Höhe streckte, ließ er sich nieder und starrte auf die menschenleere Straße.
Seine Gedanken trugen ihn durch die Ereignisse der letzten Monate und es schien, als durchlebte er sie noch

einmal. Quälende Erinnerungen stiegen auf, nahmen Gestalt an vor seinen Augen und verschwanden spurlos. Zurück blieb ein einsamer Engel, ein Himmelsgeschöpf, das nur zu Gast auf dieser Erde war und dem es nicht zukam in die menschlichen Geschicke einzugreifen. Er hatte die Grenze zum Irdischen überschritten und litt nun wie ein Mensch. Unfähig die letzten Geschehnisse zu verdrängen, dachte er wieder und wieder daran: an seine Freude, als er Mona auf der anderen Straßenseite erblickt hatte, seinen Wunsch, sie möge so schnell wie möglich zu ihm kommen, und seine Absicht ihr zu sagen, dass sie ihn begleiten solle zu seinem Platz auf dem Friedhof.
Während er so da saß und an Mona dachte, ertönte plötzlich ein lautes Geräusch von kurzen, hektischen Luftstößen durch die stille Nacht. Irritiert und unwillig blickte er in den Himmel, sah zunächst nur kleine, flatternde Wesen, die er für Fledermäuse hielt.
Doch es waren nicht die kleinen Blutsauger, die aus allen Himmelsrichtungen zusammenströmten und sich zu einem Schwarm vereinten. Nein, unzählige Putten trafen sich hoch oben über den Dächern der Häuser, gruppierten sich und stießen herab zu der großen, alten Kirche, deren beleuchtete Kirchturmspitzen der Engel in der Ferne erkennen konnte. Überrascht und verwirrt beobachtete er, wie eine nach der anderen niedersank und hinter den Silhouetten der Häuser verschwand.
Dann kehrte wieder Ruhe ein und der Engel blickte noch eine Weile in den Sternenhimmel, unfähig zu denken und unfähig zu verstehen. Gerade als er den Blick senken wollte, um sich erneut in seine quälenden Gedanken zu vertiefen, vernahm er ein vertrautes, rhythmisches Rauschen von kräftigen Flügelschlägen, die sich schnell

näherten. Er lauschte dem Geräusch voller Sehnsucht und seine eigenen Federn sträubten sich leicht.
Erwartungsvoll blickte er nach oben.
Die Umrisse der großen und kleinen Kirchenengel zeichneten sich am Firmament ab, wurden deutlicher, intensiver, und schließlich erkannte der Engel jeden einzelnen von ihnen. Wie majestätische Vögel schwebten die Wesen heran, wandten sich noch einmal allen Himmelsrichtungen zu, sanken dann elegant herab und verschwanden aus dem Blickfeld des Engels. Er stellte sich vor, wie sie auf dem Kirchhof landeten, ein letztes Mal hinauf in den grenzenlosen Himmel sahen und dann Hand in Hand heim in ihre Kirche gingen, die ohne sie ihre Heiligkeit verloren hatte.
Nur wenige Minuten später kehrte auch der Goldgelockte der Freiheit den Rücken und schloss die Türe hinter sich. Die Kirchenengel waren zurückgekommen an den Ort, zu dem sie gehörten. Ein jeder nahm seinen Platz ein, den er schon immer inne gehabt hatte, und so war es, als wären sie niemals fortgewesen.
Ein leichter Schauer fuhr durch die Federn des Engels und er wünschte sich die Stadt zu verlassen und heimzukehren in die Gesellschaft derer, die von seiner Art sind.
Kaum hatte er sich dazu entschlossen, belebte sich die Straße wieder. Erstaunt blickte der Engel auf die durch die Dunkelheit eilenden Menschen und vorüberfahrenden Autos. Er zog die Beine an und drückte sich gegen den Stamm der Kastanie, um nicht gesehen zu werden. Dabei stieß er mit dem Fuß gegen einen Haufen bunter Kastanienblätter, die sich hier zusammengefunden hatten.

Und wieder segelte ein Blatt durch die Luft und landete in den Händen des Engels. Er betrachtete es eine Weile irritiert, dann hob er den Blick in die stark belaubten Äste des alten Baumes, und endlich verstand er.
Es gab keine irdische Kraft, die einen Engel von seinem Leid erlösen konnte, aber vielleicht gab es eine himmlische Macht, die es vermochte.
Auf der anderen Straßenseite erschien ein junger Mann mit hellblonden Haaren. Er kam gerade von einem Kinobesuch und war auf dem Weg nach Hause. Der Engel warf ihm einen kurzen Blick zu und der junge Mann blieb stehen, als wollte er die Straße überqueren. Doch der Engel wandte sich ab, fuhr mit den Händen durch die Blätter und sah in den dunklen Sternenhimmel. Ein Auto raste vorbei. Als er den Blick erneut senkte, war der junge Mann verschwunden.
Der Engel stand langsam auf, denn es war an der Zeit heimzukehren. In einer dunklen, menschenleeren Seitenstraße erhob er sich leise und ungesehen in die Luft.
Der Engel war am Ziel und zugleich am Anfang seiner Reise in die Welt der Menschen. Nichts von dem, was er jemals gesehen hatte, vergaß er. Doch dieses eine Mal wollte er sich nicht erinnern, wollte sein Gedächtnis löschen und alle Gedanken verlieren. Bewegungs- und reglos wollte er dastehen ohne Gefühle und Empfindungen, zeitlos beobachtend, wie es seiner Natur entsprach.
Auf seinem steinernen Sockel richtete er sich ein letztes Mal majestätisch auf. Mit seinen ausgebreiteten Armen umfing er die Engel und die Toten, spendete ihnen Schutz und Trost durch seine Anwesenheit. Und wenn der Wind auch durch seine Federn fuhr, seine Flügel bewegten sich nicht. Und obgleich der Regen auch seinen Körper

benetzte, so durchdrang er ihn doch nicht. Malerisch stand er da, still und starr, wie es sich für einen Engel geziemt. Eine große Pfütze bildete sich auf dem Sockel und für einen Moment spiegelte sich das Mondlicht darin, bis ein himmlischer Fuß das Wasser energisch auf den Boden wischte.

Tim Linde schloss die Haustür auf und ging gutgelaunt die Treppe hinauf. Im zweiten Stock zögerte er einen Moment und wandte sich dann Monas Wohnungstür zu. Seine Freundin hatte ihm erst vor kurzem ihren Wohnungsschlüssel gegeben. Er öffnete die Tür und schlich auf leisen Sohlen ins Wohnzimmer. Dort lag Mona auf ihrem Sofa und schlief, umgeben von unzähligen Blättern mit bizarren Figuren aus der Welt des Comics. Tim lächelte. Er kniete sich vor das Sofa und strich der jungen Frau zärtlich eine Haarsträhne aus dem Gesicht. Dann nahm er eine kleine weiße Feder, die auf dem Wohnzimmertisch lag, und kitzelte sanft ihre Nasenspitze. Und Mona öffnete die Augen.